AF220828

Geschichten rund um das Überraschungsei

von Michael Graf

Herstellung und Verlag: BoD – Books on Demand, Norderstedt
ISBN: 978-3-7526-8380-6
© 2008 / 2010 / 2011/ 2021 EP-VerlagBadVilbel

Inhaltsverzeichnis

Dieses Buch vereint alt und neu. Hier sind die besten Geschichten aus „Eierleben", „Von Eiern und anderen Verrückten" und „Aus dem Ei geschlüpft" zusammen mit neuen Storys überarbeitet, zeitlich angepasst und verbaut.

Das Ü-Ei

Wie viele Ü-Eier haben Sie in Ihrem Leben schon geknackt? Sie wissen es nicht? Damit sind Sie in guter Gesellschaft, denn wenn das Überraschungsei eines ist, dann eine Nebensächlichkeit. Doch wie das so mit Nebensächlichkeiten ist, können diese doch ganz schön in den Vordergrund geraten. Es geht um Eier. Schokoeier, die in Alufolie eingewickelt sind. Und zwar Schokoeier die, wie viele behaupten, aus der besten Schokolade der Welt hergestellt sind. Der Kinderschokolade von Ferrero. Und tatsächlich fällt mir auf Anhieb keine Schokolade ein, die mir, auf so lange Zeit gesehen, besser geschmeckt hat als diese. Vor allem aber ist sie seit über vierzig Jahren unverändert im Geschmack. Während Granola Kekse heute wie Pappe schmecken und das gute, blaue Banjo schon vor Jahrzehnten von der Bildfläche verschwand, war das Ü-Ei immer da. Immer lecker, immer gut. Und heute muss ich sogar sagen, dass es keine bessere Ausrede geben kann, um Schokolade zu essen, als ein Sammler von Ü-Ei-Figuren zu sein. Während ich dies schreibe, stehen gerade die Schlümpfe in den Supermarktregalen dieser Erde. Über 50 Jahre sind die schon alt. Peyo sei Dank, denn diese kleinen blauen Dinger sind für viele sozusagen der Anfang der Ü-Ei-Modernen. Der erste Schlumpf kam 1979 ins Ü-Ei. Damals noch viel zu dunkel und erst anderthalb Jahre später mit der Serie "Erkennst du deinen Schlumpf" in der richtigen Farbe. Heute unterscheiden wir diese ersten Schlümpfe in unterschiedliche Sammelzonen. Dunkelblaue Bemalung, blaues Grundmaterial, weißes Grundmaterial, schlierige Bemalung und vor allem die vielen Bemalungsvarianten, die es davon gibt. Zu viele, um hier näher darauf einzugehen. Mit diesen Zeilen möchte ich vielmehr aufzeigen, wie viel Spaß sammeln machen kann. Männern fällt so was ja einfacher. Sie sind ja schon immer die Jäger. Im Verwalten von Sammlungen sind jedoch die Frauen eindeutig besser drauf.

Dieses Buch erzählt meist frei erfundene Geschichten. Das bedeutet aber nicht, dass es sich nicht gegebenenfalls doch genauso hätte abspielen können. Ähnlichkeiten mit lebenden Personen sind natürlich reiner Zufall.

Doch zurück zum Ei. Wie werden die heutigen Sammler denn bei Laune gehalten? Früher.... also ganz früher, gab es das nicht. Da waren Stelzenschlümpfe, Robin Hood Figuren und Ritterfest Spielzeuge einfach so im Ei. Für uns damals Kokolores, doch heute zum Teil unerschwingliche Schätze. Es wird zwar immer wieder behauptet, dass die Sammler nur einen Bruchteil der Eier kaufen, die insgesamt produziert werden. Die Hauptkundschaft sind ja die Mütter, die ihren Kindern vom Einkauf mal 1-2 Eier mitbringen. Mit Verlaub.......das ist Blödsinn.

Black Edition, Filzi Dogs, Mr. Marker Figuren wie der Geburtstagsschlumpf werden nicht für die Muttis dieser Welt gemacht, sondern für uns. Die Sammler. Den Mamas ist's egal, ob der Hippo dunkelgrau oder hellblau ist. Es ist ihnen auch wurscht, wie viele unterschiedliche Krawatten eine Figur hat, oder ob Ihr Mund goldfarben oder schwarz angemalt ist. Uns jedoch bringt es dazu, große 700er Paletten zu kaufen und zwei Wochen in einem Berg von Alufolie versteckt mit verklebten Einweghandschuhen, Schokoeier zu knacken. Ein Sammler kann also wie 700 Muttis sein, nur weil er einen blöden Radiergummi sucht, der in einer roten Plastikbox steckt, statt in einer Gelben. 3er Packs, 4er Packs, 6er Packs, Adventskalender mit Sonderserien gibt´s natürlich auch nur für die Großfamilie, nur deshalb sind

Sonderfiguren wie Johnny Jetski darin enthalten. Und weil alle so gerne die Schokolade essen, wurden im September 2006 auf dem Ü-Ei-Tag in Bonn sage und schreibe zigtausende Ronnie Riesenei Figuren in die Bevölkerung geschmissen, nachdem dem normalen Ansturm auf die Figur keiner mehr gewachsen war. Überhaupt wurde an diesem sonnigen Septembertag auf Teufel komm raus beschissen. Ü-Ei-Händler passten die Kinder auf dem Weg nach draußen ab und kauften ihnen die Figuren für Preise zwischen 5,- € und 10,- € ab. Sie mussten riesige Mengen an Vorbestellungen, die sie im Vorfeld auf Ebay eingefahren hatten, befriedigen. Ronnie hatte in diesen Tagen einen Marktpreis von ca. 100,- €. Was sind da schon 5,- €? Die Kids gingen so also gleich mehrmals Figuren holen. Immer und immer wieder wurde der Stempel unter Wasser abgewaschen, sodass man sich nochmal anstellen konnte. Selbstverständlich war der ganze Hype um Ronnie Riesenei eine perfekte Werbung für die Maulwürfe. Abgesehen davon, dass Ronnie Riesenei lediglich eine Kopie von Billy Bohrer mit einem Ei statt einer Rübe auf der Schulter ist und zum anderen auch noch eine Fremdfigur. Ja.... eine Fremdfigur ist er. Er wurde nämlich von dem Internetprovider Alice finanziert und in Produktion gegeben. Lediglich das Konzept für die Figur stammt von Ferrero. Die Figur ist auch wesentlich schlechter bemalt als die Mission Maulwurf aus 2004. Und weil das Ganze so ein Erfolg war, gab es im Folgejahr gleich noch so eine Figur. Volker Vorsicht - Ü-Ei-Tag 2007. Einen eigenen Ü-Ei-Tag hatten wir also in 2007. In Zusammenarbeit mit Toggo (SuperRTL) wurde diese Figur in die normalen Ü-Ei-Paletten gestreut. Genau dieses System ist es auch, dass Anno 2008 wieder für die Schlümpfe herhalten muss. Der Geburtstagsschlumpf ist eine Sonderedition der normalen Schlümpfe mit einem Extra Beipackzettel, wie ihn Sondereditionen nun einmal haben. Wer gewinnt dabei?

Natürlich der Ebay-Händler, der die ersten dieser Figuren zum Verkauf anbietet. 162,- Euro brachten die ersten Schlümpfe. Auf die Gesichter der Höchstbieter bin ich gespannt, wenn herauskommt, dass diese Figur vielleicht 50.000 mal gemacht wurde. Denn bei so etwas darf man eines nie vergessen. Um eine Spritzgussfigur herzustellen, bedarf es einer Gussform, die sehr teuer ist und den finanziellen Aufwand erst bei einer Auflage von mehreren 10.000 Figuren lohnt. Sind wir also fair und gehen von 50.000 Figuren aus. Es gibt circa 300.000 Sammler im deutschsprachigen Raum.

Das bedeutet, jeder 6. könnte so eine Figur haben. Selten sieht anders aus.

Aber was machen wir uns verrückt wegen Werten und Sondereditionen. Freuen wir uns über ein Hobby, bei dem man noch richtig Spaß haben kann. In diesem Sinne wünsche ich viel Spaß bei den nun folgenden, frei erfundenen...*hust*... Geschichten.

Der Fressfeind

Sonntag – 4:50 Uhr

Der Wecker klingelt. Boah...bin ich müde.
"Bleib doch liegen, Schatz" murmelt meine Frau neben mir.
Die hat gut reden. Liegenbleiben! Klar würde ich gerne liegen bleiben, aber wenn ich das tue, lese ich nachher im Ü-Ei-Forum wieder, was mein "Freund" Peter wieder alles so gefunden hat auf dem Flohmarkt. Immer mit dem Einleitungssatz "Guck mal Micha". Oja, das mag ich besonders.
"Du weißt doch. Von nichts, kommt nichts." sage ich gähnend.
"Jaja....!"
"Jaja, was?"
"Jaja, heißt Leck mich...........Schatz!"
"Ohhhh, wir sind heute zickig! Dann geh ich besser und vergiss nicht mein Frühstück zu machen, Weib."
Ein Kissen, ich glaube sogar meines, klatscht mir ins Gesicht und ich meine im Halbdunkel eine Zunge gesehen zu haben. Lachend geh ich aus dem Zimmer. Die Sonne geht schon auf. Höchste Zeit. Kurz Zähne putzen und rein in die Klamotten. Geduscht wird später. Da wo ich hin will, ist es egal, ob man stinkt. Heute zieh ich ihm die Hosen runter. Frankfurt, Offenbach, Wiesbaden, das ist die Tour.

5:30 Uhr Frankfurt Höchst Jahrhunderthalle

In einer großen Schlange stehen die Autos vor dem riesigen Parkplatzareal der Jahrhunderthalle. Einige Händler waren schon am Vorabend da, um sich ihren Platz zu sichern. Ich parke nicht weit weg. Es ist ja außer den Händlern noch niemand da. Die erste Reihe ist schon am auspacken. Ich gehe sie ab und sehe gleich am ersten Stand eine Keksdose mit Ü-Ei-Spielzeug. Ich greife danach, aber schon der erste Blick sagt mir, dass da nichts dabei ist.

"Die hat gerade jemand leer geräumt." sagt die nette Dame zu mir.

Ich stutze. Halb Sechs... und schon leer geräumt. Ich drehe den Kopf und ein paar Meter weiter steht Peter aus dem Ü-Ei-Forum. Er hebt kurz die Hand, grinst und geht weiter. Na supi. Ich weiß genau, dass ich dort, wo der war, nicht mehr zu suchen brauche und gehe direkt in die zweite Reihe. Doch hier ist noch nichts aufgebaut. Also wieder zurück und einen Schritt schneller. Vielleicht hat er ja was übersehen. Nach zwei Ständen denke ich mir, warum ich nach den Sachen suchen soll, die er vielleicht übrig gelassen hat. Wer bin ich denn, dass ich so etwas nötig habe? Ich überhole ihn kurzerhand. Natürlich beschleunigt er sofort seinen Schritt und wir kommen gleichzeitig beim nächsten Stand an. Gehetzt gucke ich auf dem Tisch herum. Sehe aber nichts.

"Haben Sie Überraschungseifiguren?" höre ich seine Stimme neben mir.

"Ja, gucken Sie mal hier. Das ist noch alles im Auto."

"Ha ha...danke." sagt es und verschwindet im Kofferraum, während ich wie ein geplatzter Arsch vor dem Stand stehe. Ich sehe noch, wie er zufällig eine 10er Kiste Tao Tao ins Licht hält. Nicht etwa, weil er schlecht sieht, sondern weil er möchte, dass ich es sehe. Ich gehe einen Schritt näher.

"15 Euro für alle 30?" höre ich seine Stimme.

"Ok, prima." höre ich und könnte heulen. 30 Tao Tao für 15 Euro. Hastig drehe ich mit weg. Jetzt bin ich in Führung. Die Taos werden aus meinem Kopf gestrichen. Ich konzentriere mich auf Reihe zwei und biege in den Weg ein. Jetzt ist aufgebaut, aber ich finde nichts. Reihe drei. Ich finde einen Happy Hippo mit Schwimmreif für 50

Cent. Na also. Von meinem Sammlerkollegen sehe ich nichts mehr. Reihe vier. Am letzten Stand liegt ein alter Koffer mit Gummifiguren auf dem Boden. Ich beuge mich darüber und sehe hier und da vereinzelt Ü-Ei-Figuren darin liegen. Benny Beule von den Crazy Crocos wandert in meine Tasche. Als ich dem Händler 20 Cent dafür gebe, raschelt es neben mir und Peter taucht auf, als ob er unter dem Tapeziertisch war.

"Hallo Micha"

"Hallo Peter. Na, Erfolg gehabt."

"Och ja, es geht so. Hab hier eben einen Fernsehturm gefunden."

Er hält mir eine offene Kapsel hin. Ich sehe die Einzelteile des Fernsehturms aus der Hafenwelt mit den Aufklebern dazu noch auf der Folie. Der Beipackzettel steckt zusammengefaltet daneben

„Wo hast du das gefunden? Hier an diesem Stand?"

"Ja, eben gerade. War kurz vor dir da. Bin von der anderen Seite gekommen. 20 Cent hat er gekostet. Was hast du gefunden?"

Ich denke kurz an Benny Beule, aber nur kurz.

"Nichts besonders bis jetzt. Ich muss weiter."

"Ich mach nachher Bilder für das Forum, dann kannst du alles sehen."

Bestimmt machst du das, du Sack, denke ich für mich und gehe zum Auto. Unterwegs stelle ich mir Blitze vor, die ihm beim kacken in den Arsch fahren. Einen Fernsehturm für 20 Cent, nicht zu fassen!

6:45 Offenbach - Mainufer

Eine lange Reihe Stände schlängelt sich am Main entlang. Ich parke auf dem, für Besucher vorgesehen, Parkplatz und steige von hinten ein. Nach links und rechts fliegt mein Kopf, hin und her. Ich bin schnell, doch ich finde nichts. Hier und da ein paar Funny Fanten oder

Zwerge. Sonst nichts. Ich hab die Hälfte der ca. 800 Meter langen Schlange geschafft, als ich Peter sehe, wie er einem Händler die Hand gibt. Anschließend nimmt er eine große Sortierkiste, so eine, wo man sonst Schrauben darin aufbewahrt, und dreht sich in meine Richtung. Wann gibt man als Flohmarktgeher einem Händler die Hand? Wenn man ihn kennt oder wenn man ein gutes Geschäft gemacht hat und das muss dann schon ein sehr Gutes sein. Ich ducke mich weg, damit er mich nicht sieht und verschwinde auf dem schnellsten Weg, um wenigstens noch in Wiesbaden zum Stich zu kommen.

7:50 Wiesbaden - Kulturzentrum

Ich bin zuerst da. Zuvor bin ich heim gefahren und hab meine Frau geholt, damit sie auch noch etwas von mir hat. Doch ausgerechnet hier ist es so, als ob sie alle Ü-Eier unter den Tisch gestellt haben, damit ich sie nicht finde. Um 8:20 Uhr resigniere ich. Planlos laufen wir noch ein bisschen auf dem Markt herum. An einem Stand verkauft eine hübsche Dame Girly-Shirts. Ich gehe etwas näher, um zu schauen, ob für meine Töchter was dabei ist, da beugt sie sich vor und ihr Pullover fällt ihr fast bis auf ihre Füße. So große Ohren hab ich noch nie gesehen und als ich da so hin starre, spüre ich plötzlich ein Brennen, wie von einem Laser auf der Backe. "Meine Frau!" denke ich und reiße meinen Kopf in eine andere Richtung. Naja Planscher Pauli und Benny Beule sind in meinem Rucksack. 112 gefahrene Kilometer auf meinem Tacho. Bei 1,50 Euro/Liter Benzin und 10l auf 100 KM haben mich die Beiden 17,20 € gekostet. Ich bin bedient. Sinke in die Couch und traue mich nicht, den PC an zumachen und ins Ü-Ei-Forum zu gehen. Meine Frau spricht mich gar nicht erst an. Sie sieht an meinem Gesicht, was auf den beiden anderen Flohmärkten passiert war. Irgendwann kann ich dennoch nicht anders.

Ich gucke ins Forum. "Flohmarktfunde" heißt der Beitrag, wo alle User ihre Tagesfunde veröffentlichen und sich bei guten Funden feiern lassen oder bei Schlechten trösten.

Letzter Beitrag im Forum 10.45 Uhr - Peter

"Guck mal Micha, hab heute das hier gefunden. Für alles hab ich ca. 30 Euro bezahlt, ist doch gut. Du postest deinen Fund bestimmt auch gleich. War toll heute." Darunter ist ein Foto. Ich sehe die 30 Tao Tao Figuren und diversen Kleinkram wie Wiking Autos und alte Kapselfiguren. Den Fernsehturm hat er schon aufgebaut hingestellt. Die Aufkleber und den Beipackzettel daneben gelegt. Dann kommt der große Sortierkasten. Darin befinden sich etwa 35 Altfiguren aus den Disneyserien der 70er Jahre. Alleine dreimal sehe ich Bruder Tuck aus Robin Hood II. Zähneknirschend schreibe ich darunter, dass ich Benny Beule und Planscher Pauli gefunden habe und ernte ein paar Ahhhs und Ooohs des Mitleids. Nächste Woche wird der Spieß umgedreht!

Eine Woche später

5:30 Uhr Frankfurt Höchst Jahrhunderthalle

Wie ein Leopard springe ich durch die Büsche zwischen den Gängen. Es ist mein Revier und ich bin heute der Erste. Fühle die Spannung. Heute finde ich etwas. Es ist genau das Gefühl, das ich immer habe, bevor etwas Richtungsweisendes passiert. Ich bin ein Schatten, ein Teufel. Ein....
"Moin Micha."
Ha....! Hat der mich erschreckt!
"Moin Peter. Bist ja schon wieder so früh auf. Du wirst dir irgendwann mal was am Herzen holen, wenn du so früh durch die Gegend läufst."

"Keine Angst, du stirbst vor mir."

Wir blicken uns in die Augen. Jeder weiß, dass heute ein harter Kampf zwischen uns stattfindet und ist sich über den Ernst der Lage völlig im klaren. Ich lasse keinen Zweifel daran, wer heute der Gewinner sein wird.

"Du oben, ich unten!" knirsche ich.

"Worauf wartest du?" fragt er süffisant.

Im nächsten Moment schon schießen wir in verschiedene Richtungen davon. Die Sonne kommt gerade heraus. Ich verzichte auf eine Taschenlampe und gleite sanft in den aggressiven Stechschritt über. Meine Augen schießen durch die Dämmerung und spähen zielsicher in jede Tüte. Da sehe ich ihn plötzlich. Aus einem großen Bus holt eine junge Frau eine dieser Faltkisten heraus. In üblicher Routine werfe ich seitlich einen Blick darauf. Sofort sehe ich das Schlumpfdiorama. Ich schieße zwischen zwei Ständen durch. Der Bus ist drei Gänge weiter oben und ich stehe mittig im untersten Gang. Meine Sensoren alarmieren mich einen Blick nach links zu werfen und ich sehe Peter, wie er mit starren Oberkörper zwischen den Ständen durchrennt. Er rennt geradewegs auf den Bus zu.

"Scheiße." rufe ich uns setze zu Sprint an.

Ich durchbreche die Büsche, welche die Gänge voneinander trennen. Peter ist hinter diversen Aufbauten verschwunden, aber definitiv auf dem Weg zu dem Bus. Ich muss mich beeilen. Nehme keine Rücksicht auf Freund oder Feind und presche auf das Diorama zu. Mein Diorama. Plötzlich sehe ich den Himmel. Himmel....das bedeutet ich liege. Da ist auch schon der Schmerz. Neben mir höre ich ein Geräusch.

"Ohhh....mein Schädel." sagte jemand.

Ich hebe den Kopf und sehe Peter neben mir liegen. Wir sind zusammen gerannt. Mit letzter Kraft wälze ich mich auf den Bauch mitten in eine Pfütze. Anderthalb Meter trennen mich von der Kiste. Die Frau guckt uns verwirrt an. Ich hebe meinen Oberkörper an und drücke mich mit allem was ich habe zu der Kiste hin. Meine Hand klatscht auf das Diorama. Geschafft!

"Aaaahhh...Du Simpel." flucht Peter neben mir. "Bist du noch ganz dicht?"

"Kannste nichts Sinnvolleres tun, als mich vollzuquatschen? Die Dachrinne putzen oder Dich erschießen?" antworte ich genervt.

"Was kostet das?" Die Frau sieht mich an, wie eine lebende Reklame für vollendete Totenstarre!

„Hallo!"

"10 Euro?"

"Ja!" sage ich "Das nehme ich."

"Ich gebe Ihnen 20." höre ich es plötzlich neben mir. Peter ist aufgestanden und verstößt gegen die höchste ungeschriebene Regel, die es überhaupt gibt. Überbiete niemals jemanden, der gerade einen Schnapp macht. Ich sehe ihn an, wie der Tod sein Opfer.

"Ui..das ist ja toll. Ok....oder bieten sie mehr?

"30!" sage ich. Ich wollte nicht aufgeben. Zweiter Platz? Nein, nicht mit mir. Das ist, als ob man sich um Essensreste prügelt.

"50!" kontert Peter.

"200!" er stutzt.

"250!"

"400!" sage ich.

"Ok, du hast es. Ich geb auf.

"Ha!!" ich gebe ihr grinsend die vier Hunderter und nehme mein Dio. Im Weggehen höre ich Folgendes.

"Die anderen Drei für 50 ist das ok?"

"Ja sicher. Brauchst du eine Tüte?"

"Ja, bitte."

Ich drehe mich um und schaue fassungslos zu, wie sie Peter ein Diorama von Biene Maja, Tao Tao und Dschungelbuch einpackt. Peter dreht sich zu mir um und grinst. Sagen konnte ich nichts mehr. Ich stand einfach nur da. Stand da und sah auf die Tüte und fragte mich, wieso ich die anderen Dio´s nicht gesehen hatte. Auf die anderen Flohmärkte ging ich dann nicht mehr. Ich hatte kein Geld mehr.

Beitrag im Forum von Peter von 11.15 Uhr

Guck mal Micha! Diese drei alten Dioramen hab ich dir vor der Nase weggeschnappt. Die haste wohl nicht gesehen....hahahaha. Das Leben meint es manchmal nicht gut mit uns. Man muss Niederlagen einstecken können, aus denen heraus man wieder wächst und dafür irgendwann umso gewaltiger zurückkommt. Dieser Zeitpunkt scheint bei mir aber noch etwas hin zu sein. Aber er wird kommen. Ganz sicher und dann wird es Peter sein, der fassungslos danebensteht, wenn ich ganz locker den Überblick behalte und alles einsacke, was irgendwie eiertechnisch von Bedeutung ist. Bis dahin schlucke ich sein Geschreibsel im Forum einfach.

Gandalf

Seit Monaten kursieren schon Gerüchte über die neue Ü-Ei-Serie im Internet. Ich bin schon ganz heiß auf die neuen Herr der Ringe Eier. Werbung ohne Ende, doch man kann nirgends welche kaufen. Vorfreude wandelt sich in blanke Verzweiflung. Ich bin es leid, ständig andere Sammler zu fragen, ob sie schon neue Figuren haben. Heute ist der offizielle Serienstart! Ab heute bekomme ich sie überall....hoffentlich.

Um 6.00 Uhr rufe ich beim Supermarkt um die Ecke an. Es geht keiner ans Telefon. Warum? Wollen die nichts verkaufen? Ich schaue mir das Kinoplakat noch einmal an. Frodo blickt auf mich herab. Den Ring in seiner offenen Hand. Ich begreife fast augenblicklich. Nur wenn die Gefährten vollständig sind, hat der Ringträger eine Chance sein Werk in Mordor zu vollenden.

Um 6.30 Uhr renne ich rüber zu Tankstelle. Verzweifelt suche ich die neuen Überraschungseier. Es ist aber nur eine Palette der Ötzies da. Das ist aber die Vorserie. Ich erscheine vor dem Kassierer und blicke drohend auf ihn nieder.
„Haben Sie noch nicht die neuen Ü-Eier bekommen?"
Der Mann atmet erleichtert aus.
„Nö, die haben wir nicht. Die alten Dinger müssen erst mal weg."
Egal, es war ja nur ein Versuch. Man kann von einer Tankstelle nicht erwarten, dass sie so „up to date" ist. Ich werde es in zwei Stunden noch einmal probieren.

06:45 Uhr

Anruf beim Supermarkt. Wieder geht keiner ans Telefon. Im Internet rufe ich mir diverse Drogerien und

Onlinesupermärkte auf. Nirgends gibt es aktuelle Ü-Eier. Ich schreibe allen 12 Märkten deutlich meine Meinung über das Onlinekundenformular und kündige an, persönlich vorbeizukommen, um den Marktleiter zurechtzuweisen.

06:47 Uhr. Anruf beim Supermarkt. Eine ausländische Putzfrau geht ran, versteht aber kein Wort. So eine Unverschämtheit! Ich ziehe mich an. Um 9.00 Uhr macht der Markt auf. Den Leiter schnappe ich mir. Der kann was erleben.

Um 8.00 Uhr stehe ich vor dem Markt. Keiner da.

Ich schleiche um ihn herum, suche nach Zeichen des Ringträgers. Finde jedoch nur abgelaufenes Toastbrot. Es ist kalt, ich friere. Aus einer großen Plastikfolie mit diesen Luftkissen, die beim Zerdrücken so knallen, bastle ich mir einen Poncho. Aus einem kleineren Stück baue ich mir einen Hut der, nachdem ich ihn aufsetze, aussieht, als hätte ich lange Haare. Die Zottel hängen links und rechts an meinem Gesicht herunter. Passenderweise finde ich noch einen Besenstiel. Jetzt sehe ich aus wie Gandalf. So stelle ich mich wieder vor den Eingang. Es ist 8.30 Uhr. Das Toastbrot schmeckt noch ganz gut. Mir ist langweilig. Ich versuche, die Tür des Supermarktes mit Gandalfs Zauber zu öffnen. Dazu stelle ich mich mit ausgebreiteten Armen vor dir Tür und schreie meine Verse auf elbisch heraus. Die Tür öffnet sich jedoch nicht.
Um 8.45 Uhr kommt der Marktleiter um die Ecke. Ich ziehe meinen Elbenmantel über mich und verharre auf der Stelle. So getarnt, kann er mich unmöglich sehen.
„Morgen Herr Sander. Na, ist es wieder soweit? Sind die neuen Überraschungseier fällig?"
Woher weiß er das? Wie hat er mich gesehen?
„Sie haben doch hoffentlich nicht wieder unsere Putzkraft

angerufen und zu Schnecke gemacht?"

„Auch Dich werden die Orks bald holen, wenn du nicht den Weg des Guten einschlägst." erwidere ich kühl.

„Führe mich nun zu den Eiern, Sohn Tengelmanns".

Wir schreiten durch das Eingangsportal. Von links kommt die wild gestikulierende Putzfrau auf mich zu.

„Weiche von mir!!!" zische ich ihr entgegen „Oder die Wölfe Isengarts werden dich jagen". Ich halte meinen Stab hoch. Irgendwas schreit sie mir noch nach, doch wen kümmert es, was die alte Vettel von sich gibt. Der Marktleiter verschwindet im Lager und kommt nach wenigen Minuten kopfschüttelnd heraus.

„Tut mir leid, Herr Sander. Heute Morgen sind keine Lieferungen eingegangen."

Ich stocke......kann es nicht glauben.

„Dann seid Ihr alle dem Untergang geweiht. Die Stadt wird nicht zu halten sein." schreie ich und mache auf dem Absatz kehrt. Wieder auf dem Parkplatz des Marktes angekommen, eile ich auf die Ausfahrt zu, um schnell wieder nach Hause zu kommen. Als ich sie betrete, biegt gerade ein Auto ein. Der Fahrer hupt und ich mache deutlich, dass ich zuerst durch will. Wieder hupt er und macht eine fahrige Bewegung im Auto.

„DUUUUUUU kannst nicht vorbeeeiiiiiiii!" rufe ich und schlage meinen Stab auf den Boden. Der Fahrer steigt aus. Vermutlich will er sich entschuldigen.

Filmriss!

Der nette Arzt im Krankenhaus sagt, dass mein Gesicht noch einige Tage angeschwollen sein wird. Das Blaue und Gelbe darin wird sogar etwas länger bleiben. Aber ich könne gehen, wenn ich mich danach fühle. Jetzt ist es Mittag und ich habe immer noch keine Herr der Ringe Figuren. Ich beschließe, zu einem Großhändler zu fahren. Wozu hat man schließlich eine solche Einkaufskarte.

Bereits im Auto überkommt mich das sichere Gefühl, auf dem richtigen Weg zu sein. In diesem Tempel des Handels werden alle Waren zum Kauf angeboten, die sich ein Bewohner Mittelerdes wünscht. Ich bin guter Dinge, öffne das Eingangstor mit einer Handbewegung und einem leise gemurmelten Spruch. Ich bin im Verkaufsbereich. Sehe eine Menschentraube um eine Palette stehen. Über allem wacht ein großer, aufblasbarer Eiermann. Dort ist der Ring! Ich gehe auf die Traube zu und erkenne die üblichen Kisten mit den 72er Eier-Displays. Auf dem Karton steht „Aktionsware – Herr der Ringe". Die Palette ist fast leer. Nur noch wenige Kisten befinden sich auf ihr und es werden immer weniger. Gierig und sabbernd, wie Gollum, tummeln sie sich um die Kisten und greifen eine nach der anderen von dem einst prächtigen Stapel. Bald würde dieser Ort gebrandschatzt sein. Mit Anlauf springe ich über sie alle hinweg.

„Der Ring darf nicht in die falschen Hände gelangen, Frodo." schreie ich und schnappe einem widerlich grinsenden Ork die letzte Kiste vor der Nase weg. Der Mann fletscht die Zähne und kommt auf mich zu. „Zuuuuurrrrüüüück in die Schatten!" herrsche ich ihn an. Ein höhnisches Lachen ist die Antwort und ich beschließe, mein Heil in der Flucht zu suchen. Ich kreisele herum und sprinte die Rolltreppe hinauf in den ersten Stock. Der Ork ist überrascht, nimmt dennoch die Verfolgung auf. Wild spuckend und mit den Armen wedelnd rennt er mir nach. „Issschhh werde eussch alle auffressen." keucht er und meint damit sicher nicht nur die Schokoladeneier in der Kiste. Mit meinem Zauberstab versperre ich ihm den Weg.

„Du Narr, erkennst du den Zauber nicht, wenn du ihn siehst?" brülle ich. „Ich bin Gandalf der Graue und du ein niederer Höllenhund aus den dunklen Höhlen Morias. Du hast keine Macht über mich, ich werde den Ring seiner

Bestimmung zuführen."

„Neeeinnn!" schreit er und schmeißt mir einen 5er Pack schwarzer Socken entgegen. Getroffen! Ich taumele zurück. Im Fallen schleudere ich meinen Stab und heble damit seine Beine aus. Hart schlägt er neben mir auf. Ein Glucksen entspringt seiner Kehle. Der Geruch von Moder erfüllt den Raum, als er mich anatmet. Wir ringen auf dem Boden. Ich versuche meinen Finger in seine Augen zu bohren, doch ich treffe nur seine Nase. Wenn es einen Muskel im Innern eines Nasenlochs gibt, dann hat er ihn gerade angespannt, denn ich bekomme meinen Finger nicht mehr raus. Sofort gewinnt er die Übermacht und rollt mich herum. Nun liege ich unten.

„So!" näselt er. „Jetzt hab ich dich, Zauberer. Gib mir die Kiste!"

„Niemals!!" rufe ich und greife mit der freien Hand nach einer Fahrradpumpe. Mit aller Kraft drücke ich das Ventil, in das noch freie Nasenloch und beginne zu pumpen. Die Augen des Orks werden groß und mein Finger befreit sich mit einem lauten „Plop". Doch er gibt nicht auf. Wir schaffen es beide, auf die Beine zu kommen. Er greift sich einen XXXL BH. Mit dieser Peitsche tritt er mir gegenüber. Alles, was ich finde, ist ein lächerlicher Baseballschläger aus der Sportabteilung. Wir prallen aufeinander. Ich lande einen Glückstreffer in seine Magengrube und einen in sein Gesicht. Er bricht, blau angelaufen, zusammen. Ein leichter Stoß von mir befördert ihn die Rolltreppe hinunter. Ich fliehe und suche mir einen Weg aus diesem Berg. Erst der Gipfel in Form eines Schornsteins auf dem Dach des Gebäudes, stoppt mich. Ich überlege kurz zurückzugehen, um die Kiste noch zu bezahlen. Doch dort warten die Heerscharen Saurons auf mich. Was soll ich tun?

„Hey!" ruft es hinter mir.

Ich werfe mich in den knirschenden Kies hinter den Schornstein. Er steht direkt an der Tür, durch die ich auch gekommen bin. Langsam kommt er auf mich zu. Er zieht sein linkes Bein etwas nach.

„Gib mir die Kiste!" nuschelt er. Anscheinend fehlen ihm ein paar Zähne. Wäre Gimli jetzt bloß bei mir, der würde ihn fertig machen. So aber muss ich mir selbst helfen. Ich greife meinen Stab und stelle mich ihm mit ausgebreiteten Armen in den Weg.

„Du hast den Zauberer Gandalf herausgefordert und du wirst dafür den Preis bezahlen."

„Nein, du wirst den Preis bezahlen..........32.95"

„Kein Gold Mittelerdes kann aufwiegen, was sich im Innern dieser Truhe verbirgt. Du solltest froh sein, dass ich das Unheil von dir fernhalte."

Er springt nach vorne. Natürlich habe ich damit gerechnet und ziehe im selben Moment wie zufällig das Knie nach oben. Es macht komische Geräusche, als sein Gesicht darauf schlägt und seine Nase beginnt sofort zu bluten. Er fällt auf den Hosenboden und hat plötzlich eine der langen Papprollen in der Hand, von denen einige hier oben herumliegen. Sofort weiche ich zurück und schnappe mir ebenfalls ein solches Schwert. Dann fixieren wir uns. Mit dem Schwert, das einst geborsten war in den Händen, mache ich zwei Schritte seitwärts. Geschmeidig wie ein Panther springe ich auf den Schornstein. Dabei vergesse ich allerdings, dass Schornsteine in der Mitte ein Loch haben. So stecke ich also bis zur Hüfte darin, während der Ork mit der Papprolle auf mich einschlägt. Ich versuche mich zu wehren, doch meine Lage scheint aussichtslos. Wäre eine Motte hier, könnte ich einen Adler rufen. Mist! Aber so, muss ich improvisieren. Mit einer unglaublichen Kraft drücke ich mich unter den Schlägen des Orks aus der steinernen Falle. Eine elegante Rolle vorwärts rettet mich aus der unmittelbaren Gefahr.

„GRRRRRR!!!!" mache ich und stürze mich auf ihn. Wild

schlagen wir uns die Papprollen um die Ohren. Nach etwa 10 Minuten gewinne ich die Oberhand. Zumindest kommt es mir so vor, weil ich auf seiner Brust sitzend mit einem total zerfledderten Papprohr auf ihn einschlage. Erst als er sich nicht mehr bewegt, lasse ich von ihm ab. Um zu vermeiden, noch mehr seiner Sorte zu treffen, beschließe ich, nicht mehr durch die Tür in den Berg zurückzugehen. Also klettere ich kurzerhand an der Fassade herunter, um von vorne das Gebäude zu betreten. Unten warten schon einige Herren in grünen Anzügen und weißen Mützen auf mich.

„Ihr Reiter Rohans, was gibt es Neues in der Mark?" rufe ich schon auf halbem Weg.

„Sie sind festgenommen, kommen Sie herunter!" schallt es mir entgegen. Ich sehe vier Krieger in waldelbenfarbenen Uniformen.

„Ich komme nicht als Feind, sondern als Freund. Ich habe den Ring gefunden. Wir müssen ihn nach Mordor bringen."

Die zwei vorne stehenden Beamten gucken sich kurz lächelnd an.

„Ach....das ist ja Prima.....komm nur mit........wir bringen dich nach Mordor."

Sie nehmen mich in Ihre Mitte und zwei weiß gekleidete Zaubererkollegen ziehen mir ein weißes Gewand an, dass ich zwar etwas eng finde, aber auch sehr kleidsam. Ich bin jetzt Teil der Reiterschar und sitze auch ganz schnell in ihrem Gefährt. Einer der jungen Krieger trägt netterweise die Last des Ringes, indem er mir die Kiste wegnimmt. Erst als die Tür zuschlägt, bemerkte ich die Gefahr. Der junge Mann geht mit dem Ring zu dem Ork, der zwischenzeitlich herausgekommen ist. Der Ork hat sich jetzt verkleidet und einen weißen Kittel mit einer komischen Aufschrift an.

„Marktleiter"

Eine Falle!! Doch was soll ich tun? Das weiße Gewand ist

so eng, dass ich meine Arme nicht bewegen kann. Ich beginne, im Auto herumzuhüpfen. Solange, bis das ganze Auto mithüpft. Irgendwann löse ich die Alarmanlage aus. Die grünen Männer, die dem Ring anscheinend schon verfallen sind, kommen sofort angerannt und reißen die Tür auf. Damit habe ich spekuliert. Eine Rolle rückwärts und ich bin aus dem Auto, komme auf die Füße und stehe direkt vor einem der Krieger..

„Buuh!" sage ich und verbeiße mich in seiner Nase. Jetzt habe ich eine Geisel.

„Ahhheessss ssssschhhoooooorüüüüüccccckkkkk!" schreie ich mit der Nase im Mund.

„Waaaaaassssss?" schreien die Anderen.

„Boaahhhh, stinkt das." schreit die Geisel.

„sssssshhhhhhooooooorüüüüüüccccckkkkkkk, sssscccchhhhhaaaagggeee issschh iiihhhhhhrrrrrr HHHuuuhhhheeeeehhhhööööönnnneee!" versuche ich es nochmals. Drei der Krieger stürmen auf mich zu. So ein Mist! Sie haben nicht verstanden was ich gesagt habe, sonst wären sie sicher weg geblieben. Sie packen mich und drücken mich auf den Boden. Doch ich lasse die Nase des Rohaners nicht los.

Danach weiß ich nichts mehr.............

Heute geht es mir etwas besser. Die Männer in den Kitteln sind sehr nett zu mir und versorgen mich gut. Die grünen Pillen mag ich am liebsten, die schmecken nach Banane. In zwei Wochen darf ich wieder nach Hause gehen. Mir wurde geraten, mit dem Ü-Ei-Sammeln aufzuhören. Ich glaube, die haben wohl recht. Zu glauben, ich sei Gandalf war wohl etwas übertrieben. Wenn ich meine Füße so ansehe, könnte ich eher ein Hobbit sein. Sobald ich draußen bin, werde ich mich bei dem Marktleiter entschuldigen. Bei dieser Gelegenheit werde ich mir auch eine Kiste Eier kaufen......nur wegen der Schokolade versteht sich.

Die bösen Orkse stören mich nicht mehr. Ich lebe jetzt zurückgezogen in meiner Hobbithöhle und bewahre dort etwas auf, was die Männer in Grün nicht gefunden haben.........................meinen SCHAAAATTTTZZZZ

Momente im Leben

Es gibt Momente im Leben, die man nicht mehr vergisst. Momente höchster Anspannung, aber auch Momente eines gewissen Glückes. Solche Momente hab ich gleich mehrmals erlebt und von einem ganz Bestimmten möchte ich erzählen. Eine Geschichte, die mir genau so widerfahren ist.

Ein Regionalexpress der Bahn. Alt, klapprig und mit unglaublicher Federung in den Sitzbänken. Die Sorte, mit den Koffernetzen über dem Kopf, die es eigentlich gar nicht mehr geben sollte, weil sie gegen sämtliche Sicherheitsvorschriften verstoßen, die man sich denken kann. Draußen scheint die Sonne und leuchtet das grün/grau gehaltene Abteil gelblich aus. Ich sitze mit meinem Notebook auf einem dieser Berg- und Tal-Bahnsitze und konzentriere mich auf einen Text für mein Internetforum, das, wie der Buchtitel schon sagt, etwas mit Überraschungseiern zu tun hat. Mir fiel nichts ein. Das Blatt im Word-Programm ist so weiß wie die Schamhaare eines Kängurus. Das stetige Krachen der Federung schläfert mich ein, doch die Sitzfederung wiederum lässt mich so hoch hüpfen, dass ich immer wieder aufwache.

Es ist 7:30 Uhr morgens und mir gegenüber sitzt ein vielleicht 1,50 Meter großer Mann mit einem albernen Hut auf dem Kopf. Seit etwa zehn Minuten starre ich ihn an. Er schläft und was ich sehe, ist sowas von grotesk, dass ich nicht mehr weggucken kann. Der Mann hat Haare. Nicht einfach nur Haare, sondern Haare ..... überall! Klar ein Bart, also nichts Ungewöhnliches. Aber der Bart hört nicht am Hals auf, sondern geht direkt in das Brusthaar über, das zwischen seinen Hemdknöpfen rausschaut. Dicke und dichte Haare, sodass man mit der vollen Hand rein packen und daran ziehen könnte. Nur eben am Hals.

Der Schnurrbart scheint direkt aus der Nase heraus zu wachsen. Wie ein Fluss strömen die Haare aus der Nase und biegen dann rechts und links darunter ab, um ein langhaariger, kratziger grauschwarzer Schnurrbart zu werden, in dem kleine weiße Krümel hängen. Anscheinend hat er irgendetwas mit Puderzucker drauf gefrühstückt. Links und rechts von der Nase ist der Bart nicht etwa fertig. Er wächst weiter hoch bis unter die Augen und erst dort verliert er sich in den viel zu breiten Kotletten. Alles in allem kann man sagen, dass nur die Augen frei von Haaren sind. Auch auf der Nase sehe ich drei dicke, schwarze Haare, die länger als der Rest zu sein scheinen. Sein Kopf ist ans Fenster gelehnt. Er schläft. Viele Fahrgäste machen das. Man sieht es oft an den großen Fettflecken, die in Stirnhöhe an der Scheibe kleben. In so einem Fettfleck schaukelt auch mein haariger Freund herum. Allerdings weiß ich nicht, ob es sein Eigener oder der seines Vorschläfers ist. Der Hut hängt auf halb acht und droht ganz vom Kopf zu fallen. Ich versuche mich auf meinen Figurenbericht zu konzentrieren und schreibe weiter über Mambla und andere Ötzies. Warum sind Steinzeitmenschen gerade „In" und gibt es vielleicht doch eine 11. Ötzi-Figur? Der Text fließt locker aus mir heraus, bis ich ein Stöhnen höre und wieder aufblicke. Mit zur Scheibe hin halb offenem Mund hockt der Affenmann, wie ein Schluck Wasser in der Kurve, auf seinem Sitz. Wir schaukeln und sein Gesicht reibt ständig an der Scheibe hoch und runter. Etwas Speichel ist aus seinem Mundwinkel gelaufen und wird jetzt von seinem Bart auf der Scheibe verschmiert. Ich kann die untere Zahnreihe erkennen. Vor den nikotingelben Schneidezähnen hat sich ein kleiner Stausee in der Unterlippe gebildet, der durch die wiederkehrenden Schaukelbewegungen des Zugs Stück um Stück abfließt. Mal an die Scheibe, mal direkt aufs Hemd. Je nach dem, in welchem Winkel der Kopf gerade an der Scheibe lehnt. Inzwischen ist auch der Hut runter gefallen und liegt rechts neben ihm auf dem Sitz. Der Rest seines Kopfes bietet das erwartete, haarige Bild. Krauselige Locken, mal schwarz, mal grau und der Duft von Mottenkugeln zieht durchs Abteil. Da die ganze Statur immer wackeliger wird, beschließe ich mein Heil in der Flucht zu suchen und mich auf die Nachbarbank zu setzen. Mit zwei Metern Abstand sieht es schon wieder besser aus. Ich sitze keine zwei Minuten auf meinem neuen Platz, als der Schaffner ins Abteil kommt.

"DIE FAHRAUSWEISE BITTE!" schallt es laut durch den Zug. Der Haar-Mann zuckt hoch

"WASSS?" er reißt den Kopf herum. Eine Fontäne sämigen Speichels fliegt in einem langen, dicken Faden aus seinem Mund quer über den Gang in meine Richtung. Wie in Zeitlupe sehe ich den Kopf des Schaffners mit dem Faden gehen, als ich wie in Trance das Notebook auf die andere Bank werfe und selbst mit einem Sprung auf den Sitz verhindere, dass die Fontäne genau auf meinem Oberschenkel landet. Mit einem leisen Klatschen zerspringt sie direkt vor mir auf dem Boden. Als ich wieder runter steige, muss ich aufpassen, dass ich nicht darin ausrutsche. Der Schaffner guckte mich an. Er wartete definitiv auf irgendeine Reaktion von mir. Doch mehr als ein genuscheltes

"Bin ja froh, dass die Zähne nicht hinterhergeflogen sind?" kommt mir nicht über die Lippen und ich schnappe mein Notebook und setze mich auf die Bank dahinter. Der Schaffner grinst nur und nickt meinen Fahrschein ab, bevor er weitergeht. Wieder alleine und jetzt etwa drei Meter von ihm weg, versuche ich wieder meine Steinzeitmännchen zu beschreiben, als ich Geräusche höre, die höchstwahrscheinlich auch aus der Steinzeit stammen. Viermal hintereinander zieht mein neuer Freund das Innere seiner Nase hoch. Man kennt dieses Geräusch ja, wenn man meint, jemand holt den Saft aus den Knien hoch, um ihn auszuspucken. Nur hier hört es sich an, als wäre es schon über ein Kilo. Ohne Knochen wohlgemerkt. Eigentlich rechne ich jetzt damit, dass er das Fenster öffnen und raus spucken würde. Stattdessen sehe ich mehrere tiefe Schluckbewegungen. Ich schüttle den Kopf. Nicht mal Acht und schon das zweite Frühstück. Ich mache ihn schon zum Mitglied meiner Steinzeit-Ötzies auf dem Notebook. Von der Frisur her passt er ja zur Figur Cheffe. Seinen Kopf legt er erneut an die Scheibe und wieder in die dort klebende Soße. Im selben Moment fährt der Waggon über einen Huppel und der Haar-Mann stößt mit seinem Kopf heftigst gegen die Scheibe. Als er den Kopf wieder vom Fenster löst, sehe ich, wie die Haare kleben bleiben und sich lang ziehen. Im nächsten Moment sind wir an meinem Ziel und ich muss aussteigen. Ich kann die Bahn nur jedem empfehlen. Manchmal erlebt man dort Sachen, über die man gar ein Buch schreiben könnte.

Der Streit

Es gibt Tage, da fragt man sich als normal denkender Mensch, warum man sie verdient hat. So einen Tag habe ich heute erlebt. Aber lesen Sie selbst.

Seit ich um 7 Uhr angefangen habe zu arbeiten, denke ich nur an den Feierabend.
Warum?
Weil ich etwas besonders vor habe. Ich bin Sammler! Ich muss jagen! Heute ist sie fällig. Die letzte Figur, die noch fehlt. Gestern Abend habe ich sie entdeckt und gleich die Artikelnummer notiert, damit ich sie später wiederfinde. Bis dahin sitze ich hier und starre aus dem Fenster, bis ein komischer Geruch auf mich einströmt. Kölnisch Wasser. Das sind die schlimmsten.
"Haaallloooo!"
"...äh...ja bitte."
"Träumen Sie, junger Mann?"
"Nein, bitte nehmen Sie Platz."
In meinem Blickfeld taucht eine unglaublich fette Frau auf. Der wahre Grund, warum Mc Donalds und Burger King hier überhaupt existieren können. Die Nähte für das Kleid wurden wahrscheinlich von der NASA hergestellt. Sie nimmt auf dem Besucherstuhl vor mir Platz und schaut mich fragend an. Ihr Hintern quillt links und rechts über den Rand und ich bin mir sicher, der Stuhl hätte auf meine Aufforderung eben "Nein danke" gesagt, wenn er gekonnt hätte. Sie knallt ein Formular auf den Tisch. Das Erste, was ich sehe ist, dass es nicht ausgefüllt ist. Das Zweite, dass sie eine Frisur trägt, die aussieht, als würden ihr die Haare davonlaufen.
"Das ist noch nicht ausgefüllt."
"Ach!" sagt sie. "Und was machen wir jetzt?"
Panik steigt in mir auf. Es ist fünf Minuten vor Feierabend. Mein Zug fährt in zehn Minuten und das Formular

auszufüllen, dauert schon länger als beides zusammen, wenn man es richtig macht. Ich sehe sie an............ Sie stirbt nicht. Also muss ich es machen. So schnell wurde in diesem Raum noch nie ein Dokument bearbeitet. Ich fliege durch die Zeilen, stelle knappe Fragen und bekomme Antworten, die jeweils ihr halbes Leben vor mir ausbreiten . Es wundert mich, dass sie neben dem Fressen noch Zeit für was anderes hatte.

"Bitte unterschreiben!"Sie beugt sich vor und ein Schwall Kölnisch Wasser kommt mir entgegen."Sie bekommen Ihren Bescheid dann in den nächsten Tagen, Frau Kern.

"Vielen Dank. Würden Sie mich zur Tür begleiten."

"Selbstverständlich."

Es war mehr ein Knurren. Ich befördere sie hinaus und schließe die Tür zu. Rein in die Jacke und Abmarsch. Wir der Blitz renne ich durch die Straßen Frankfurts in Richtung S-Bahn-Station. Auf der Rolltreppe begegne ich meinem Albtraum noch einmal. Frau Kern erkennt mich aber nicht..........Schnell weiter! Die S-Bahn ist schon angefahren und die Türen sind zu. Ich fluche so laut, dass sich die Leute umdrehen. Schnell gucke ich einen fremden Herrn um die 60 kopfschüttelnd an und springe wieder auf die Rolltreppe zurück. Oben angekommen, geht es zur Bushaltestelle. Ich laufe auf den Bus zu und rudere dabei wild mit den Armen. Der Fahrer grinst und schließt die Tür. Ich bin zu allem fähig, schmeiße mich vor den Bus. Zwinge ihn zum anhalten. Ich muss jetzt sofort nach Hause, entere das Fahrzeug. Der Fahrer hat keine Chance. Er muss die Tür öffnen, schon alleine, um mich für meine Aktion zur Sau zu machen, was er auch in kräftigstem Deutschtürkisch tut. Da ich aber eh nichts davon verstehe, nicke ich lächelnd und setzte mich hin. Der Bus kommt im Feierabendverkehr nicht voran. Alleine 35 Minuten verbringen wir damit, Frankfurt zu verlassen. Nur noch eine halbe Stunde! Zuhause am Busbahnhof, springe ich hinaus und direkt den nächst besten Rentner um. Was machen die heute alle hier? Um 17.40 grätsche ich unser Hoftor auf! Meine Frau ist im Garten und sieht mich aus sicherer Entfernung wie ein Idiot versuchen, wieder auf die Beine zu kommen und dabei gleichzeitig ein paar Meter gut zu machen.

„Verdammte.....Sch.....“ schreie ich.

Nur noch ein paar Minuten bis zu meiner persönlichen Stunde Null. Der Schlüssel geht nicht ins Schloss. Nach unzähligen Versuchen unter allen Flüchen, die mir einfallen, stelle ich fest, dass es der falsche Schlüssel ist. Zweimal durchatmen, neuer Versuch! Ja! Es klappt. Ich bin drin! Die Jacke fliegt in die Ecke hinter der Tür, der Koffer fliegt hinterher. Beim Versuch die Kurve zum Wohnzimmer zu nehmen, schlage ich mit der Schulter gegen den Türrahmen. Eher bricht die Wand raus, als dass mich das jetzt aufhält! Vor Schmerz gekrümmt geht es weiter in Richtung Büro. Meine Frau kommt mir nach ....Nein, nicht jetzt!

„Michael?........Ist alles in Ordnung?

„Ja Schatzi, alles bestens. Ich hab es nur etwas eilig.“ rufe ich aus dem Büro in Richtung Haustür. Warum nennen Männer ihre Frauen eigentlich Schatzi? Ich vermute, weil sie sich nicht zwischen Schaf und Ziege entscheiden können.

„Das sah aber eben anders aus! Ist irgendetwas passiert?“

„NEEEIIIINNNN!“ schreie ich genervt.Ups!!.............Kacke!

„Sag mal, was brüllst du mich so an? Kommst hier an, als wäre der Teufel hinter dir her und führst dich auf wie ein angeschossener Volltrottel, du Spaßvogel.“

Jetzt geht's los. Schon kommt sie um die Ecke und findet mich zitternd vor meinem Computer sitzend, der gerade am Hochfahren ist. Mein Gesichtsausdruck verrät ihr, dass ich etwas aushecke. Eine Sache, die sie überhaupt nicht leiden kann. Schon gar nicht, wenn ich deswegen alles um mich herum vernachlässige.

„Ach.....der Herr macht den Computer an! Was gibt es den so Wichtiges dort zu sehen?"
Ich schlucke.
„Wegen dieses Kastens fängt man also Streit mit seiner Frau an, die man ja eigentlich lieben und verhätscheln sollte, damit sie einem nicht ins Essen spuckt. Soll ich dir was verraten mein Herz?"
„Nein!" unterbrach ich Sie.
„Schatzi!" Mist! „Ähhhh Maus....Hase...b..b..bitte, ich muss hier jetzt in Ruhe sitzen und etwas nachsehen"
„Ich wollte nur meinen Mann begrüßen, der abgearbeitet nach Hause kommt und nach einem harten Tag etwas Zuneigung brauchen könnte. Aber es ist schon in Ordnung. Wenn du dann mal fertig bist, möchte deine Tochter dich sehen. Aber nur, falls du Zeit hast und von deinen wichtigen Geschäften loslassen kannst. Ach so....! Essen gibt's heute keins, ich muss noch eine Zeitung lesen und mich dringend auf die Couch setzen, nachdem ich draußen dein neues Gartenhäuschen abgefackelt habe."
Dann drehte es sich weg und ging. Kasten? Mein PC ein Kasten? Naja, so sind die Frauen. Sie sitzen den ganzen Tag rum und bewachen das Feuer, während der Mann auf der Jagd ist, um Fleisch zu besorgen. Woher soll sie wissen, dass es kein Kasten ist. Frauen haben mehr Knochen als Männer, weil ihr Gehirn noch mechanisch läuft. Heute jedoch jage ich und das versteht sie einfach nicht. Sie denkt, in der Höhle ist jagdfreie Zone. Ist es aber nicht. Es ist dasselbe. Es ist eins! Endlich ist er hochgefahren. Ich klicke auf meine Internetverbindung. Der Internet-Browser öffnet sich und ich tippe....www.ebay.de
Das Onlineauktionshaus öffnet seine Pforten. Ich bin sofort in dieser Welt gefangen. Jetzt beginnt die Pirsch! Die Artikelnummer gebe ich gleich in die Suchzeile ein. Die Auktion öffnet sich. Es erscheint die Beschreibung

und ein Bild eines kleinen gelben Männchens mit einer grünen Hose und roten Haaren. Mein Herz geht auf, als ich den Pumukl ansehe. Perfekte Erhaltung, wunderschöner Schirm. Ein echter Regenkobold aus dem Ü-Ei. Diese Figur ist die letzte in meiner Sammlung, die mir noch fehlt. Noch 10 Minuten. Ich bin rechtzeitig gekommen. Das Höchstgebot ist im Moment 51,00 Euro. Ich bin fest entschlossen, die Figur zu ersteigern. Kurz denke ich darüber nach, dass 51,00 Euro für eine Plastikfigur viel zu viel Geld ist, aber nur kurz.

9 Minuten

Um die Zeit rum zu kriegen, guck ich mir das Bewertungsprofil des Anbieters an. Er hat eine Negative vor etwa drei Monaten, wegen eines nicht zugestellten Artikels erhalten. Wieder überlege ich kurz und verwerfe die Furcht gleich wieder. Der Schatzjäger in mir überstimmt sie alle.

8 Minuten

In mir fängt es zu kribbeln an. Der Kobold ist gerade auf 63,55 Euro hochgegangen. Ich beginne, an meinen Fingernägeln zu kauen. Plötzlich jagt ein starker Schmerz durch meinen Finger. Ich habe mir einen Nagel eingerissen. Es blutet stark. Mist, verdammt! Gehetzt blicke ich auf die Uhr. 7 Minuten noch. Genug Zeit.

„AHHHHH!" schreie ich, als mein Knie beim Aufstehen gegen die Spitze der offenen Schublade meines Schreibtischs knallt. Ich packe mit der Hand an das Knie. Leider ist da ja noch das Blut an der Hand, sodass ich mir die Hose einsaue.
„So eine verfluchte Sche.... Irgendwann habe ich das heute schon mal gesagt." schießt es mir durch den Kopf,

Ich muss ein Pflaster holen.

6 Minuten

Zeit, sich W-LAN zuzulegen, denke ich noch, bevor ich aufschlage. Mein Gesicht knallt auf den Teppich. Mit den Händen habe ich mich nicht abgestützt, weil ich den Teppich nicht verschmieren wollte und irgendwie hatte ich geglaubt den Aufprall auch so abfangen zu können.

Sofort fängt meine Nase an zu bluten. Ich rolle mich auf den Rücken und vom Teppich herunter auf die Seite. Dabei tränke ich mein weißes Hemd rot und ärgere mich schwarz.

5 Minuten

Ich muss das Blut loswerden. Unter kurzen, spitzen Schreien stecke ich zusammengerolltes Klopapier in die Nasenlöcher und wasche das Blut von meinen Händen. Der Nagel sieht böse aus. Notdürftig wickle ich ihn ebenfalls in Papier ein. Meine Hose ist total verdreckt. Ich muss sie ausziehen. Auf einem Bein hüpfe ich durch das Bad und versuche das linke Hosenbein zu greifen.

4 Minuten

Jeder, der sich noch an dieses eine Wimbledon-Spiel von Michael Stich erinnern kann weiß, was jetzt kommt. Mein Fuß knickt um und überdehnt so das äußere Band im Sprunggelenk. Die Schmerzen sind höllisch und zwingen mich sofort auf den Boden. Wegen dem Finger kann ich mich wieder nicht abfangen und schlage mit dem Hinterkopf auf die Kloschüssel auf. Ein kurzes „Uiiii" entrinnt meiner Kehle. Es scheint nicht wirklich mein Tag zu sein, kommt es mir in den Sinn. Ich hocke vor dem Klo und weiß nicht, was ich zuerst festhalten soll. Überall schmerzt und sticht es.

3 Minuten

Aufgeben ist was für Schwächlinge. Ich hole alles aus mir heraus. Die Hose fliegt in die Tonne. Auf allen Vieren krieche ich zurück zur Wohnzimmertür. Im selben Moment kommt mein Hund Roy, ein Rottweiler, um die Ecke. Er erkennt die Lage und sieht, dass Herrchen wohl mit ihm spielen will. Sofort fällt er mich an und leckt mir das Gesicht. Die Klopapierstopfen aus meiner Nase fliegen durch die Luft. Ich stopfe sie notdürftig wieder rein. Er wirft sich mit seinem Oberkörper auf meinen Rücken und knappst mir in die Ohren. Seine viel zu großen und tapsigen Pfoten kratzen und trampeln auf mir herum. Ich schlage die Arme über den Kopf und versuche zu verhindern, dass er seinen Kopf dazwischen durchdrückt. Das Schlabbern seiner Zunge ist mit einem ohrenbetäubenden Jubeljaulen vermischt.
„Roy mach Sitz! Aus! Platz!" rufe ich verzweifelt. Der Hund zieht inzwischen an meinem Hemdzipfel. Er will mich wohl wegschleifen, um ungestört mit mir spielen zu können. Ich hinterlasse eine breite Blutspur auf den Fliesen
2 Minuten

„Hilfe, Hilfe!" schreie ich. Ich habe keine Kraft mehr mich gegen ihn zu wehren. Der Hund liegt jetzt auf mir und leckt meine Hand sauber. Er hat den Ernst der Lage erkannt und beschlossen mich gesund zu pflegen. Ich muss zu meinem PC.........JETZT!! Inzwischen merke ich, dass mein Mund und meine Nase angeschwollen sind. Ohne Hose liege ich blutverschmiert im Hausflur. Meine Hand streckt sich und umklammert den Türrahmen.

Mit der letzten, mir verbliebenen Kraft, ziehe ich mich ins Wohnzimmer.

1 Minute

Roy findet das klasse auf Herrchen zu reiten und beginnt mit dem Schwanz zu wedeln. Ich rolle mich auf den Bauch, schaffe es, ihn von mir runter zu schubsen. Er bellt und ist enttäuscht. Gleichzeitig versuche ich, auf mein gesundes Bein zu kommen. Es gelingt mir nach mehreren Versuchen. Roy gefällt das Spiel sehr. Er versucht mich knurrend wieder umzureißen, doch ich entkomme ihm, was er wiederum mit einem Bellen quittiert. Ich hüpfe zum PC und klicke auf „Aktualisieren".

10 Sekunden

Der Kobold steht auf 381,89 Euro. Enttäuschung macht sich auf meinem Gesicht breit. Durch die Schwellung kann man sie jedoch nicht sehen. Roy ist jetzt total verliebt in mich und drückt seinen mächtigen Hintern gegen mein Bein. 300 Euro hätte ich bezahlen können. Wieso machen die so was? Wieso so viel? Langsam kehren die Schmerzen in mein Bewusstsein zurück. Leider tun sie das alle gleichzeitig, sodass ich nicht weiß, weswegen ich zuerst heulen soll. Das Gesicht kann ich vor Schmerz nicht verziehen. Wenn meine Frau mich so sieht, denkt sie ich hab ne Meise. Vor ein paar Minuten haben wir noch gestritten und jetzt sehe ich aus wie ein Folteropfer. Im selben Moment kommt sie in das Wohnzimmer und sieht die Blutspur bis in Büro.
„Michael?"
„Jaahaa!" es klingt erbärmlich.
Sie biegt um die Ecke und sieht mich......das Grauen.
blutüberströmt, einen Fuß seltsam von mir weggestreckt, starre ich sie an. Das Klopapier fällt in diesem Moment

vollgesogen aus meiner Nase und klatscht mit einem grotesken Geräusch auf den Boden.„Oh mein Gott.......!" sagt sie nur. Ich erzähle alles. Das Sprechen tut so weh. Es entsteht dabei ein näselnder und Mitleid erregender Tonfall.

„Zuerst...............hab ich an den Nägeln gekaut......" fing ich an.

Nun, der Abend, der nächste Tag und auch der Rest der Woche war gelaufen. Ich verbrachte einen halben Tag im Krankenhaus. Erfinde meine Geschichte immer neu, um nicht diesen peinlichen Kram mit der Figur erzählen zu müssen. Ich war versucht, alles Roy in die Schuhe zu schieben, aber er war eigentlich nur nett gewesen. Unser Verhältnis ist seit dieser „Rettung" auch viel besser geworden. Er will jetzt jede Nacht auf meiner Seite des Bettes schlafen. Ist das nicht toll? Wiegt ja nur 40kg die Bestie.

Die Garage

Auf einen Flohmarkt sprach mich ein Mann an. Um die 70 war er und vollständig ergraut. Sein Äußeres hatte so ein bisschen was vom Alm Öhi aus den alten Heidi Zeichentrickfilmen. Groß, kräftig, fast muskulös. Im Gesicht viele Falten, die aber mehr von einem gesunden Alterungsprozess berichteten, als von Gebrechlichkeit. „Junger Mann, wie ich sehe, kaufen Sie Überraschungseifiguren."
„Ja." erwiderte ich. „Das tue ich."
Der Mann beugte sich nach vorn und begann zu flüstern. „Ich habe in meiner Garage noch viele Kisten mit alten Ü-Eiern. Die sind vor Jahren mal vom Laster gefallen und ich will sie nicht einfach wegwerfen. Hätten Sie Interesse daran?" „Nun, das kommt darauf an, was das für Sachen sind und vor allem, was Sie dafür haben wollen. "Der Mann schluckte und blickte sich um, als sei er auf der Flucht. „Ich will gar nicht viel dafür. 200 Euro oder so. Es ist eine ganze Palette voller Kartons." „Kann ich diese Sachen einmal sehen?" fragte ich. „Natürlich!" er räuspert sich. „Hier ist meine Telefonnummer." Er schrieb sie auf die Rückseite einer Postkarte, die er aus seiner Jacke holte und gab sie mir. „Danke, ich werde mich bei Ihnen melden." sagte ich. Der Mann ging wortlos weiter. Ich überlegte kurz, ob er noch ganz dicht war und warf die Postkarte in meinen Rucksack. An diesem Tag machte ich einige Schnäppchen. Alte und zum Teil seltene Figuren fanden den Weg in meine Tasche. Einige Stunden später war ich zu Hause und begutachtete sie. Sorgfältig verstaute ich die Figuren in meine Setzkästen. Den Mann rief ich nicht an. Ich muss gestehen, ich vergaß die Postkarte in meinem Rucksack. Mein Leben ging seinen gewohnten Gang. Zwei Wochen später las ich im Lokalteil der Morgenzeitung durch Zufall einen reisserisch aufgemachten Artikel.

„Schokoladen-Erich gepfändet!!!! Sogar die Garage wurde ausgeräumt!!!"

Neben dem Artikel waren zwei Fotos. Eines zeigte den Mann in Form eines Passbildes. Die Augen waren unkenntlich gemacht, aber ich erkannte sofort den Mann vom Flohmarkt wieder. Auf dem anderen Foto war seine Garage abgebildet und drei Männer waren dabei, den Inhalt auf einen großen Haufen davor aufzutürmen.

Mich traf der Schlag!!!!!

Ich musste mich setzen. Das Foto genauer ansehen. Auf dem Haufen vor der Garage lagen Unmengen von Ü-Ei-Verkaufdisplays. Zerstreut drumherum lagen die Eier und Kartons. Es waren Displays, die ich noch nie gesehen hatte. Sie waren definitiv alt. Richtig alt. Eiskalt lief es mir den Rücken herunter. Ein Adrenalinstoß fuhr mir in den Bauch, der sich zusammenzog.
„Scheiße!" stammelte ich nur, doch was ich dachte, war viel schlimmer. Wo hatte ich die Telefonnummer dieses Mannes? Wirr blickte ich mich um.
„Mein Rucksack!.................wo ist mein Rucksack?..............woooooo ist mein verdammter Rucksack???"
Mit zwei schnellen Schritten war ich im Hausflur. Der Rucksack lag auf dem Tisch unter der Garderobe. Ich griff danach und holte die Postkarte mit der Nummer heraus. Jetzt erst erkannte ich, dass es gar keine Postkarte war. Es war ein Foto. Ein Bild der offenen Garage. Der Mann hatte die Palette fotografiert und mir seine Nummer auf die Rückseite geschrieben. Deutlich waren hier die Kisten zu sehen. Pumuckl-Kisten!

Auf dieser Palette war ca. 20 Kisten mit je 72 Eiern. Auf den Kisten stand

„Aktionsware Pumuckl!"

Oh mein Gott!!!!

„Ich muss diesen Mann erreichen!" rief ich mir selbst zu, während ich zum Telefon rannte. Ich vertippte mich viermal beim Wählen, ärgerte mich über mich selbst. Ich war so doof. Gerade mal genug Hirnzellen, um nicht ins Wohnzimmer zu kacken.
„Mist, Mist, Mist, Mist!" schimpfte ich einmal für jeden Verwähler. Dann endlich kam ich durch.
>>fuuuuuup...........................fuuuuuuup......................
..fuuuuuuup<<
„Komm schon geh ran!!!"
>>fuuuuuup...........................fuuuuuuup......................
..fuuuuuuup<<
„Boaaahhhhh!"
>>fuuuuuup...........................fuuuuuuup......................
..fuuuuuuup<<
„Bitte, bitte, geh ans Telefon." wimmerte ich, doch es tat sich nichts. Der Hörer fupte nur weiter. Was tun? Ich las noch einmal den Zeitungsartikel. Vielleicht hatte ich ja einen Hinweis zu dem Ort übersehen. Nichts, ich verzweifelte.
„Die Telefonnummer!!!" schoss es aus mir raus. Wieder nahm ich das Foto. Die Vorwahl auf der Rückseite war der einzige Hinweis auf den Ort. Ich war wie besessen davon, diese Kisten zu bekommen. Ein kleiner Ort, ca. 25 km weg von hier, sagte mir die Suchmaschine. Noch während ich darüber nachdachte, auf die Arbeit zu gehen, hatte ich das Telefon schon in der Hand und die Nummer des Büros gewählt.
„Hi Chef, ich bin es, ich brauche heute frei!" „Warum?"

„Das kann ich Ihnen nicht erklären, Sie würden es nicht
verstehen"
„Dann kann ich Ihnen nicht helfen, wir sind unterbesetzt.
Sie sollten schon einen guten Grund haben, damit ich
ihnen das genehmige."
Oh man...Von dieser Seite hatte ich nicht gleich mit
Widerstand gerechnet.
„Chef!" begann ich hüstelnd.
„Ich habe etwas sehr, sehr Wichtiges zu klären.
Sozusagen hängt meine Existenz davon ab. Bitte lassen
Sie mich heute frei nehmen"
„Mann Sander wissen Sie, was das für uns hier
bedeutet?"
Ja, das wusste ich und ehrlich gesagt war es mir
scheißegal.
„Natürlich weiß ich das, Chef und ich verstehe das alles
und bedauere es sehr, aber es geht nicht anderes."
„Na gut, aber ihre Post lassen wir liegen"
Na super! So ein linker Hund.
„Danke Chef, Sie sind der Beste."
Wie ein Tornado brach ich los und rannte zum Auto. Mit
Slayer, Metallica und AC/DC brachte ich die Drehzahl
meines Japaners auf ein Optimum. Meine Hände
krampften sich um das Lenkrad. Immer auf der Suche
nach dem kürzesten und schnellsten Weg in dieses
Kuhkaff. In nur 20 Minuten hatte ich die Strecke hinter
mich gebracht und fuhr mit viel zu hoher Geschwindigkeit
in das Städtchen ein, in dem die Garage und mein Glück
sein sollte. Doch wo? Auf dem Foto waren mehrere, alte
Garagen zu sehen. Sie standen nebeneinander. Alte
Lattenholztüren statt der heute üblichen Aluminiumtore.
Dahinter ein Hochhaus. Das Hochhaus...............such das
Hochhaus! Ich stieg aus und blickte mich um. Ein graues
Hochhaus suchte ich. Eins von denen, wo in jeder Etage
ein Balkon mit angebaut war. Groß, dunkelgrau und billig.
Ich fand eine ganze Gruppe davon nordöstlich. Flux

40

sprang ich in den Wagen zurück und gab Gas. Die Siedlung umfasste etwa zehn dieser Häuser. Ich kurvte durch die Straßen und suchte einen Anhaltspunkt, fand jedoch keinen. Jedes dieser Hochhäuser hatte eine Batterie dieser Garagen hinten angebaut. Zu jedem Haus 16 Garagen. Ich zählte 8 Häuser............also 128 mögliche Garagen, na toll!

Ich fuhr sie alle ab. Fand jedoch nichts, was dem Foto ähnelte. Inzwischen war es Mittag und ich hatte noch nicht einmal den Ort ausfindig gemacht. Irgendwann stoppte ich und biss in mein Lenkrad. Ich hätte heulen können. Ich sagte nichts, doch was ich dachte, war grausam. Im selben Moment lief eine alte Frau über die Straße. Sie sah alteingesessen aus und ich beschloss, sie nach dem alten Mann zu fragen.

„Des is doch der Erisch." rief sie aus, als sie das Foto sah.

„Wo ist diese Garage?" fragte ich sie.

„Ei Kerle Bub...die is da hinne?"

Ich verstand den hessischen Akzent kaum, da wir aber mit Händen und Füssen redeten, konnte ich mir denken, worauf sie hinaus wollte. Wir gingen ein paar Häuser weiter und sie erzählte mir, wie diese hässlichen Häuser damals hier hingekommen sind. Erich, so hieß der alte Mann tatsächlich und sie wohnten schon immer hier.

„Die hun mer all net gern gesehe hier." sagte sie und wollte damit ausdrücken, dass die Häuser nicht sonderlich beliebt waren.

„Zuviel Gsindel un derbe Leut." fügte Sie noch hinzu. Wir bogen um eine weitere Ecke. Wieder erschienen sechzehn Garagen, diesmal mit alten Holztüren davor. Sie ging nicht weiter, sondern bog in die Nische ein und blieb vor der dritten Garage auf der linken Seite stehen.

„Da simmer"

„Gut!" erwiderte ich „Vielen Dank für Ihre Hilfe. Wissen Sie, wo ich den Besitzer finden kann?"

„Na, der Erich, der is fort. Der hat ka Geld mehr gehatt. Außerdem war er krank, den hams glei mitgenomme." Ich dankte der Frau. Auch wenn ich kaum ein Wort von dem verstand, was sie von sich gab. Die Garage lag vor mir. Ich suchte zuerst nach einem Hinweis. Einem Zettel oder so ähnlich. Als ich näher trat, bemerkte ich, dass die Türen nicht verschlossen waren. Ich ging sofort hinein und sah mich um. Die Garage war leer. Aufgerauter Putz im typischen Garagen- und Kellergrau. Komplett ausgefegt. In einer Ecke lag noch ein zusammengekehrter Haufen Dreck. Ich untersuchte ihn, fand jedoch keine Hinweise auf die Schätze, die hier vorher gelagert haben. Man hatte hier lediglich noch die restlichen Spinnweben zusammengefegt.

Was jetzt? Es musste doch irgendeinen Hinweis auf den Verbleib des Mannes geben.

„Was machen Sie den hier?" hörte ich eine Stimme hinter mir.

„Ähhhhh............Guten Tag........ich suche den Eigentümer dieser Garage."

„Das bin ich." sagte die Stimme und öffnete die Tür ganz. Es war ein hagerer Mann um die 40. Mit schwarzem Haar und einem dichten Schnurrbart. In seiner Jugendzeit muss er Probleme mit Akne gehabt haben, denn sein Gesicht war vernarbt. Im Großen und Ganzen sah er aus, als hätte er sich mit einem Hammer gekämmt. Wache Augen starrten mich an. Ich merkte, dass er dachte, hier stehe ein Einbrecher oder ein Landstreicher vor ihm. Nur was sollte ich hier stehlen außer den Dreck. Ich stellte mich vor, um ihm den Argwohn zu nehmen. Er gab mir die Hand. Nachdem ich mein Problem geschildert hatte, bat ich ihn um Hilfe.

„Den Müll vom alten Erich haben sie heute Morgen abgeholt. Der lag die ganze Zeit hier vor den Garagen. Heute Morgen waren sie mit einem dieser Gitterwagen der Stadt da und haben alles aufgeladen."

„Wo haben sie es hingebracht" fragte ich.

„Wir haben eine Müllverbrennungsanlage etwa fünf Kilometer von hier. Das ist wahrscheinlich dorthin gebracht worden."

Oh....mein.....Gott......schoss es mir durch den Kopf. Ohne ein Wort des Abschiedes ließ ich den Mann stehen und flog die Straße runter zu meinem Auto. Ich sprang durch die Tür hinters Steuer und startete den Wagen. Jetzt war ich im Stress. Ich musste die Eier vor dem Feuertod bewahren. Mit 95 Sachen fuhr ich durch die Ortschaft, als mir einfiel, dass ich den Mann nicht nach der Richtung gefragt hatte, in der die Müllverbrennungsanlage zu finden sei. Ich fuhr einfach los. In irgendeine Richtung. Natürlich war es die Falsche. Ich geriet in Panik. In der Innenstadt, sofern man das so nennen konnte, stand ein Baum, eine Bank und gegenüber von beidem war ein Lebensmittelgeschäft mit eingebauter Post, Lotto und einem Bäcker. Genau dort ging ich hinein.

„Entschuldigung, wo finde ich die Müllverbrennungsanlage?"

„Was wollen Sie da?" fragte mich eine unglaublich dicke Frau hinter der Kasse.

Was antwortet man auf so etwas? Diese Frau schaffte es, mich mit einer Frage komplett auszuhebeln. Ich konnte jetzt doch nicht sagen, dass ich auf der Suche nach einer Palette Ü-Eier bin. Diese Leute würden mich für einen Vollidioten halten. Sie glotzte mich an und ich dachte mir, dass Greenpeace versuchen würde sie ins Meer zu ziehen, sollte sie sich aus Versehen mal an einen Strand legen. „Ich bin auf der Suche nach einer Palette Überraschungseier!" Stille! Mein Blick wurde fragender, doch die Menschen in dem Laden starrten mich nur an. Eine Mutter mit einem ca. 7 jährigen Kind sah mich an, als ob ich ein Serienmörder wäre. Ein älterer Herr schaute einfach nur und man konnte deutlich sehen, dass er dachte. Nur was? Ein dicker Mann, offenbar der Sohn der noch dickeren Kassiererin verharrte in halb gebückter Stellung beim Auffüllen des Süßigkeitenregals.

Ich merkte, ich sollte noch etwas hinzufügen.

„Gestern war ein Artikel in der Zeitung, auf dem ein Mann zu sehen war, dessen Garage ausgeräumt wurde. Ich muss zu der Müllverbrennungsanlage, um zu verhindern, dass die Sachen auf dem Foto vernichtet werden."

Der Dicke winkte verärgert ab.

„Jetzt kommt ihr daher geschlichen, wo es zu spät ist." sagte er und drehte sich weg.

„Die Anlage ist in dieser Richtung." sagte der Junge und deutete nach links.

„Tzz!" machte die Kassiererin und drehte mir den kopfschüttelnd den Rücken zu.

Was hatte ich getan? Wieso waren die Leute so unfreundlich zu mir?

„Danke." sagte ich und sah zu, dass ich aus dem Laden kam. Es war jetzt 14.00 Uhr. Ich fuhr auf der Hauptstraße aus der Stadt hinaus und sah die Verbrennungsanlage auf der linken Seite am Waldrand stehen. Ich beschleunigte. Der Qualm, der aus den Schornsteinen kam, beunruhigte mich. Ein übler Gestank kam durch die Lüftung ins Auto. Ich Idiot kurbelte das Fenster herunter, um den Geruch aus dem Auto zu bekommen. Das Hoftor war verschlossen. An dem Gatter befand sich eine Gegensprechanlage mit einer Klingel. Ich drückte.

„Häää?"

„Hallo? Könnten Sie bitte das Tor öffnen, ich muss mit dem Leiter der Anlage sprechen." sagte ich.

„Waaaas?"

Es war Lärm um mich herum. LKW fuhren, Bagger baggerten.

„Ich möchte den Chef sprechen." brüllte ich.

„Wen? Den Jeff? So einen, haben wir hier nicht." sagte er und war verschwunden.

Laut fluchte ich einige Verwünschungen in den Himmel

und klingelte erneut.

„Häää?"

„Hören Sie, bitte machen Sie dieses Tor auf. Es ist unglaublich wichtig. Ich muss Ihren Chef sprechen. Sie verstehen mich jedoch nicht, weil die Bagger so laut sind."

„Waaasss? Ich kann Sie nicht verstehen, die Bagger sind so laut."

Na supi!

„Warten Sie, Ich komme raus"

Kurz darauf kam ein kleiner dicker italienischer Typ in orangefarbenen Hosen den Weg aus dem Häuschen runter gelaufen.

„Was wollen Sie?" fragte er barsch.

„Heute Morgen wurde in der Stadt eine Garage geräumt und der Inhalt wahrscheinlich hierher gebracht. Diese Sachen dürfen auf keinen Fall verbrannt werden. Ich muss sie haben." „Sie müssen einen Besucherschein ausfüllen. Kommen Sie mit." Ich folgte ihm den Gang hoch, den er gekommen war, zu dem kleinen Häuschen. Im Innern waren mehrere Monitore, die das ganze Gelände zu überwachen schienen. Sein Kollege saß davor und kaute eine Nussecke. Dabei sah er aus, als hätte er Helium im Kopf, damit er aufrecht gehen konnte. Ich füllte das lästige Formular aus und bekam so einen ansteckbaren Plastikausweis an meine Jacke. „Die Sachen von heute liegen in Schacht 8. Bevor sie verbrannt werden, müssen Sie eine Weile liegen und ansetzen. Was war das denn, was da geliefert wurde?"

„Das war eine Palette lange abgelaufener Überraschungseier!" gab ich zur Antwort.

Im selben Moment änderte sich sein Gesichtsausdruck. Seine Augen wurden starr und ich merkte deutlich, dass er nachdachte.

„Was ist?" fragte ich.

„Nichts, nichts, alles in Ordnung."

Mir gefiel die Antwort nicht.

„Hören Sie, warten Sie bitte hier. Ich gehe das jetzt mit meinem Chef abklären." sprach er und war zu Tür heraus. Das Verhalten war schon merkwürdig. Ich blickte seinen Kollegen an. Der ließ sich durch nichts stören und kaute weiter auf seiner Nussecke. An der Wand hingen Bilder von den Gründungstagen dieser Anlage. Darunter waren Monitore und wieder Bilder.

Auf der anderen Seite hingen mehrere Regale, bestückt mit allerlei Kleinkram wie Pokale, Tassen, Fußballwimpel, und ein Ü-Ei-Katalog. Auf der anderen Seite......

„KLICK"

Ich kreiselte herum, brüllte laut „Scheiße!!!" und trat die Tür auf. Im Sprint hechelte ich den langen Weg zu diesen vom kleinen Italiener angesprochenen Lagerschächten hoch. Dieser Drecksack hatte mich reingelegt. Der war nicht zum Chef unterwegs.

„Welcher Schacht, welcher Schacht war es ?"
"Nr.8!!!!!"

Schacht 4. Gartenabfall

Schacht 5. Undefinierbar, aber übel stinkend

Schacht 6. Holzreste

Schacht 7. Metallteile
Schacht 8. Kleine mit Hausmüll übersäte Italiener, die mitten im Dreck stehen und nach Überraschungen suchen. Mit Anlauf sprang ich dazu. Der Gestank störte mich nicht. Ich war bereit für diesen Schatz zu kämpfen. „Was machst Du hier? Verschwinde." klang es hasserfüllt mit etwas Akzent.

„Hast Du deinen Chef gefunden?" fragte ich beissend.

„Hier ist nix, Du kannst wieder gehen. Es wurde schon verbrannt."

„Ich dachte, es muss sich erst noch setzen?"

„Du denkst zu viel."

Im selben Moment flog mir etwas Hartes an die Schulter. Ich blickte auf. Mein kleiner Freund stand bis zur Hüfte im Müll und hatte einen dämonischen Blick aufgesetzt. Ich erwiderte seinen Blick mit einem Geisterjäger-Lächeln und jeder, der schon einen John Sinclair Roman gelesen hat, weiß, was jetzt passierte. Sekunden später prügelten wir uns im Müll. Er hatte ein Heimspiel. Der Gestank machte mir zu schaffen, aber ich war größer. Er versuchte mich ständig im Müll zu ertränken, indem er meinen Kopf herunter drückte. Doch ich konnte mir einen furchtbar verschimmelten Putzlappen krallen und ihm damit ordentlich eins über die Rübe ziehen. Der Lappen war so nass und vollgesogen mit mir unbekannten Flüssigkeiten, dass es laut klatschte, als ich ihm damit traf. Beim zweiten Schlag wickelte sich das Ding zweimal um seinen Kopf. Sofort breitete sich ein unglaublich übler Gestank aus. Ich musste unweigerlich würgen. Meinem Gegenüber erging es jedoch schlechter. Er übergab sich vollends und verließ wankend den Müllhaufen. Kreidebleich drehte er sich zu mir um.

„Ich hol jetzt mal ein paar Kollegen und die Polizei, dann wirst du schon sehen, was passiert." schrie er und lief davon. Ich fing an, die Eier zu suchen. Der Geruch raubte mir fast den Verstand. Ich beschreibe hier besser nicht, was passierte, als ich den Lappen fallen lies, doch es dauerte eine Weile, bis ich die Fäden, die er zog, los wurde.Wo waren die Eier!!! Ich lief um den Berg herum....Nichts! Auf die andere Seite........wieder nichts! Als ich mich umdrehte und fast schon resignierte, sah ich ihn. Den Gitterwagen. Im Laufschritt stolperte ich den Müllberg herunter. Ich zog eine Wolke hinter mir her, der die Fliegen aus dem ganzen Umkreis anzog. Meine Haare waren nass, meine Kleidung durchtränkt. Wäre jetzt ein Müllwagen gekommen, die hätten mich glatt mitgenommen. Auf dem Wagen sah ich sofort die Europalette. Darunter lagen die Kisten vom Foto. Ich griff hinein, zog ein Display auf und nahm ein Ei heraus. Die Folie flog durch die Luft. Ein fast weißes, krümeliges Schoko-Ei kam zum Vorschein. Im Innern eine Kapsel mit flachem Deckel. Definitiv alt. Ich öffnete die Eikapsel und holte einen Pumuckl heraus. Es war also wahr. Ich hatte soeben einen Schatz gefunden. Der Beipackzettel flog durch die Luft und wurde vom Wind davongetragen.„Da ist er!!!!" hörte ich von weit weg jemanden rufen. Mein kleiner Freund kam mit zwei seiner Kollegen an, die nicht so klein waren, wie er selbst. Jetzt musste ich handeln. Mit einem Satz war ich am Steuer des Gitterwagens und lies den Motor an. Bis zum Tor waren es etwa 400 Meter. Ich gab Gas und die Räder drehten durch. So holperte ich quer über den Müllplatz bis zum Ausgang. Das Tor stand gerade offen, weil ein Müllwagen hindurch fuhr. Mein Auto stand noch einmal 300 Meter vom Tor weg. Der Vorsprung müsste reichen, dachte ich. Quietschend kam ich vor meinem Auto zu stehen und sprang heraus. Hastig öffnete ich den Kofferraum und die Türen und begann die Eier kistenweise in das Auto zu werfen. Die drei Müllmänner kamen schnell näher und fuchtelten mit den Armen. Noch wenige Kisten und der Gitterwagen war leer. Schnell saß ich am Steuer und gab wieder Gas. Gerade noch rechtzeitig, um meinem Gegner noch ein Ei zu zuwerfen.

„Danke für die Hilfe." und weg war ich.

Der Gestank im Auto war bestialisch. Ich roch wie eine aufgeplatzte Wasserleiche. Hoffentlich hatten sie sich mein Nummernschild nicht gemerkt. Die zwanzig Minuten Fahrt, war das Schlimmste, was ich je erlebt hatte. Den Geruch nahm ich nach kurzer Zeit schon nicht mehr war, aber die Angst erwischt zu werden, gepaart mit der Freude gewonnen zu haben. Das zusammen war fast unerträglich für mich. Gegen meine Gewohnheit fuhr ich das Auto in die Garage. Danach duschte ich mehrmals. Zwischendurch musste ich immer wieder den Abfluss freimachen. Immer wieder verstopfte undefinierbarer Unrat die Dusche. Sachen, die auf meinem Kopf waren. Der Gestank schien nicht wegzugehen. Irgendwann bildet man ihn sich wohl auch ein. Die Kleider warf ich weg, da sie eh nicht mehr zu retten waren. Nachdem ich wieder sauber war, ging ich zurück in die Garage und räumte eine Kiste nach der anderen in meine Wohnung. Womit ich den Rest des Tages verbrachte, kann sich jeder vorstellen.Ich stellte einen großen Eimer rechts von mir auf den Boden. Dort kam das Papier und die alte Schokolade rein. In den Karton links von mir sollten die leeren Eikapseln. Ich öffnete Ei um Ei. Die Schokolade stank bestialisch. Schon nach zehn Eiern hatte ich den ersten Regenkobold in der Hand. Ich konnte es kaum glauben. Er lag in meiner Hand. Glänzend mit einem grünen Schirmchen. Es waren achtzehn Kisten zu je 72 Eier. Also 1298 Ü-Eier! In den nächsten beiden Tagen und am Wochenende öffnete ich sie alle. Wenn ich auf der Arbeit war, konnte ich es kaum erwarten wieder nach Hause zu kommen, um weiter Eier zu knacken. Am Schluss hatte ich 36 Regenkobolde und insgesamt 278 Pumuckls. Eine Woche lief ich mit stolz vorgestreckter Brust umher. Keine Anzeige kam ins Haus. Niemand hatte sich mein Nummernschild notiert und niemand hatte mich erkannt. Ich schloss den Fall gerade für mich ab, als ich wieder in der Presse von dem Mann mit der Garage las. In dem Artikel mit der Überschrift „Was war in der Garage des alten Mannes?" Stand etwas über die spektakuläre Müllwagenentführungsaktion. Meinen kleinen Italiener hatten sie ebenfalls interviewt und er stellte mich als muskulöses Anabolikamonster dar, das mit terroristischen

Absichten in die Mülldeponie eingedrungen war. Natürlich hat er mich verjagt. Etwas weiter unten erfuhr ich dann, was mit dem alten Mann geschehen war. Er war bankrott, hatte private Insolvenz angemeldet, weil seine Rente so klein war, dass er sein Haus nicht mehr unterhalten konnte. Er war krank und lebte jetzt in einem Altenwohnheim der Stadt für minderbemittelte Personen. Er wusste noch immer nichts von seinem Schatz aus der Garage. Als ich mir das Bild dieses Mannes ansah, bekam ich ein unglaublich schlechtes Gewissen. Ich saß hier in meiner warmen Stube mit 278 Pumuckl und dieser Mann, dem sie eigentlich gehörten, nagte in einem Altenheim an einem Stück Brot. Was für ein Arschloch war ich doch. Meine Gedanken begannen, sich in eine andere Richtung zu drehen. Das Jagdfieber war vorbei und ich besann mich des Schadens, den ich angerichtet hatte. Ich kam mir wie ein Betrüger vor. Weitere zwei Tage kämpfte ich gegen mein Gewissen an, dann konnte ich nicht mehr. Immerzu hatte ich diesen Mann im Kopf, wie er vor den Scherben seines Lebens stand. Den Zeitungsartikel hatte ich aufgehoben und las ihn immer wieder. Für die Pumuckl hatte ich extra einen Setzkasten gebaut und sie nebeneinander aufgestellt. Die anderen Ei-Inhalte waren in den gelben Eikapseln verstaut und standen bereit zum Verkauf.

Verkauf!!!.......ja, genau, das war es. Ich musste das Zeug verkaufen und dem alten Erich helfen. So konnte ich den Schaden gutmachen, oder zumindest begrenzen. Ich begann, die Kapseln zu sortieren und zu fotografieren. Besonderheiten, wie alte Autos, oder Dreieckskörper baute ich zusammen, um sie zu zeigen. Überall legte ich die BPZ dazu. Am Ende hatte ich über vierzig Fotos gemacht, die ich für sechzehn eBay-Auktionen verwendete. Diese Auktionen gingen ab wie ein Flummi. Schon alleine wegen der ganzen Beipackzettel schossen die Preise in die Höhe. Ich stellte für zehn Tage ein, damit die Angebote für richtig viel Wirbel in der Ü-Ei-Welt sorgten. Was sie dann auch taten. Am letzten Tag und vor allem in den letzten Minuten überschlugen sich die Höchstgebote noch einmal. Mit meinem sechzehn Auktionen verdiente ich an diesem Tag 7000 Euro. Noch am selben Tag setzte ich 100 der Pumuckl in das Onlineauktionshaus. Zum Teil im Set, zum Teil auch einzeln. Auch fünf Regenkobolde kamen dazu. Der Unschuldige und der lustige Musikant. Alle in der original Kapsel mit BPZ und Echtheitsgarantie. Die Regenkobolde mit Beipackzetteln brachten mir alleine 4500 Euro ein. Die restlichen Pumuckl noch einmal 8900 Euro. So hatte ich binnen weniger Tage über 20.000 Euro für Erich erwirtschaftet. Ich holte einen Kontoauszug von der Bank ab und machte mich erneut auf den Weg in die Stadt. Das Altenheim hatte ich schnell gefunden, denn es war ausgeschildert. Als ich hinein kam, viel mir als Erstes der Geruch auf. Es roch nach Krankheit und Putzmitteln. An der Rezeption angekommen merkte ich, dass ich den Nachnamen des Mannes gar nicht kannte.

„Guten Morgen!" sagte ich artig. „Ich suche jemanden, der seit wenigen Wochen bei Ihnen wohnt"

„Name?" fragte eine ziemlich hässliche Frau mit grauen Haaren und etlichen Warzen im Gesicht. Sie sah aus, wie ich mir die Hexe aus Hänsel und Gretel immer vorgestellt habe.

„Ich kenne nur seinen Vornamen. Er lautet Erich." antwortete ich ehrlich und setzte ein unschuldiges Gesicht auf.

Die Hexe beeindruckte das nicht. Die Alte wackelte mit dem Kopf und sagte:

„Dann kann ich ihnen nicht helfen! Wir haben etwa zwanzig Erichs hier bei uns." Es fehlte nur noch, dass sie sich am Hintern kratzte.

„Hmmm, es ist der alte Mann, dessen Besitz gepfändet wurde. Das war auch in der Zeitung und ist erst wenige

Wochen her."

Ich legte den Zeitungsartikel auf den Tisch.

„Ach der!!" schoss es aus Ihr heraus. „Der Schokoladen Erich"

Aja! Schokoladen-Erich. Ich erinnerte mich an den Namen, den die alte Frau genannt hatte, die mir die Garagen gezeigt hatte.

„Der hatte früher einen Süßwarenladen und wir Kinder haben bei ihm immer die Lutscher geklaut."

„Na Super." dachte ich. Und heute musst du ihm das Essen bringen, du Natter. Das geschieht dir recht.

„Wann war das?" fragte ich nach.

„Den Laden gab es bis Mitte der 80er Jahre, dann kam der große Supermarkt. Der Erich war ziemlich niedergeschlagen, als er sein Geschäft aufgeben musste."

„Ich möchte ihn gerne sprechen."

„Sind sie ein Verwandter?"

„Nein, bin ich nicht."

„Dann kann ich sie auch nicht zu ihm lassen. Die Alten stehen hier unter unserer Direktive. Wenn Sie dem Kerl eine Versicherung verkaufen, muss ich es ausbaden"

„Ich will ihm keine Versicherung verkaufen, ich will ihm etwas geben. Also würden Sie mich bitte zu ihm lassen, oder mir sagen, wo ich ihn finden kann."

„Tut mir leid." Das tat es nicht und es war deutlich zu sehen. „Das geht nicht. Sie sind nicht berechtigt."

„Ich sag Ihnen mal was." fing ich erneut an. „Wenn Sie mich da jetzt nicht reinlassen, werden Sie ein mächtiges Problem mit der Presse kriegen. Ich bin von Deutschlands größter Boulevardzeitung und wenn ich da jetzt nicht reinkomme, kommen Sie morgen auf die Titelseite. Haben wir uns verstanden?"

Ihr Gesichtsausdruck wurde unsicher. Sie schluckte.

„Haben Sie einen Ausweis?" fragte sie zitternd.

„ICH BRAUCHE KEINEN AUSWEIS, ABER SIE AB

MORGEN EINEN, DER MIT IHNEN ZUM ARBEITSAMT GEHT." brüllte ich außer mir vor Wut. Sie sackte zurück und ging voll auf meinen Bluff ein. Gerade als ich noch einen draufsetzen wollte, weil ich mich warm geschossen hatte, hörte ich eine Stimme vom Flur her.

„Sie suchen mich?"

Da stand er, der Schokoladenmann. Jeans, ein Sweatshirt über den schlanken Oberkörper und fast weiße Haare. Er erkannte mich.

„Sie sind der Mann vom Flohmarkt." sagte er lächelnd.

„Der bin ich."

Ich ging auf ihn zu und gab ihm die Hand. Sein Händedruck war fest und trocken.

„Nun, die Schokoladeneier habe ich nicht mehr. Die wurden vor vier Wochen abgeholt und weggeworfen. Da wäre bestimmt was für Sie dabei gewesen."

Ich lächelte ihn an. Ich fand diesen Mann entgegen meines Eindrucks damals auf dem Flohmarkt sehr sympathisch.

„Setzen wir uns!" bat ich ihn.

Wir nahmen in der Halle Platz und ich zog zwei Kaffee aus einem Automaten für Gäste, servierte und legte den Zeitungsartikel vor ihm auf den Tisch.

„Ich habe davon gelesen, Erich. Ich weiß auch, dass Sie mal einen Süßwarenladen hatten."

„Einen Schokoladenwarenhandel, jawohl. 83 Jahre lang hat unsere Familie den gehabt. Es war der bekannteste Laden im ganzen Umkreis hier. "

„Nun!" begann ich. „Ich habe die Eier!"

Mit diesen Worten legte ich den anderen Artikel auf den Tisch, in dem geschildert wurde, wie ich den Gitterwagen geklaut hatte.

„Das waren Sie?"

Er guckte erstaunt, lachte dann aber.

„Ja, in dem Gitterwagen waren Ihre Eier drin."

„Warum?"

„Sie wissen gar nichts, stimmts?"

„Was soll ich denn wissen?"

Ich erzählte ihm von dem Ü-Ei-Boom der späten 80er und dem heutigen Sammlermarkt. Ich zeigte ihm einen Katalog, und er staunte nicht schlecht, als er sah, wie hoch die Preise waren.

„In Ihren Kisten waren Ü-Eier aus dem Jahr 1985."

Ich blätterte die Seiten mit dem Pumucklsatz auf und zeigte ihm den Regenkobold.

„Da haben Sie aber Glück gehabt, dass die noch nicht weg waren."

Wir lachten beide und tranken einen Schluck Kaffee.

„Ja, Glück und Arbeit. Ich hab meinen Hals riskiert, um die Eier zu retten und jetzt werde ich etwas tun, was ich vorher so nicht geplant habe."

„Und was, wenn ich fragen darf. Die 200 Euro helfen mir leider nicht mehr. Ich bin gepfändet und habe Verbindlichkeiten von mehreren Tausend Euro. Selbst wenn ich das mit den Eiern gewusst hätte, wie hätte ich sie verkaufen sollen?"

Ich legte den Kontoauszug auf den Tisch und deutete auf den Kontostand.

„Ich habe sie bereits verkauft. Das ist Ihr Geld, Erich. "21.334 Euro zeigte der Auszug an.

„Ich habe die Eier zu etwa 70 % verkauft und das ist der komplette Erlös daraus."

Er blieb stumm. Betrachtete nur den Kontoauszug.

„Ich schenke Ihnen Ihr Leben zurück." sagte ich.

Er starrte mich an und sagte eine ganze Weile nichts. Nach kurzer Zeit kam ich mir blöd vor. Ich rechnete damit, dass er mich anbrüllte und hinauswerfen lies. Sein Kinn zitterte, als er ansetzte, um etwas zu sagen.

„Ich danke Ihnen...........ich danke Ihnen von ganzem Herzen."

Seine Aufrichtigkeit war aus jeder Pore zu spüren und mich erfasste ein unglaublich befriedigendes Gefühl. Wir

saßen einfach eine Weile da und starrten auf den Auszug.
„Lassen Sie uns von hier verschwinden." schlug ich vor.
„Und wohin?"
„Am besten erst einmal zur Bank, damit wir Ihr Konto
ausgleichen können und aus Ihnen wieder ein Mensch
wird. Danach fahren wir zu Ihrer Wohnung. Und danach
überlegen wir, wie es weitergeht."
Das lies er sich nicht zweimal sagen.
„Ich packe meine Tasche! "Er sprang auf und rannte
förmlich den Flur hinunter in sein Zimmer. Viel hatte er
nicht zu packen. Zumindest kam er fünf Minuten später
mit einer halbvollen Sporttasche wieder in die
Empfangshalle. Die Hexe warf uns argwöhnische Blicke
zu und ich wedelte beim Herausgehen mit meiner
Videothekenkarte herum, um sie glauben zu machen, es
sei ein Presseausweis. Die Bank war eine Formalität. Ich
überwies 21.000 Euro auf das Konto von Erich, dem
Schokoladenmann. Der Sachbearbeiter informierte sofort
die Immobilienabteilung, dass das Häuschen des alten
Herrn nicht mehr zum Verkauf stand. Wir fuhren erst
einmal einkaufen, da er natürlich nichts mehr im
Kühlschrank haben konnte, wenn er den überhaupt noch
einen Kühlschrank hatte und danach zu Erichs Haus. Der
ehemalige Laden war im Erdgeschoss an den großen
Schaufenstern noch zu erkennen. Das Glas war von
Ihnen mit einer Folie beklebt. Die Verkaufsfläche war leer.
„Sie sollten den Laden vermieten und von den Einnahmen
leben."
Er lachte
„Fremde kommen mir nicht ins Haus".
Wir gingen hinein und aßen in Ruhe. Er erzählte mir sein
ganzes Leben. Ich hatte das Gefühl einen guten Freund
gefunden zu haben, obwohl er dreißig Jahre älter als ich
war, verstanden wir uns prächtig. Einige Wochen später
traf ich einen Entschluss für ihn. Zusammen renovierten
wir den Laden und eröffneten ein Schokoladenvertrieb.

Im- und Export von erlesenen Schokoladensorten. Erich war der wichtigste Faktor. Sein Wissen um die braune Masse war ohne Zweifel der Schlüssel zum Erfolg. Aus einer Rettungsaktion wurde ein Geschäft und eine Freundschaft. Erich der Schokoladenmann wurde 84 Jahre alt und ich saß an seinem Bett, als er starb. Da ich der einzige Mensch war, der mit ihm Kontakt hatte, erbte ich sein Haus und den Laden. Sein Testament war eine Dankesrede an mich und die zweite Chance, die ich ihm verschafft hatte. Dem Geld hatte ich nie nachgetrauert und jetzt bekam ich es doppelt und dreifach zurück. Ich erweiterte den Schokoladenhandel mit einer Onlineverkaufsplattform und weltweitem Versandhandel. Die Zentrale jedoch blieb ein kleiner Schokoladenladen in der Altstadt von Erichs Geburtsstadt.

Der Pickel

Eigentlich bin ich voller Zuversicht zu dem Termin
gefahren. Mich hatte das Jagdfieber gepackt. Die
Aussicht auf einen Schnapp, der seinesgleichen suchte,
hielt mich gefangen. Mit meinen üblichen 2000,- Euro in
der Tasche fuhr ich die Einfahrt des Einfamilienhauses in
einem Frankfurter Vorort hoch. Ich hatte immer soviel
Geld dabei. Man weiß ja nie, was einem so offenbart wird.
Dann wäre es schlecht, wenn man nicht genug Kleingeld
dabei hat, um zuzuschlagen. Heute wollte ich zuschlagen.
Ich war heiß.
Der Mann, der mich empfing, hatte jedoch ein optisches
Problem, dass mir dermaßen zu schaffen machte, dass
aus meinem Schnapp fast mein Ruin wurde. Er hatte
einen übergroßen Pickel auf der Backe. Ich konnte gar
nicht wegsehen, geschweige denn ihm bei unserer
Unterhaltung in die Augen schauen. Er hatte auf einen
meiner Flyer geantwortet, die ich überall aushängte. <<
Kaufe Ü-Ei-Figuren – Telefon ......>>. Er rief mich an und
ich zögerte nicht lange und verabredete mich mit ihm. Wir
führten also unsere Konversation und meine Augen
schossen ständig auf den Pickel zurück. So ein großes
Teil hatte ich noch nie gesehen. Rot und an seiner Spitze
schälte sich die Haut, weil die darunterliegende Eiterbeule
versuchte die letzte dünne Barriere zu sprengen. Sie
presste sich dagegen, gegen das letzte Hindernis. Man
könnte fingerkuppengroße Hautfetzen von dem Ding
herunterschälen. Meine Hände zuckten. Irgendetwas in
mir befahl mir, ihn auszudrücken. Etwas, das ganz tief in
mir war und heraus wollte, doch ich hatte Angst, dass er
explodieren würde, wenn ich ihn berührte. Meine Blicke
mussten ihm doch auffallen. Er grinste. Die Haut über
dem Pickel verzog sich dabei und spannte noch mehr. Ich
duckte mich reflexartig nach links weg.
„Ist was?" fragte er.

„Ne ne...ich dachte nur da wäre eine Wespe an meiner.......BACKE!" er zuckte zurück beim letzten Wort. << Konzentriere dich! >> zwang ich mich.....doch.....Es ging nicht. Der war so dick wie mein Daumen und würde ihm das ganze Hemd vollsauen, wenn er jetzt platzte.

„Sie haben da.....da was im Gesicht." versuchte ich es halb stotternd.

„Was denn?" fragte er und begann sich mit der flachen Hand am Kinn und dem Mund herumzufummeln.

„Na da..weiter oben. Der sieht nicht gut aus."

„Ach das...!" << Klatsch! Mit den Fingern drauf >>. „Das ist nur ein Furunkel. Die bekomme ich immer wieder mal. Habe etwas unreine Haut"

„Ach!"

Er tatschte verlegen daran herum. Ich senkte den Blick auf die vielen Kisten unter mir, in der sich die hoffentlich gut bestückte Figurensammlung befand. Für so ungefähr 400,- Euro wollte ich die Sammlung kaufen in der Hoffnung auf einen Schnapp. Ich hatte mir die Kisten kurz angesehen. Taos, Schlümpfe und auch einige Kobolde waren dabei. Dazu noch etliches Spielzeug aus der guten alten Zeit. Ein gutes Paket. Ich sah ihn an und wollte gerade mein Sätzchen aufsagen....Da! ....Jetzt war es passiert. Als er mit dem Finger drauf tatschte, platzte der Eiterkopf und die Soße lief jetzt an seiner Backe runter. Gott, ich schämte mich so und.......Boah!....War das viel! Ich zwang mich, woanders hinzugucken. Doch die Sonne schien drauf und brachte das Geschmiere auch noch zum Glänzen. Damit leuchtete das Ding jetzt auch noch. Jetzt schien er etwas zu merken. Anscheinend kitzelte es ihn an der Wange. Er wischte mit der Hand darüber, als ob eine Fliege dort gesessen hätte. Jetzt lief es nicht nur die Backe runter, sondern war überall in seinem Gesicht verteilt. Das Ding musste mindestens einen halben Meter tief im Fleisch sitzen, so wie das da rausfloss.

„Ich würde für die ganze Sammlung 1800 Euro haben

wollen. Es sind wirklich schöne Stücke dabei."

„Ähh...was?....Ja... 1800,-. Einverstanden. Hier das Taschent...ähh..Geld." ich hielt es ihm hin und griff mit der verschmierten Hand danach.

„Hah!" rief ich erschreckt, riss meine Hand zurück und lies das Geld fallen. Er sah mich total verwirrt an und bückte sich. In dem Moment fing sein Furunkel an, den Teppich vollzutropfen.

„Sie sind aber nervös." er blickte auf. „Kommen Sie! Ich helfe ihnen tragen."

„Oh Gott nein.....Entschuldigung." <<Atmen - Ein und aus>> „Ich mach das schon. Bitte helfen sie mir nicht." fast flehend sah ich ihn an.

„Was haben sie nur?" fragte er mich inzwischen völlig verständnislos. Dabei hob er die Augenbraue auf der Seite wo der Pickel saß und zog so die Haut straffer, so das gleich ein neuer Schwall daraus hervorquoll.

Jetzt musste es raus!

„Scheiße!! schrie ich. „Sie haben ein Riesending da an der Backe kleben und das ist eben förmlich explodiert. Verdammt...! Ich stehe hier und muss mir das ansehen. Dabei kommt´s mir fast hoch und jetzt fangen sie auch noch an, das Geschmiere auf meiner Ü-Ei-Sammlung zu verteilen. Treten sie bitte einfach zurück, wischen Sie sich die zehn Liter Eiter aus der Fresse und lassen sie mich hier abhauen, damit ich nicht noch von Ihnen vollgesaut werde. Das ist höchst eklig für mich und Sie können sich nicht einmal im Ansatz vorstellen, was mir gerade für Szenarien durch den Kopf gehen. Bleiben Sie einfach zurück. Am besten gleich zwei bis drei Meter, weil man nie weiß, wie weit sowas spritzt."

Stille......sein Mund stand offen und er starrte mich an. Ich rechnete damit rausgeworfen zu werden.

„Haben sie ein Taschentuch?"

„NEIN!"

„Ok..dann geh ich mal auf die Toilette."

„Ja, machen sie das. Ich verabschiede mich schon mal."
„Gut. Auf Wiedersehen."
„Ja...Bis dann."
Draußen vor der Tür schüttelte ich mich und schrie ich erst einmal den Himmel an. Überall am Körper hatte ich Gänsehaut. Ich untersuchte die Pakete nach irgendwelchen Spuren der gerade erlebten Odyssee, als es hinter mir klopfte.
„Auf Wiedersehen" rief er und legte die Hand auf die Scheibe. Dabei hinterließ er drei fette, schmierige Fingerabdrücke. Auf der Backe hatte er ein Pflaster kleben, doch die Finger hatte er sich nicht gewaschen. Ich wusste genau, ich würde den ganzen Kram zuhause erst einmal in die Badewanne schmeißen und Wasser drüberlaufen lassen, bevor ich die Figuren anfasste. Die Kisten ins Auto zu bekommen glich einer Tortur. Überall hatte ich das Gefühl von Eiter und Blut verklebt zu sein. Ich steigerte mich in einen Rausch und stand irgendwann wild fluchend vor meinem Kofferraum. Nach etwa zehn Minuten ging die Haustür auf und mein Freund stand schon halb auf dem Weg zu seiner Hoftür.
„Kann ich nicht doch helfen?" fragte er
„NEEEIIINNN!" ich hatte noch nie jemanden so angeschrien. Ich schlug den Kofferraumdeckel zu, klemmte mich hinters Steuer und fuhr nach Hause mich waschen. Er stand nur da....Gott sei dank.

Der Urlaub

Tau, der im Gras glitzert. Vögel, die mit ihrem Gesang die Stille lieblich klingen lassen. Eine Sonne, die aus dem Meer heraus aufzusteigen scheint, während ein Fisch aus dem Wasser springt. All dass versprach mir der Prospekt des Reisebüros für 399,00 Euro pro Person.

Türkei-Urlaub!

Schon vor Monaten beschlossen meine Frau, die Kinder und ich, zusammen in den Urlaub zu fahren. Seit wir uns kannten, gab es immer nur Arbeit und Kinder. Nie Erholung. Das sollte sich nun ändern. Hotel mit Kinderbetreuung. Tolle Landschaften.....und.....das Meer. Perfekte Ausstattung für einen perfekten Urlaub im Land der Schnauzbärte.

Freitag 17.52 - Terminal 1 Flughafen Frankfurt am Main.

Noch nie im Leben war ich an einem solch großen Flughafen. War ich überhaupt schon mal an einem Flughafen? Als wir vom Parkhaus aus hinein kamen, sah alles so nach Raumschiff Enterprise aus. Nichts von Größe. Vielmehr dunkle Gänge mit schwarzem Gummiboden und vielen Richtungspfeilen. Diesen Pfeilen folgend, kamen wir an allerlei Geschäften vorbei. Die Kinder waren total aufgeregt und schnatterten ununterbrochen, so dass meine Frau alle Hände voll zu tun hatte, während ich, ganz Mann, die Führung übernahm. Denn eines steht ja wohl fest, wenn Männer führen, hat das Hand und Fuß. Selbst sich zu verlaufen wirkt bei uns irgendwie methodisch. Doch meine Familie war bei mir in sicheren Händen und binnen weniger Augenblicke führte ich sie zum Einchecken. Ich war mir sicher, den richtigen Pfeilen gefolgt zu sein. Trotzdem wusste ich irgendwie, dass ich den Namen Tokio-Air nicht in unseren Unterlagen gesehen hatte. Eine nette Servicefrau brachte uns schnell wieder auf Kurs, nachdem meine Frau nach dem Weg gefragt hatte. Ich hätte es auch so gefunden! Wir gingen an Landebahnen und dicken Fliegern vorbei. Die Kinder machten große Augen und bekamen die Münder nicht mehr zu. Sie gaben den Fliegern Namen und erfanden imaginäre Geschichten dazu. Mit etwas Glück und meinem Geschick natürlich, kamen wir zur Gangway. Gerade, als der Aufruf für unseren Flieger kam.

"So, stellt euch gleich in die Reihe." sagte ich.

"Papiiii........Nina blauuuu!"

Ich gab ihr den blauen Trinkbecher. Frauen sind so einfach, solange sie jung sind. Zehn Minuten später saßen wir im Flieger. Ich hoffte nur, dass unser Gepäck auch schon drin war. Wir hatten es einen Tag vorher aufgegeben. Horrorszenarien einer gepäcklosen Familie liefen seitdem vor meinem geistigen Auge ab.

Als ich auf meinem Sitz saß, fiel mir ein, dass ich eigentlich Flugangst hatte. Zuerst wunderte ich mich, warum ich daran nicht vorher gedacht hatte. Dann aber beschloss ich, der Gefahr ins Auge zu sehen und mich vor meinen Kindern nicht zu blamieren. Trotzdem kam die Panik schlagartig. Als der Kapitän uns begrüßte, hatte ich schon die Kotztüte in der Hand. Meine Frau hielt meine Hand, als wir über die Startbahn rollten und die Tüte, als wir abhoben.

"Schatz....sie wird langsam schwer! Was hast du denn alles gegessen?" sagte sie leicht angeekelt. Ich antwortete nicht, sondern dachte an die teure Pizza von gestern Abend. Sobald man die Erde nicht mehr sehen konnte, oder es zumindest so aussah, dass ich dachte, ich gucke auf ein Bild, ging es wieder. Jedes Luftloch wurde von mir dennoch mit dem Griff zur nächsten Kotztüte begleitet. Ich hatte bereits die Tüten meiner

Nachbarschaft eingesammelt und gebunkert.

"Papa ist ganz bleich." sagte meine Älteste.

"Ja, Papa hat Flugangst, mein Schatz."

"Kotzt man da immer alles voll?" kam die Rückfrage.

Ich legte meiner Frau die Hand aufs Knie, um ihr zu bedeuten, dass sie das jetzt bitte nicht weiter vertiefen sollte. Mir ging es eh schon schlecht.

"Haaalllooo, Papa.....wieso kotzt du so? Du hast alles vollgemacht!"

Ich schaute mich um. Auf dem Sitz vor mir waren tatsächlich einige Spritzer und auf den Boden lagen rote..... "WWWOOOOOOUUUUAAAAAA".

Als die Durchsage kam, dass wir in wenigen Minuten landen werden, ging es mir gleich ein wenig besser. Ich schloss die Augen, um den Rest schnell und ohne etwas von dem Landemanöver sehen zu müssen, hinter mich zu bringen. Das Aufstehen trieb den Rest meiner Magensäure an die Oberkante der Unterlippe. Doch diesmal behielt ich die Kontrolle.

Eine Stunde später waren wir bereits im Hotel.

Das Zimmer war sauber und der Ausblick ernüchternd. Wir hatten eine tolle Sicht auf eine Mauer. Wenigstens wurde die von der Sonne angestrahlt. Als ich nach der dritten Runde durch das Zimmer den Balkon immer noch nicht entdeckt hatte, beschloss ich, dass keiner da war. Also baute ich die Reisebetten für die Kinder auf. Anschließend verstauten wir unsere Koffer in den Wandschränken. Danach ging es erst einmal in die Lobby und in den Essensraum, um uns zu stärken. Für mich gab es herzhaftes Börek. Eine Schafskäse- und Hackfleischspezialität. Von der ganzen Kotzerei war ich richtig hungrig. Wir aßen lange und viel und nach dem Essen brachten wir die Kinder ins Bett und gingen schlafen. In der Nacht wachte ich mehrmals auf, weil mich irgendwas kitzelte. Doch immer, wenn ich das Licht anmachte, war nichts zu sehen. Am nächsten Morgen hatte ich einen üblen Geschmack im Mund. Ich dachte sofort an diese Urlaubhorrorstories, wo Insekten nachts den Speichel aus den Mundwinkeln......na gut, lassen wir das. Das Frühstück im Essraum ließen wir uns schmecken. Der Raum war so überfüllt, dass ich schon dachte, hier speisen die Bewohner gleich mehrerer Hotels. Mit einem total fetten Mann lieferte ich mir einen heißen Kampf am Büffet. Ich verlor, weil er nie was in den Schüsseln ließ.

"Was wollen wir heute machen? Ich würde gerne die Umgebung kennen lernen." sagte meine Frau.

Die Kinder saßen einfach nur da und mampften. Sie waren damit beschäftigt, die ungewohnte Umgebung zu absorbieren und dies taten sie, indem sie kauend hin und her blickten.

"Lass uns auf den Markt gehen und danach ein bisschen ins Hinterland. Heute Nachmittag an den Strand. Einverstanden?" Sie lächelte ihr liebstes Lächeln.

"Einverstanden!"

Der Markt war so, wie man sich einen türkischen Markt vorstellt. Kräuter- und Teppichhändler stehen neben Stoff- und Gemüsehändler vom Land. Dazwischen gab es frischen Fisch und Backwaren. Überall wurde Tee gereicht. Alle waren sehr freundlich, bis es ans Feilschen ging. Da wurde schon mal rumgeflucht. Die Touristenkundschaft war hier sehr willkommen. Konnte man mit uns doch tolle Geschäfte machen, weil wir das Feilschen nicht gewohnt sind und einfach zu schnell Ja sagen. Wir gingen durch die Gänge, die Kinder hatten wir auf dem Arm.

"Daaaaaa!" rief Nina plötzlich "Daaaaaaa!"

Ich sah nichts.

"Was ist da?"

"Ninalumpf!"

"Ninalumpf?"

"Daaaaa! Ninalumpf."

Sie hob den Arm und deutete auf einen Fischhändler. Und da sah ich ihn.

Wir gingen näher und ich traute meinen Augen kaum. Mitten auf einem fetten Fisch saß ein Stelzenschlumpf aus einem Ü-Ei. Ich war total überrascht. Wir gingen auf den Händler zu. Es bestand kein Zweifel. Es war ein Ü-Ei-Schlumpf.

"Woher haben sie den?" fragte ich den Händler in der Hoffnung, dass er Deutsch sprach. Der dachte zuerst, ich meine den Fisch

„Aus dem Meer." sagte er dümmlich.

"Nein, den Schlumpf meine ich."

"Is aus Deutschland. Habe isch studiert da."

Ein studierter Fischhändler?

"Darf ich?"

Ich deutete an, die Figur anfassen zu wollen. Der Händler lächelte und nickte. Ich nahm den Schlumpf hoch. Peyo 1983 stand auf seinem Füßen. Er war aus Hartplastik. Die braunen Stelzen waren angesteckt und es waren definitiv Originale. Diese Figur hat in Deutschland einen Sammlerwert von über 500 Euro und ist so ziemlich die wertvollste Hartplastikfigur. Nichts war gebrochen. Keine Farbpatzer. Nicht geklebt. Dieser Schlumpf war perfekt und ich hatte ihn gefunden.

"Verkaufen sie den?" fragte ich in der Hoffnung auf ein Schnäppchen.

"Nix verkaufe. Ist eine Glucksbringer, weißt du?"

Ich wollte ihn aber haben. Er sollte mein Glücksbringer werden.

"Eine Plastikfigur ist Ihr Glücksbringer?" fragte ich provokant. "Ich gebe ihnen 20 Euro dafür." Für soviel musste er wohl den ganzen Tag hier schuften. Das würde sicherlich reichen. Gelobt sei unsere starke Währung.

"Ne Ne, stellst du hin, bitte. Nix verkaufe"

"25 Euro!" bot ich.

Kopfschütteln. Das gibts doch nicht!

"30 Euro!" Jetzt aber! Wieder Kopfschütteln.

"Stellst du hin, hab isch Kundschaft hier!" Das klang schon etwas bestimmter.

"Was wollen sie mit dieser Figur?" Ich merkte, wie ich pampig wurde. "Sie nützt ihnen doch nichts. Ich könnte sie gut gebrauchen."

"Hey!" Er kam auf mich zu. Erst jetzt merkte ich, dass er ja viel größer als ich war. "Stell dem hin, oder ich reiß dir deine blode Kopf ab und leg ihn zu den Fischen."

"Lass uns gehen, Michi......es reicht jetzt." Die Stimme meiner Frau klang irgendwie beunruhigt.

Nein.....ich wollte nicht gehen. Ich wollte den Schlumpf wieder in seine Heimat bringen. Er musste schon seit Jahren hier in der Fremde leiden. Er vermisst bestimmt seine Freunde aus dem Schlumpfdorf, die ja alle bei mir Zuhause in den Setzkasten eingezogen sind.

"Nun komm schon, beruhige dich wieder." steckte ich zurück und sah ihn direkt an.

"Leg dem suruck!" Er hob den Zeigefinger. Seinem Blick zu deuten war schwierig. Irgendwas zwischen – mach es schnell – und – zu spät. Langsam legte ich den Schlumpf auf den Fisch zurück. Widerwillig zog ich die Hand von ihm weg. Ich wollte ihn so sehr.

"Jetzt gehst du weider!" befahl er und ich gehorchte nur widerwillig. Nach wenigen Metern haute meine Frau mir ihren Ellbogen in die Rippen

"Du hast sie wohl nicht mehr alle." schnaubte sie. "Willst du hier ins Krankenhaus? Der hätte dich zusammengefaltet und wie einen nassen Lappen über den Marktplatz geschleift".

Das war so ungerecht. Der Schlumpf gehörte mir. Ich hatte ihn gesehen. Nur ich wusste, was er Wert war. Ich hatte das Recht ihn zu kaufen, oder? Nicht er, dieser Fischhändler. Das war mein Schlumpf....mein Schaaaatz!...........wo hatte ich das schon mal gelesen? Ich zwang mir ein Lächeln auf. So stark, dass ich einen

Krampf in der Backe bekam und ging weiter. Das Mittagessen schmeckte nicht. Das Eis danach auch nicht. Der Strand war mir nicht schön genug und in den schlumpfblauen Himmel wollte ich nicht schauen. Ich war deprimiert. Meine Figurensammlung war fast vollständig. Es fehlten mir nur noch die vier großen Figuren. Drei davon waren Schlümpfe. Einer davon war nur ein paar Meter von mir entfernt, kurz davor im Fischgeruch zu ersticken. Ich erkundigte mich am Abend im Hotel, wann dieser Markt öffnete. Der Page bestätigte mir, dass er schon morgens um sechs Uhr belebt sei. Die halbe Nacht lag ich wach. Wieder kitzelte mich etwas. Wieder sah ich nichts im Licht. Wahrscheinlich lebte hier sämtliches Viehzeugs des Hotels unterm Bett. Meine Frau und die Kinder schliefen wie Tote. Da fasste ich einen Plan.

Am nächsten Morgen stand ich um 6.03 Uhr auf dem Marktplatz. Mein fetter Freund saß vor seinem VW-Bus und häufte seine Fische auf. Oben auf den Größten setzte er meinen Schlumpf und nahm wieder auf seinem Stuhl Platz. Ein kleiner Junge stieß mich an und wollte mir Orangen verkaufen. Ich lächelte und schnappte ihn. Hinter einem LKW erklärte ich ihm, was ich von ihm wollte und versprach im zwanzig Euro, wenn er die Figur beschaffen könnte. Zusätzlich gab ich im fünfzig Euro, die er dem Fischmann dafür bieten sollte. Der Kleine ging zu dem Mann und sprach auf ihn ein. Dabei deutete er mehrmals auf die Figur. Der Dicke lachte und schlug dem Jungen auf die Schulter. Deutete kurz in meine Richtung und drehte sich dann weg.
"Scheiße!" dachte ich.
Der Junge erzählte mir, dass er mir schöne Grüße ausrichten solle und ich mich verpissen soll. Den Schlumpf würde ich nicht für 50 Euro bekommen. Da drehte ich durch. Ich sprang auf und ging wutschnaubend auf Mr. Fetty zu. Dieser Schlumpf wurde aus Deutschland

entführt und ich würde ihn retten, ihn wieder nach Hause holen.

"Bist du schon wieder da?" lachte er mir entgegen. Ich ging auf den Schlumpf zu und griff danach. Der Türke war schneller und packte meinen Arm. Mit der anderen Hand nahm ich einen Fisch und schlug ihn mitten in sein Gesicht. Ich erwähnte ja schon, dass er etwas größer als war als ich. Diese Tatsache beinhaltet auch, dass er stärker war. Er drehte meine Hand auf meinen Rücken und packte mich mit der anderen im Genick. Das Nächste, was ich wahrnahm, waren unzählige tote Fische vor meinen Augen und dieser atemberaubende Geruch, als mein Kopf in seinen Fischberg eintauchte. Im Nu hatte sich eine lustige Runde gebildet, die unserer kleinen, einseitigen Auseinandersetzung beiwohnte. Dann bekam ich wieder Luft.

"Du willst Ali Özdemir bestehlen?" fragte er mich. "Weißt du, was wir mit so dreckige Diebe mache in Türkei?" Nein, das wusste ich nicht. Aber mit Fisch hatte es bestimmt nichts zu tun. In Gedanken zog ich ihm jedes Haar einzeln aus dem Schnurrbart. In Wirklichkeit zog er mich durch das Becken, mit den Fischinnereien. Mir wurde übel. Das Gefühl kannte ich ja noch und ich übergab mich auf seinen Fisch. Alles, was ich gestern Abend gegessen hatte, lief jetzt halb verdaut zwischen den Fischen hindurch. Ali schaute nicht glücklich. Ich lachte triumphierend, während ich versuchte auf den Beinen zu bleiben. Ich glaubte, einen Zahn verloren zu haben. Zumindest konnte meine Zunge einen der Schneidezähne nicht finden. Mein Grinsen fiel dementsprechend bescheiden aus. Ich wankte wieder auf den Schlumpf zu. Schlimmer konnte es nicht werden. Mit einem lauten Klatsch knallte ich 50 Euro auf den dicksten Fisch und nahm die Figur. Als ich mich umdrehte, sah ich plötzlich meine Füße direkt vor meinem Gesicht. Zu spät erinnerte mich mein Gehirn daran, dass dies bedeutete, dass sie wohl gerade nicht auf dem Boden standen. Da lag ich auch schon auf den Brettern des Verkaufstandes. Der ganze Fisch fiel über mir zusammen, doch ich hielt den Schlumpf fest in meiner ausgestreckten Hand. Die Hand war auch das Einzige, was danach noch aus dem Fischberg herausschaute und Ali musste die Figur nur noch abpflücken.

"Du kriegt dem Figur ned!!!" brüllte er mich an.

"Ich will sie aber!!!" schrie ich gedämpft aus dem Fischberg zurück. Jemand zog mich an den Füssen aus dem Haufen. Es war die Polizei. Meine Frau stand hinter ihnen.

"Du bist ein solcher Vollidiot!" hörte ich sie noch, bevor ich das Bewusstsein verlor. Frauen werden ohnmächtig, Männer verlieren das Bewusstsein. Ein ganz wichtiger Unterschied.

Als ich wieder aufwachte, lag ich in einem weißen Raum, in einem weißen Bett. Vor mir saß meine liebe Frau, die beiden Kinder und...............ALI! Ich schoss nach oben, streckte die Arme aus und sprang ihm an die Gurgel. Ich war so stürmisch, dass ich ihn mitsamt dem Stuhl umriss. Man hatte mir so einen Kittel angezogen, der rückwärts offen ist und nun streckte ich meinen nackten Arsch nach hinten hoch in das Zimmer, während ich ihn vorne würgte. Sogar meine Kinder drehten sich weg.

"Michael hör auf!" brüllte meine Frau. Die Kinder fingen zu heulen an und Ali röchelte was von Frieden. Zu dritt mussten die Pfleger mich von ihm lösen. Ich biss und geiferte. Sie verfrachteten mich wieder ins Bett und hielten mich fest. Ali kam wieder auf die Beine und stand nun über mir.

"Hey, warum bist du so krass!" fragte er. Dann hielt er mir den Schlumpf hin.

"Dem kannst du haben. Hat mir kein Gluck gebracht." Ich guckte ihn nur an. War so verdutzt, dass ich den Arm nicht ausstrecken konnte. Mit einem Schlag fiel alles von mir ab. Ich merkte, wie Unrecht ich hatte und ein tiefes Bedauern befing mich. Ich hatte diesem armen Teufel ein solches Unrecht angetan. Das würde ich nur schwer wieder gutmachen können.

"Nein, behalte ihn" hörte ich mich sagen. Gott war ich gutmütig.

"Ne du. Lass ma. Nimmst du ihn und gut is."

"Nein, ich sagte doch, dass du ihn behalten kannst." wurde ich deutlicher.

"Hey, wenn Ali sagt, du nehmst dem, dann nehmst du dem. Ist Geschenk." Er grinste diabolisch.

"Ich will dein scheiß Geschenk nicht, du nach Fisch stinkender Saumagen!" blaffte ich ihn an.

vier Finger und einen leicht angewinkelten Daumen zählte ich direkt vor meinen Augen, als der zuschlug. Dann sprang meine Frau dazwischen.

"HALT, ihr Irren!" schrie sie und in der Tat ging Ali einen Schritt zurück.

"Sorry, Chris, aber dein Mann ist voll de krasse Idiot. Isch kann uberhaupt ned mit dem." Sein Blick war fast mitleidserregend.

"Ihr kennt euch???" fragte ich wie vor den Kopf gestoßen. Letzteres stimmte ja auch."Du bist so dumm, das gibt´s doch nicht!" Sie heulte fast. "Ich kenne Ali aus meiner Schulzeit. Er war der ältere Bruder einer Klassenkameradin. Der Schlumpf war von Anfang an für dich. Ich hatte mit Ali telefoniert und wir haben über unsere Ehepartner gesprochen. Da erzählte ich ihm, dass du Figuren sammelst. Ali hatte diese Figur und du hast morgen Geburtstag. Zähle doch mal eins und eins zusammen. Der Marktbesuch war geplant. Ali sollte dich ein bisschen kitzeln und dann hättest du ihn geschenkt bekommen. Aber du Idiot musstest ja Indiana Jones spielen."

Jetzt war ich sprachlos. Meine Frau kannte Ali! Der Schlumpf war mir egal.

"Hattest du was mit dem?" fragte ich prompt.

"Ohhh, das darf ned wahr sein." hörte ich ihn hinten.

Meine Frau sah mich an, wie der T-Rex den Typen auf dem Klo in Jurrasic Park..

"Du solltest jetzt ganz vorsichtig sein, Herr Sander." sagte sie drohend.

"Pffffft!" erwiderte ich.

>>Klatsch<< machte es und ich hatte eine Backpfeife. Ich wusste genau, wenn ich fragen würde, für was die war, würde ich noch eine kriegen.

"Und für was war die jetzt?"

>>Klatsch<< Ich wusste es!

"Hey Chris, bist du jetzt auch bekloppt oder was?" Er hielt sie fest, damit sie mich nicht noch einmal schlagen konnte.

"Lass meine Frau los, du Penner!" schrie ich und riss mich los, um mich auf ihn zu stürzen, damit ich mein Weibchen verteidigen konnte. Ali stieß Christiane auf mich. Ich fing sie mit meinem Gesicht so gut es ging auf.

"Ihr Deutschen seit alle verruckt." sprach Ali und warf im Gehen den Schlumpf in unsere Richtung.

"Mach Platz!" zischte ich und glitt aus dem Bett, als ich sah, dass der Schlumpf genau auf die Wand hinter mir flog. Als ehemaliger Fußballtorwart wusste ich, wie man springt, und setzte zu einem unglaublichen Satz an. Wie eine Schwalbe segelte ich durch die Luft und griff zwei Finger breit an der Figur vorbei und landete auf dem Nachttisch des Nachbarbettes. Panik stieg in mir auf. Worte wie „Versager" leuchteten in roten Buchstaben vor meinem inneren Auge. Der Schlumpf flog weiter und wurde von Chris gefangen.......... Sie lächelte.

Den Rest des Urlaubs verbrachte ich mit gebrochenen Rippen und kaputter Nase im Krankenhaus. Meine Frau und die Kinder besuchten mich jeden Tag. Meinen Geburtstag feierten wir mit einem Schluck türkischem Wein. Als Geschenk bekam ich eine Geldbörse und einen

Pullover. Nicht den Schlumpf. Den hatte meine Frau behalten. Sie sagte, dass sie ihn schließlich gerettet habe und er deshalb auch ihr gehöre. Ich habe es ja versaut. All mein Betteln half nichts. Nun hatte also meine Frau eine Ü-Ei-Sammlung mit nur einer Figur, für die ich meine ganze Sammlung hergeben würde.

Die Ü-Ei-Börse

„Papa, steh jetzt auf"
„hrrmmmmppffff"
„Papa......aufsteeeehhheeeen."
Sanft stupste mich etwas.
„Pfffff.......ooochhhh menno..!"
„Paaaapppaaaaa!!!"
Jetzt waren es zwei kleine Hände.
„Lass mich schlafen.....Papa ist noch sehr müde!"
„STEH JETZT AUF!" hörte ich und spürte, wie jemand auf
mich kletterte.
Noch bevor ich mich zur Seite drehen konnte, begann sie
auf mir herumzuhüpfen und erwischte mich jenseits von
Gut und Böse.
„AAAARRRRRGGGGHHHHH!"
„Gagu Gups Babba................da da da" ertönte es
plötzlich neben mir.
Das Grauen in Kleinformat machte Anstalten, auch aufs
Bett zu klettern. Eine wilde Toberei begann. Als Reitpferd
missbraucht, wurde ich langsam wacher. Mit der einer
Hand meinen Unterleib schützend und mit der anderen
meine jüngste Tochter festhaltend, lag ich an diesem
Sonntagmorgen da und versuche einfach nur die Augen
offen zu halten. Alexa, die Ältere, hüpfte und hüpfte. Nina,
die Jüngere, würde gerne hüpfen, sollte aber erst mal
laufen lernen. Geschrei, Vibration, Schmerzen.....das sind
die wahren Leiden der Eltern von heute. Ich versuchte,
ein Machtwort zu sprechen.
„Hey!"
Keine Reaktion. Es musste das falsche Wort gewesen
sein. Ich legte meinen Kopf erschöpft auf das Kissen.
Sofort kam Nina angekrabbelt und bedeckte mein Gesicht
mit den wildesten Liebkosungen inklusive diverser
Kopfnüsse. Mit inzwischen mehreren, ernsten
Verletzungen beschloss ich meinen Oberkörper etwas

anzuheben und brachte mich mit einem Ruck in eine sitzende Position. Dieser Umstand wurde von den beiden Schreihälsen als kriegerischer Akt gewertet und sie versuchten umgehend, mich wieder umzuwerfen. Dabei wurde gebissen, geschubst und geknurrt. Nach kurzer Rangelei gewannen die Zwei die Oberhand und beförderten mich auf den Bauch. Ich suchte mein Heil in der Flucht und versteckte mich unter der Decke. Doch ich wurde sofort gefunden. Jetzt halfen nur noch unfaire Methoden, um aus dieser Belagerung herauszukommen. Ich begann damit, meine Angreifer durchzukitzeln. Lautes Gegacker ertönte und binnen weniger Sekunden war ich frei und floh aus dem Zimmer ins Bad. Denn heute stand noch etwas anderes auf dem Programm. In dem Moment, in dem ich den Rasierschaum in die Hand sprühte, kam Alexa ins Badezimmer.

„Ich will, ich will!!"

Ich hielt ihr die Hand mit dem Schaum hin und ging auf die Knie. Sie begann damit, den Schaum unbeholfen in mein Gesicht zu klatschen. Nach wenigen Sekunden sah ich wie ein Vollidiot aus. Dass ich in der Mitte schon immer ein Ziegenbärtchen stehen habe, störte sie nicht weiter. Nachdem ich den Schaum von meiner Stirn und aus den Augenhöhlen heraus hatte, griff ich zum Rasierer. „Ich will, ich will" ertönte es wieder unter mir. Wieder ging ich auf die Knie. Alexa erhielt von mir einen Einwegrasierer. Die scharfe Klinge behielt ich in der Hand. Fröhlich schabte sie den Schaum wieder runter, ohne mich wirklich zu rasieren. Nach ca. fünf Minuten beendete ich das Ganze mit dem Geschick eins Profis. „Die Klinge muss stumpf gewesen sein" sagte ich zu meiner Frau, als ich sie um drei oder vier Kleenex bat, um meine Blutungen zu stillen. Shirt, Socken, Turnschuhe........fertig! Ab zum Frühstück. Alexa und Nina saßen schon am Tisch. Meine Frau war gerade dabei Nina ein halbes Kilo Brei einzuflößen, während Alexa damit beschäftigt war, ein Brötchen zu erstechen. Ich setzte mich dazu und schnappte mir auch eins und weil ich so nett bin, schnitt ich Alexas Brötchen gleich mit auf. Wie ihr Papa will sie nur Nutella zum Frühstück. Ist wohl genetisch,

„Nina hat zwei neue Zähne" sagte meine Frau zu mir.

„Super!" sagte ich zu Nina gewandt „Zeig mal."

Weit öffnete sie den Mund und lachte dabei. Ich sah, wie zwischen dem ganzen Brei zwei neue Schneidezähne aus dem Unterkiefer ragten.

„Damit beißt sie jedes Mal auf den Löffel, wenn ich ihn rausziehen will, und findet das superkomisch."

Genauso sah es auch rundherum aus. Superkomisch war alles vollgesudelt und verklebt.

„Heute ist Börse." sagte ich so beiläufig, wie ich konnte.

„Ich habe den beiden einen Namen gegeben" sagte meine Frau mich völlig ignorierend. „Der linke Zahn heißt Löffel und der rechte Bremse. Zusammen heißen sie dann wie, Alexa?"

„Mhhmmmöööööfffpffellbeeeemmmmsse" erwiderte die mit vollem Mund und lachte sich halb tot dabei.

Ich starrte in ihren offenen Mund auf das zerkaute Nutellabrötch..........na gut, lassen wir das.

„Heute ist Börse" versuchte ich es erneut.

„Wie schön......................dass du das so gut aussprechen kannst." sagte Mami.

Erst dachte ich, sie meint mich, dann aber spürte ich, dass sie mich absichtlich ignorierte.

„Prima Schatz, fährst du hin?"

Vielleicht bildete ich mir das alles auch nur ein.

„Ja ich denke schon, zumindest hätte ich große Lust dazu, da mir von den neuen Sachen noch ein bisschen was fehlt." entgegnete ich erfreut über das Interesse meiner Frau an meinem Hobby.

„Ok, wir machen ein Geschäft!" sagte sie plötzlich.

„Was für ein Geschäft?"

„Nun, ich mach dir keine Szene und du nimmst dafür Alexa mit zur Börse."

„JAAAAAA!" tönte es plötzlich von unten rechts „Ich will mit."

„Schatz, ich bitte dich. Sie ist dreieinhalb Jahre alt. Sie kann noch nicht mal auf die Tische schauen, so klein ist sie."

„Na und, beim Flohmarkt stört dich das doch auch nicht."

„Ich bin schon ganz groß." sagte ES und zupfte an meinem Hosenbein.

„Sie...sie w...w..wird irgendetwas umschmeißen oder kaputtmachen" konterte ich.

„Michael, sie weiß, dass es Figuren sind. Sie kennt sie von dir und sie macht keinen Unsinn damit."

Meine Tochter sah mich mit großen, unschuldigen Augen traurig an. Es fehlte nur noch das dazugehörige Schniefen. Ihre Mutter tat ihr Bestes, um mir zu zeigen, von wem Alexa diesen Blick gelernt hatte. Kurz........ich hatte nie eine Chance.

„Ok, ich nehme..........."

„JAAAAAA......JUUUUHHHHUUUU!" hüpfend verließ sie das Zimmer. Dabei flog das Nutellabrötchen quer durch den Raum vor meine Füße.

„............nehme dich mit, Alexa, aber du musst mir versprechen auf mich zu hören, wenn ich mal Nein sage."

Nachdem ich das Nutella aus den Ritzen des neuen Bambusstabteppichs herausgepopelt hatte, machte ich mir Notizen zu den Dingen, die ich mir auf der Börse gerne ansehen wollte. Auf meiner Liste standen zwei der mir noch fehlenden Figuren der Unglaublichen. Ein Eitelkeitsschlumpf und noch ein paar wenige aus den letzten Jahren. Ich steckte zur Sicherheit 200 Euro in die Tasche. Eine Börse beginnt in der Regel am späten Vormittag. Unser Ziel war lediglich dreißig Kilometer entfernt. Kein Grund also eine größere Reiseplanung vorzunehmen. Alexa jedoch sah das ganz anders. Ganz

Frau packte sie ihr Hab und Gut für eine anscheinend längere Reise. Da war ihr Stoffschaf, zwei Bilderbücher, ein Auto, ein Teddybär, ein roter Ball. Sie dachte tatsächlich, dass dort, wo es die lustigen Figuren gibt, viele Menschen sind, die mit ihr spielen würden.

„Alexa! Diese Sachen kannst du aber nicht alle mitnehmen."

„Warum?"

„Weil dort kein Spielzimmer oder Ähnliches ist. Dort treffen sich Menschen, um Figuren zu kaufen oder zu tauschen" erklärte ich väterlich. Hinter ihrer kleinen Stirn arbeitete es. Sie schlug sie ihn Furchen und holte Luft, um etwas zu erwidern.

„Dann muss ich eben ganz laut weinen, damit dann jemand mit mir spielt"

Na Super! Ich sah sie schon vor mir, wie sie in diesem riesengroßen Saal stand und alles niederbrüllte.

„Das geht aber nicht. Die Leute dort sind nicht zum Spielen gekommen, Schatz. Das ist kein Ort zum Spielen."

Sie fing an zu grummeln und schob die Unterlippe vor.

„Man geht auf eine Börse, um andere Sammler zu treffen und mit ihnen zu reden, oder zu tauschen. Keiner spielt dort."

„Grummel, grummel"

„Wir packen deine Sachen wieder in die Kiste. Ich glaube, wenn dein Schaf mitkommt, reicht das."

„Grummel, grummel"

Sie sah mich an, als wäre ich der fieseste Fiesling auf der Welt. Ihre Mundwinkel zollten der Erdanziehungskraft Tribut und brachen förmlich nach unten weg, während der Mund sich öffnete und ein kläglicher Laut entwich. Gleichzeitig neigte sich ihr Kopf ein wenig zu Seite und der ganz Körper fiel in sich zusammen, so als hätte jemand die Luft rausgelassen.

„WWWWuuuuuuuäääääääähhhhhhhhhh" lang gezogen

und herzerweichend.

„Du kannst ja etwas zum Tauschen mitnehmen" schlug ich vor. „Du darfst dir etwas aus Papas Kiste herausnehmen. Ok?"

Das schien sie zufrieden zu stellen, zumindest nahm sie lediglich Ihr Schaf und ging die Treppe runter in mein Arbeitszimmer. Dort angekommen versammelten wir uns alle um meine Figurenkiste. In dieser Kiste lagen alle doppelten Figuren, die dann auf SammelLand.de verkauft oder woanders vertauscht wurden. Meine Tochter zeigte schon alle Facetten weiblicher Klugheit und schnappte sich mit sicherem Griff zwei Taos und einen Kicherschlumpf.

„Nein, die nicht" ging ich dazwischen. „Nimm dir bitte andere. Die da brauche ich noch."

Gott sei Dank, ohne einen Aufstand zu machen, legte sie die Drei wieder zurück und nahm sich stattdessen ein paar Bingo Birds. Wir verstauten sie professionell in einem 10er Kasten und legten ihn dann in unseren Rucksack. Meine Frau hatte inzwischen etwas zu trinken und zu essen dazugelegt. Papa und Tochter gingen noch einmal aufs Klo und dann konnte es losgehen. Ihre Figuren klapperten in der 10er Kiste, als wir auf dem Weg zum Auto waren. Sie war aufgeregt und hopste gut gelaunt zu unserer Garage. Im Auto musste ich jeden Bingo Bird, acht Stück, einzeln symbolisch anschnallen, damit ihnen auch nichts passierte. Alexa überwachte das alles mit kritischem Blick. Ihr Stoffschaf musste auf dem anderen Sitz, den normalerweise Nina belegte, angeschnallt werden. Nach wenigen Minuten waren wir auf der Autobahn. Die Börse war lediglich zwanzig Autominuten entfernt. Ich legte ihre Lieblings-CD ein. Alexa brabbelte laut den Text mit und betrachtete stolz ihre Tauschware. Natürlich waren alle Plätze auf dem Parkplatz belegt. Nicht etwa mit Besuchern der Börse......nein. Vielmehr tummelten sich dort Händler, die im Innern keinen Tisch bekommen hatten oder er ihnen schlicht und einfach zu teuer war. Sie boten Ihre Waren im Kofferraum ihres Autos den vorbeigehenden Börsenbesuchern an. Die wiederum parkten weit entfernt im Wohngebiet. So wie ich auch. Ich parkte ca. 600 Meter weit weg von der Halle und lief mit Alexa das kurze Stück. Eine kleine Schlange stand vor der Kasse. Wir stellten uns an.

„Hey, du.....Mann" sagte Alexa.

Ich verstand erst gar nicht, was sie meinte.

„Heeeyyyy Maaaannnnnn"

Unser Vordermann drehte sich um. Stolz hielt sie ihre Bingo Birds hoch. Anscheinend hatte sie ihr erstes Tauschopfer auserkoren. Der Kollege brummelte etwas in seinen nicht vorhandenen Bart und drehte sich um. Alexa lies sich jedoch nicht beirren. Ehe ich mich versah, zupfte sie an seinem Hosenbein.

„Hey Maahaahann, ich rede mit dir?"

„Alexa lass den Mann bitte in Ruhe, er möchte nicht tauschen."

Manche Menschen sind ziemlich intolerant dachte ich mir und guckte böse zu ihm hoch. Alexa bedeute ich mit einem erhobenen Finger und einem Kopfschütteln, ihn nicht mehr anzusprechen. In der Schlange ging es rasch vorwärts und wir waren Ruck Zuck an der Reihe. Alexa bezahlte für uns beide und kassierte stolz den ersten Eintrittsstempel ihres Lebens. Nach etwa zwei Schritten hinein in den Eingangsbereich und in die Richtung der ersten Stände, blieb sie wie angewurzelt stehen. Ein kleiner Gnom mit Mütze und Jacke, in der rechten Hand einen 10er Kasten mit Bingo Birds, in der Linken ein braunes Nicci-Stoffschaf und einen Gesichtsausdruck wie ein Mäuschen in der Käsefabrik. Plötzlich kam Bewegung in sie und sie begann, jauchzend herumzuspringen. Immer im Kreis sprudelte die pure Freude aus ihr heraus und sie sah dabei oberpeinlich aus. Ich versuchte ihre

Freudensausbrüche zu dämpfen, indem ich sie auf die Seite nahm, um den Besucherstrom nicht weiter aufzuhalten.

„Schatz, bitte bleib immer schön bei Papa. Nicht weglaufen, nicht verstecken. Wenn du etwas anfassen möchtest, frag mich vorher bitte."

Keine Reaktion. Nur wirre Blicke in den Raum mit vielen bunten Dingern zum Spielen. Ich befürchtete sie würde nicht verstehen, warum ein kleines Kind im wahrscheinlich größten Spielzimmer der Welt nicht mit den Sachen, die es dort gibt, spielen durfte.

„Alexa?" ich tippte auf Ihre Schulter.

„Los jetzt Papa, ich will gucken" sagte sie ernst.

Ok, dann los. Mit etwas besorgtem Ausdruck ging ich mit ihr an der Hand in den Saal. Nach rechts öffnete sich eine weitere große Halle mit ca. fünfzig Ständen. Die Vorhalle, in der wir uns aufhielten, umfasste ebenfalls noch einmal zwanzig Stände. Alexa quietschte, als sie die große Halle sah. Gleich am ersten Stand fand ich meine noch fehlenden „Unglaublichen" zu einem Kampfpreis. Ich staunte über die große Vielfalt, die dort feilgeboten wurde. Ein Museum hätte nicht besser bestückt sein können. Gerade guckte ich mir einen echten Regenkobold an, als ich neben mir einen Tumult bemerkte. Ich drehte mich zur Seite und erlebte meinen persönlichen Albtraum. Alexa kam lachend auf mich zugerannt. Hoch erhoben, in ihrer Hand, hielt sie eine Figur. Als Sie noch etwa drei Meter weg war, erkannte ich, dass es sich um einen Schlumpf handelte.

Einen Eierläufer!!!!!

Panik brach in mir aus. Das war der „Worstcase". Sämtliche Alarmglocken schrillten in meinem Kopf und ich wischte herum, um ihr entgegen zu kommen. Lachend kam sie näher und ich bemerke, wie sich der Löffel, der das Ei hält, von der Figur löste. Der Rest spielt sich wie in Zeitlupe ab.

DEEEERRRRRR
LÖÖÖÖFFFFFEEEEEELLLLLLLL
.............Entschuldigung!
Der Löffel fiel von der Figur und prallte gegen Alexas
Brust. Von dort purzelte er dem Boden entgegen. Obskur
drehte er sich um seine eigene Achse und wurde von
Alexa, bevor er den Boden erreichte, volley durch den
Gang gekickt. Er schlidderte an mir vorbei und ich drehte
instinktiv den Kopf, um seinen Weg zu verfolgen. Dank
des, dem Manne, angeborenen Jagdinstinkts verlor ich
ihn nicht aus den Augen. Nicht weit von hier blieb er
mitten auf dem Gang liegen.
„Oh mein Gott!...Wenn jemand darauf tritt, bin ich
geliefert."
Auf den Knien krabbelte ich dem Löffel entgegen. In
Gedanken unterschieb ich schon die
Ratenzahlungsvereinbarung. Mit einem Satz war ich über
ihm und griff danach.
„Danke" sagte ich zu mir selbst.
Im Aufstehen bemerkte ich den Händler, der mit
angsterfülltem Gesichtsausdruck den Gang runterkam.
Mit hochrotem Kopf stand ich auf. Am liebsten jedoch
würde ich im Erdboden versinken. Der komplette Planet
ist in dieser Halle versammelt und schaute munter
meinem Treiben zu. Jetzt stand er vor mir und ich
erkannte einige Wut und etwas Verwirrtes in seinem Blick.
In seiner Hand hielt er eine 10er Kiste mit Bingo Birds und
mir schwante schon, was sich da in etwa abgespielt hatte.
„Sagen Sie mal, haben Sie das Gör nicht im Griff?"
raunzte er los.
„Bitte entschuldigen Sie, ich hab einen Moment nicht auf
Sie aufgepasst. Was hat sie gemacht?" gab ich mich
freundlich.
„.....Sie hat mir die Bingo Birds auf den Tisch gelegt und
mich gefragt, ob ich ihr jetzt einen Schlumpf geben muss.
Da hab ich gesagt, dass Sie sich einen aus der Kiste mit

den Abgeschubberten nehmen darf."

„Und?"

„Da hat sie in die Kiste neben der eigentlichen Kiste gegriffen und sich den Eierläufer geschnappt und ist weggelaufen."

„Sie haben keine Kinder, kann das sein?" wollte ich wissen, da ich mir schon denken konnte, wie das abgelaufen war. Der Löffel und das Ei wechselten den Besitzer. Alexa leistete nur geringen Widerstand, als ich sie bat, den Schlumpf wieder rauszurücken. Der Händler prüfte die Figur und das Zubehör mit kritischem Blick. Gerade, als er sich wegdrehen wollte, schrie Alexa neben mir auf. Wollte er sich doch mit ihren Bingo Birds davonmachen.

„Ja ja" sagte ich. „Man kann´s ja mal versuchen". Ich streckte die Hand nach den Bingo Birds aus; der wohl lächerlichsten Eierserie aller Zeiten und merkte erst jetzt, wie blöde mein „Ja ja" in diesem Moment geklungen haben musste. Als ob selbst der gemeinste Mensch es nötig hätte, einem Kind Bingo Birds zu klauen. Nachdem sich die Gemüter beruhigt hatten, gingen wir weiter.

„Junge Dame" begann ich ernst. „So etwas macht man nicht. Du musst schon fragen, bevor du in eine andere Kiste greifst, hast du verstanden?"

„Ja Papa, der Mann war böse und hat mich geschimpft." Entrüstung klang in Ihrer Stimme mit.

„Wollen wir ein Stück Kuchen essen?"

„Ja"

Etwas geknickt von diesem Erlebnis begaben wir uns in die kleine Cafeteria. Bei einem Stück Marmorkuchen wurde sie wieder munter und betrachtete meine Einkäufe aufmerksam.

„Papa?"

„Ja"

„Wofür ist der Knopf?"

„Welcher Knopf?"

„DJJJJIIIINNNNGGG" ertönte es.

Flash von den Unglaublichen hüpfte im hohen Bogen vom Tisch und die Treppe in den Saal hinunter. Mit leicht errötetem Haupt und zusammengepressten Zähnen antwortete ich knirschend.

„Der Knopf ist dazu da, den kleinen, blonden Jungen umherzuschießen, so wie du es gerade gemacht hast." Natürlich war er verschwunden. Irgendwo zwischen Tischen und Beinen verschollen.

Unbeeindruckt vom Unterton meiner Erklärung, freute sie sich über die weggeschossene Figur und imitierte fortwährend das Geräusch, dass die Vorrichtung beim Drücken des Knopfes gemacht hatte. Nach einer Weile zogen wir erneut los. Da Alexa kaum etwas sah, beschloss sie, sich tragen zu lassen. Zuerst weigerte ich mich, aber als sie dann anfing, den Saal zusammenzuschreien, dachte ich, dass es besser ist, mal einen Kompromiss einzugehen.

Nach zehn Minuten war mein Arm taub.

Nach fünfzehn Minuten musste ich das erste Mal wechseln. Schweiß stand mir auf der Stirn.

Flash war nicht auffindbar. Egal wo ich guckte. Kein Flash. Bei jedem Schlumpf führte sie einen Freudentanz auf meinem Arm auf. Das führte dazu, dass ich nach weiteren zehn Minuten erneut wechseln musste. Die Börse war brechend voll. Es machte unglaublichen Spaß mit einem Rucksack, einer Daunenjacke und einem nörgeligen Kind auf dem Arm darüber zu schlendern. In einer Ecke fand ich doch noch einen neuen Flash. Der Verkäufer, ein kleiner pickeliger Zwerg mit fettigen Haaren, nannte mir den Preis, der mich fast meine tauben Arme vergessen ließ.

Fünf Euro!!!!

Nach halbherzigen Verhandlungen zahlte ich den geforderten Preis und verstaute die Figur im Rucksack. Mit Alexa auf dem Arm ging es Richtung Ausgang. Ich schlürfte durch die Gänge, warf Blicke von links nach rechts, bewunderte Schätze, die ich mir wohl nie leisten können würde, weil sie meinen Geldbeutel sprengten.

„DJJJIIINNG"

Dieses Geräusch kannte ich! Ich riss meinen Kopf in die Richtung, aus der es kam. Ca. fünf Meter weiter sah ich ihn auf den Boden scheppern und mit etwas Geklacker in der Menge verschwinden. Zeitgleich ertönte ein freudiges Glucksen links von meiner Schulter. Jetzt sah ich rot. Mit einem Satz überwand ich die erste Menschentraube und bewegte mich so schnell es ging zu der Stelle. Da sah ich ihn. Um ihn zu holen, setzte ich Alexa ab. Sofort fing sie zu schreien an. Also wieder hin zu ihr. In den Augenwinkeln sah ich, wie die Figur gerade von einem Besucher quer durch den Raum getreten wurde. Sofort schnappte ich Alexa und den Rucksack und folgte ihr. Direkt vor der Bühne des Saals blieb sie liegen. Als ich mich danach bückte, passiert, was man normalerweise nur im Film zu sehen bekommt. Meine Hose riss. Dadurch abgelenkt schaute ich nach hinten. Gleichzeitig ging ich einen halben Schritt nach vorn und kickte die Figur direkt und unerreichbar für mich unter die Bühne. Hinter mir hörte ich leises Gelächter und verstecktes prusten. Hatte ich doch heute Morgen die Boxershorts mit dem lächerlichen Bärchenmuster angezogen, weil ein Mann ja seine Bewegungsfreiheit braucht. Mit hochrotem Kopf sah ich zu, die Szenerie so schnell wie möglich zu verlassen und ging mit meiner Last in eine Ecke.

„ALEXA! Warum hast du das gemacht?"

„Weil der hüpfen tut." bekam ich von der Unschuld persönlich erklärt.

„Also mir reicht es jetzt, wir gehen. Du hörst nicht auf mich und ich habe keine Lust mehr dich weiter herumzutragen."

„Ja aber, Papa, ich muss doch immer die Figur hüpfen lassen."

„NEIN, musst du nicht."

„Der Junge will doch hüpfen."

„NEIN, will er nicht. Er will in meiner Tasche bleiben und sich freuen, dass er auf seinem Stift steckt, ohne das jemand den Knopf drückt."

Zügig ging ich Richtung Ausgang. Auf meinem Arm brach ein Monsun aus, der von lauten Schreien begleitet kurz vor dem Ausgang seine volle Kraft entfaltete. Ich wurde angesehen, als ob ich ein Kind entführen wollte. Alexa unterstützte die Leute in dieser Vermutung, indem sie noch laut „Du tust mir weh!" rief. Draußen angekommen stellte ich sie ab und mache sie tüchtig zur Minna. Ich war sauer und enttäuscht, weil ich mir den Tag anders, irgendwie entspannter, vorgestellt hatte. Der kalte Wind zog mir in die Hose und ließ alles, was irgendwie von Bedeutung gewesen war auf ein Minimum zusammenschrumpfen. Gerade einmal eine halbe Stunde waren wir da. Alexa weinte bitterlich und meine Mauer fing zu bröckeln an.

„Ich wiiiäääääälllll einen LLLumpf haben." schluchzte sie und mir fiel auf, dass wir die Bingo Birds noch immer hatten und nicht zum Tauschen gekommen waren. In meinem Spiegelbild an der Tür betrachtete ich mir den Schaden an der Hose. Sie war direkt an der Naht aufgerissen. Ein etwa fünfzehn Zentimeter langer Spalt klaffte und gab den Blick auf meine Boxershorts frei. Wenn ich mich gerade hinstellte, sah man es gar nicht. Nur bücken durfte ich mich nicht.

„Ok, wir gehen jetzt noch mal rein. Du läufst selbst und hörst mit dem Weinen auf. Dann gucken wir, dass wir noch einen Schlumpf für deine Figuren eintauschen"

Da ich wusste, dass das eh nicht klappen würde, überlegte ich mir schon mal eine Taktik, wie ich an einen Schlumpf kam, sodass es für sie wie tauschen aussah. Wir gingen rein und ich sah die drei Mädels, welche die ganze Zeit hinter der Glastür gestanden hatten, in der ich meinen Hosenschaden begutachtet hatte, in der Ecke stehen und kichern. Wieder drin, suchten wir uns einen Stand aus, der so ziemlich jeden Schlumpf hatte, den es gab. Ich gab Alexa ihren 10er Kasten und bedeute ihr loszulegen. Der Händler guckte sie fragend an und ich nickte allwissend.

„Du....Mann?" begann sie.

„Ja, Kleine......was hast du den da Schönes?"

Gott sei Dank mal ein anständiger Mensch.

„Ich will einen Schlumpf tauschen!" sagte sie.

„Und was hast du dafür anzubieten?"

Alexa streckte ihren Arm aus und zeigte ihre Bingo Birds. Gleichzeitig bedeutete ich dem Mann durch eine pantomimische Glanzleistung, dass ich die Figur, die sie sich aussuchte, bezahlen würde. Nur leider verstand der Mann mich nicht.

„Hä??"

„ich......"hust"........be..."hust"...zahle......"räusper".....die ....
Hust Figur!"

Klick –

Jetzt hatte er es geschnallt.

„Na dann such dir mal eine aus."

Sie strahlte wie die Sonne und wir stellten sie auf eine Kiste, damit sie den vollen Überblick über die Schlumpfbevölkerung bekam.

„Ich willlllllllllllll............."

Ihr Finger kreiste über die blauen Männchen. Sekunden verrannen, ohne dass eine Entscheidung fiel.

„Ich willlllllllllllll..........."

Zeit ist nicht alles im Leben, dachte ich so bei mir, während ich den Eindruck bekam, die Schlümpfe duckten sich, um nicht von ihr gesehen zu werden. Über was man alles nachdenkt, wenn man wartet.

„Ähhhhhhhh"

Dem Händler stand die Spannung ins Gesicht geschrieben. Leicht nach vorne gebeugt guckte er Alexa an. Ich entdeckte ein Haar auf seiner Nase, das lang und dick dort wuchs. Wieso rasierte er sich das nicht ab? Er muss das doch morgens im Spiegel gesehen haben! Jetzt schaute sie mich fragend an.

„Such dir einen aus, Schatz und lass dir Zeit." Kinder sollte man nicht drängeln, sonst entscheiden Sie wirres Zeug und es fällt ihnen auch in Zukunft nicht leichter, schnell zu entscheiden. Sie drehte sich wieder den Schlümpfen zu. Ihr kleiner Kopf ging hin und her. Der Händler war überhaupt ziemlich haarig, stellte ich fest. Aus den Ohren wuchsen dichte Büschel und auch die Brauen waren wahre Wälder. Komischerweise hatte er eine Glatze. Ein klackerndes Geräusch weckte mich und ich sah einen Schlumpf über den Boden klackern. Ich ging zu ihm hin und hob ihn auf. Hinter mir ertönte Gelächter.

„Mist" sagte ich zu mir selbst als mir einfiel, dass ich mich ja nicht bücken wollte. Mit einem "Das-trägt-man-heute-so"-Blick ging ich zurück zu dem Stand. Der Schlumpf war nicht kaputtgegangen. Der Nasenhaarhändler lächelte und bedankte sich bei mir.

„Und" fragte ich. „Hast du dir was ausgesucht"

„Ja Papa" lächelnd hielt sie mir einen Negerkussschlumpf hin.

Augenblicklich erstickte ich fast an einem Hustenanfall. Das konnte nicht ihr Ernst sein.

„Die ist aber ganz schön teuer. Dafür brauchst du aber noch viele Bingo Birds. Willst du dir nicht lieber einen anderen Schlumpf nehmen?"

„Nein, du sollst bezahlen." sagte sie.

„Der ist zu teuer, Alexa. Das geht nicht." blieb ich hart. Wieder bemerkte ich ein leises Beben in ihrem Körper und aus dem Gesicht meiner Tochter drang ein komischer, lang gezogener Laut. Als wir wieder am Auto waren, packte ich den Negerkussschlumpf in den leeren 10er Kasten. Gut, dass ich die 200 Euro eingesteckt hatte, dachte ich und überlegte mir schon mal eine Ausrede für Mama. Die Nummer mit Alexa würde sie mir nicht abkaufen und behaupten, ich würde das Kind vorschieben. Während der Heimfahrt überlege ich mir die abenteuerlichsten Geschichten aus. Zuhause angekommen versuchte ich es erst mit der Sonderangebotsnummer. Das kam aber nicht ganz so rüber, wie ich mir das vorgestellt hatte. Natürlich überführte sie mich und ich erzählte dann doch die Wahrheit. Dafür gab es dann richtig Ärger. Ich würde das Kind vorschieben (Frauen sind so berechenbar) und sollte endlich zugeben, den Schlumpf einfach gewollt zu haben. Um von mir abzulenken, drehte ich mich um und bückte mich ein wenig. Mein Hintern zieht blank und sorgte auch bei meiner Gattin für Gelächter. Statt mich zu bemitleiden, wurde ich von allen Familienmitgliedern einstimmig zum Trottel des Tages gewählt. Die nächsten Stunden verbrachte ich damit, meiner Tochter Alternativfiguren zum Tausch gegen ihren Negerkussschlumpf anzubieten. Das tauschen schien ihr Spaß zu machen und der Schlumpf kostete mich einen Komplettsatz Asterix 2000, Herr der Ringe 1 und die beiden Taos aus der Kiste. Auf die nächste Börse gehe ich nicht, beschloss ich. Der Auftritt heute war sehr peinlich. Es sollte erst einmal Gras über die Sache wachsen, damit die Leute mich dort vergessen. Meine Tochter war noch eine Woche später voll im Eierfieber. Jeden Tag musste ich mit ihr tauschen. Jeden Tag machte ich dabei einen Verlust. Sie würde über kurz oder lang meine Sammlung komplett übernehmen.

Der Seelenfänger

London

1

Nervös klopfte der Psychiater mit seinem Stift auf den Block.

„Wollen Sie mir nicht sagen, was Ihnen passiert ist?"

Der Patient saß in der Mitte des Raumes auf einem Stuhl. Mit gesenktem Kopf vernahm er die Worte des Doktors. Doch sie interessierten ihn nicht.

„Schauen sie, helfen, kann ich ihnen nur, wenn sie auch etwas von sich erzählen. Nur dann erhalte ich den notwendigen Einblick. Was erwarten Sie von mir? Soll ich Ratespiele mit ihnen spielen?"

Der Seelenarzt ließ einem Gegenstand in seiner Hand hin und her wippen. Eine kleine Plastikfigur aus einem deutschen Schokoladenei. Es war das Hobby seines Patienten, diese Figuren zu sammeln und er versuchte, irgendwie über dieses Hobby ein Vertrauensverhältnis zu Ben Sander aufzubauen. Der jedoch wusste nicht genau, wieso er hier eigentlich saß. Er konnte sich nicht richtig erinnern. Sich in sein Innerstes blicken lassen, wollte er schon gar nicht. Er wusste, dass er Angst hatte. Doch er wusste nicht genau wovor? Bis vor wenigen Tagen war alles gut gewesen. Er lebte, nach der Trennung von seiner Frau, ein ordentliches Leben. Dann kam dieser Mann und hat es in seine persönliche Hölle verwandelt. Er wusste nicht, wie er seine Gefühle beschreiben sollte. Tiefe Angst, Ekel........ein Gefühl großer Leere, dass jedes logische Denken ausschaltete und ihn langsam aber sicher zu einem Nervenwrack machte.

„Ihr Bewährungshelfer wird mich fragen, welche Fortschritte Sie machen, Herr Sander. Was soll ich ihm sagen?"

„Wissen sie?" begann Ben. „Ich habe eine gewisse

Scheu, diese Geschichte aufzuarbeiten. Ich denke, sie können mir nicht helfen. Insofern ist es mir egal, was sie dem Bewährungshelfer sagen werden."

Der Psychiater seufzte laut auf. Er hasste diese Patienten, die ihm vom Polizeidirektorat überstellt wurden. Die meisten wollten sich sowieso nicht helfen lassen, obwohl sie offensichtlich paranoid und oft auch multiple Personen waren.

„Herr Sander, ich weiß nicht genau, was ihnen passiert ist. Alles, was hier steht ist, dass man sie Morgens in einem Supermarkt, versteckt auf der Kundentoilette, gefunden hat. Sie saßen auf dem Boden gekauert und wimmerten etwas von schwarzen Rittern, die sie irgendwohin drehen wollten. Mit Verlaub, das ist ziemlich krank und ohne mich, werden sie aus der Sache nicht herauskommen. Sie sollten mit mir reden, finden sie nicht?"

„Umdrehen!....Er wollte mich umdrehen." warf er dazwischen.

Ein Kribbeln kroch Ben´s Nacken nach oben.

„Was bedeutet <<Umdrehen>>?" fragte der Doktor sofort.

„Das verstehen sie nicht!......Wenn ich darüber spreche, kommt es wieder. Das darf nicht passieren!" Seine Stimme vibrierte plötzlich vor Angst. Ben fasst sich mit der Hand hinter den Kopf. Das Kribbeln war schnell zu einem Brennen geworden. So als ob etwas versuchte über seinen Hals in den Kopf einzudringen. Er hatte das schon einmal gespürt. Mit zitternden Händen sank er zurück auf den Sessel. Nein!....Das durfte nicht passieren. Er musste dafür sorgen, dass es nicht passiert. Er musste dieses Gefühl.....dieses Brennen, loswerden.

„HELFEN SIE MIR!" schrie Ben und sprang auf, um zum Fenster zu laufen. Panik kam in ihm auf. Er lief im Zimmer auf und ab und begann zu schwitzen. Seine Finger krallten sich in den Vorhang. Er blickte aus dem Fenster. Den eigentlich schönen Herbsttag bemerkte er nicht. Er

sah nur noch die Ausgeburt der Hölle auf dem Dach unter ihm. Ein großer, schwarzer Vogel saß dort. Als Ben am Fenster stand, flog der Vogel auf das Geländer des Balkons vor ihm und blickte ihn durch das Fenster an. Es war eine Krähe. Doch da war etwas, das Ben an diesem Vogel ungewöhnlich fand. Er hatte rote Augen. Ben kannte diese Krähe. Er hatte sie schon sehr häufig gesehen. In seinen Träumen. Sie war der Grund, warum er sich so fürchtete. Sie suchte ihn immer wieder heim. Das Brennen verstärkte sich und Ben sackte in die Knie. Gedanken, die er nicht mochte, drangen in sein Hirn. Gedanken von Tod und Verderben. Die Krähe breitete jetzt die Flügel aus und schrie Ben laut krakend an. „Das war mein Fehler." grunzte er halb spuckend. „Ich hätte nicht daran denken sollen. Es findet mich über meine Gedanken!"
„Von was reden Sie da, Ben?"
Mit einem Satz war Ben über dem Doktor, drückte ihn auf seinen Stuhl und umklammerte seinen Hals. Nahe, ganz nahe, kam er an sein Ohr und krächzte diabolisch hinein. „DUUUU bist es.....nicht wahr?.......Du hast ihn hergelockt!"
„W....W.....Was reden Sie da?.Lassen Sie mich los!" würgte er mühsam heraus.
Ben dachte nicht daran und drückte ihm die Kehle zusammen. Darauf er begann wie wild zu zappeln. Seine Fersen schlugen auf den Boden. Ein Keuchen kam aus seinem Mund. Sein Kopf lief rot an und dicke Adern traten an den Schläfen hervor. Ben war zu stark für ihn. Mit rot unterlaufenen Augen versuchte der Psychiater sich gegen den auf ihm sitzenden Teufel zu wehren. Seine Hände umfassten die muskulösen Arme des Patienten, der von oben, irre grinsend, auf ihn herabsah. Er versuchte den Griff zu lockern.............dann verließ ihn die Kraft. Ben sah, wie das Leben aus ihm wich. Die strampelnden Beine unter ihm wurden schwächer und zuckten nur noch.

Der Griff um seine Handgelenke lockerte sich. Mit einem Mal war der Blick des Doktors stumpf, glasig und ohne Lebenslicht. Er war tot. Ben stieg von seinem Opfer herunter. Die Leiche fiel mit lautem Poltern auf den Boden. Die Arme schleuderten unnatürlich in die Höhe und blieben in grotesker Position liegen. Ben beugte sich über ihn und atmete tief ein. Er zitterte und meinte einen fern klingenden Schrei zu hören, konnte aber das Geräusch nirgends festmachen. Sein Handeln war jetzt wie ferngesteuert. Warum er hier über der Leiche kniete und die Luft einsog, wusste er nicht. Tief atmete er ein, bis das Schreien aufhörte und alles still war. Ben saß wieder auf seinem Stuhl. Er hatte einen Mord begangen. Das Brennen war weg und er konnte wieder klar denken. Der Vogel war verschwunden. Er besah sich, was er angerichtet hatte. Er musste die Tat irgendwie vertuschen. Aber wie? Furcht überkam ihn wieder, als er sich seiner Situation bewusst wurde. Er sprang auf und hastete zum Schreibtisch. Auf dem Tisch lag seine Akte. Er steckte sie ein. Auch den Notizblock und den Terminplaner ließ er in seinen Rucksack gleiten. Er musste verschwinden und untertauchen, bis er eine Lösung gefunden hatte. Er schritt auf die Tür zu, als ihn ein stechender Schmerz in seinem Kopf auf die Knie sinken lies und er eine Stimme hörte, die dumpf in seinem Schädel hallte.

„Du bist du mein Werkzeug, Ben. Ich habe dich ausgesucht."

Stöhnend lag er auf dem Boden. Hielt seinen Kopf, der zu zerbarsten drohte. Das Brennen im Nacken setzte wieder ein und war stärker als jemals zuvor.

„LASS MICH IN FRIEDEN!" schrie Ben verzweifelt.

„Aber Ben, du hast mich selbst gerufen!" säuselte die Stimme. „Ich bin das, was du erschaffen hast. In deinen Träumen. Jetzt bin ich wirklich da und stehe dir zur Seite. Den Psychiater haben wir aus dem Weg geräumt. Er wollte dir schaden, dich in den Knast stecken. Du musst die Seelen für mich sammeln, damit ich zurückkehren kann. Verstehst du das nicht? Wir haben eine Abmachung. Seine Seele war die Erste. Zwei weitere brauchen wir noch!"

Mit einem Mal war das Brennen und die Stimme wieder weg und die Schmerzen verschwunden. Ben spuckte aus. Er musste raus hier! Packte seinen Rucksack und rannte auf die Straße. Was war hier passiert? Er fand keine Antwort darauf. Das Wichtigste war jetzt, einen klaren Kopf zu behalten und in Ruhe zu überlegen. Er würde etwa eine Stunde Zeit haben, bevor man den Psychiater fand. Zeit genug, nach Hause zu gehen, einige Sachen zu packen und sich eine neue Unterkunft zu suchen. London war um diese Jahreszeit bestimmt der nebligste Ort der Welt. Ben wollte das ausnutzen.

Er rannte über den Circus, um so schnell wie möglich aus der Öffentlichkeit zu kommen. Den Rest des Weges würde er über die dunklen Seitenstraßen der Stadt nehmen. Seine Wohnung befand sich am Themseufer."

2.
<Klick> ......<Klick>

Mit einem lauten Schnappen und dem typischen Summen des Blitzgerätes, schoss die Kamera der Spurensicherung Bilder vom Tatort. Das Team vor Ort bestand aus drei Beamten, die mit Pinseln und Tütchen bewaffnet durch die Praxis gingen, um Haare, Schmutz und andere Partikel einzusammeln. Der Psychiater lag noch immer mit unnatürlich verdrehten Armen auf dem Boden als Jack Holmes den Raum betrat.

„Hi Jack!" rief einer der Spurenmänner.

„Hi Martin, was haben wir hier?"

„Doktor der Psychiatrie, Ernest Hauser, 52 Jahre alt. Wurde von einem Patienten hier gefunden, der um 17.00

Uhr einen Termin bei ihm hatte. Die Male am Hals zeigen, dass er vermutlich erwürgt wurde. Der Kerl musste verdammt viel Kraft aufwenden, denn der Kehlkopf scheint völlig unbeschadet zu sein und unser Doktor war noch gut in Form."

„Irgendwelche Hinweise gefunden, die auf eine andere Todesursache hindeuten könnten?"

„Nein, außer am Hals kann ich jetzt noch keine andere Gewalteinwirkung erkennen. Möglich ist jedoch alles. Einstiche von Nadeln sehe ich nicht mit bloßem Auge." gab der Labormann zurück.

„Danke, Martin. Melde dich, falls du noch etwas Anderes findest."

An den die Aufsicht führenden Beamten gewandt fragte Jack nach den persönlichen Unterlagen des Doktors.

„Seinen Terminkalender haben wir nicht gefunden. Die Schubladen wurden durchsucht. Sie standen jedenfalls alle offen."

„Ein Patient?" fragte Jack.

„Das liegt nahe, welchen Grund hätte der Mörder sonst gehabt, den Kalender mitzunehmen?"

„Stimmt." erwiderte der Inspektor. „Das grenzt den Täterkreis zumindest ein".

„Jack!"

Der Forensiker winkte den Cop herbei. „Das solltest du dir ansehen!"

In seiner Hand hielt er etwas Kleines. Es war eine kleine rothaarige Figur mit grüner Hose und gelbem Pullover. Sie hielt den Stock eines Regenschirmes in der Hand. Der Schirm selbst war nicht zu sehen. Der Stift, auf dem er wohl stecken sollte, war abgebrochen. Viele Sommersprossen zierten sein Gesicht. Jack hatte so eine Figur noch nie zuvor gesehen.

„Das hielt er in der Hand. Ich musste ihm fasst die Finger brechen, um sie herauszuholen."

Mit zusammengekniffenen Augen sah er sich die Figur

genau an.

„Können wir herausfinden, was das ist?" fragte er, wieder dem Aufseher zugewandt.

„Klar, ich befrage mal unseren Computer und ein paar Spielzeughändler."

Jack ging hinaus. Er hatte genug gesehen. Der Doktor wollte mit der Figur in der Hand noch etwas sagen. Er hat darauf verzichtet sie wegzuwerfen, um sich mit der Hand zu wehren, also musste sie wichtig sein.

Jack Holmes war im 12. Jahr beim Yard als Oberinspektor. Mit seinen 38 Jahren war er noch einer der jungen und frischen Ermittler in einer ansonsten prüden und altmodischen Einrichtung. Sein Superintendent ließ im viele Freiheiten, solange er gute Ergebnisse erzielte. Und die waren seit Jahren die Besten. Mit 1.70 m. Körpergröße war er sicherlich kein Riese, aber dieser Kleinwuchs machte ihn zu einem perfekten Athleten, der die 100 Meter in elf Sekunden lief. Im Auto steckte er sich eine Dunhill an. Rauchend dachte er über den Mord nach. Fragen gingen ihm durch den Kopf.

Warum tötet jemand einen Arzt? Jemanden der einem helfen will? Wie viel Kraft muss ein Mensch haben, um jemanden mit bloßen Händen zu erwürgen, ohne seinen Kehlkopf zu beschädigen? Was hatte es mit dieser Figur auf sich? Ein Kinderspielzeug. Sie musste der Schlüssel zur Identität des Killers sein. Er beschloss, zu Hause darüber nachzudenken. Vielleicht meldet sich Martin noch einmal mit Neuigkeiten. Mist! Er hatte vergessen, sich den Namen des Aufsichtsbeamten zu merken.

3.

Ben packte schnell einige Dinge zusammen, die er in den nächsten Tagen brauchen würde. Er wusste nicht, wohin er gehen sollte, aber er wusste, dass er gehen musste, um nicht in die Hände der Polizei zu gelangen, die jetzt mit Sicherheit am Tatort war.

Er gab sein Leben auf.....! Er stand in seinem Wohnzimmer. Schaute noch einmal auf die Bilder seiner Verwandten. Seine Eltern waren vor 15 Jahren gestorben, als er gerade 18 Jahre alt geworden war. Seine Frau hat ihn nach nur zwei Jahren Ehe verlassen. Alles was er hatte, waren seine Hobbys. In der Mitte des Raumes prangte er an der Wand. Ein hoher Holzsetzkasten. Gefüllt mit kleinen Spielzeugfiguren verschiedenster Herkunft. Sein ganzer Stolz waren sehr seltene Figuren einer TV-Serie aus Deutschland. Pumuckl nannte sich das kleine rothaarige Geschöpf mit den vielen Sommersprossen. Er hatte Unsummen bezahlt, um an diese Figuren zu kommen, die auch in Deutschland sehr selten waren.

„So eine Scheiße....." fluchte er laut, als er sah, dass der Regenkobold fehlte. Nur der Schirm lag im Setzkasten. Er hatte die Figur dem Psychiater gegeben, als der ihn nach seinem liebsten Besitz fragte. Eigentlich war diese Figur das nicht mehr, weil der Schirm abgebrochen war und sie selbst dadurch wertlos wurde. Deshalb hatte er sie dem Psychiater auch gegeben. Hoffentlich führte sie der Kobold nicht auf seine Spur. Er ärgerte sich über seine Unachtsamkeit.

Gegen 18.30 verließ Ben das Haus und ging erst einmal am Ufer der Themse entlang. Er musste weg von hier. Er plünderte sein Bankkonto und machte sich auf den Weg zur Untergrundbahn. Wo sollte er hin? Welche Möglichkeiten hat man heutzutage in England unterzutauchen? Je länger er darüber nachdachte, desto schlechter wurden seine Aussichten.

„Letzten Endes kriegen sie dich." hörte er die Stimme im selben Moment, als das Brennen begann.

„Was willst du von mir..............verschwinde!!"

„Ich will nur, dass du sicher aus der Sache

herauskommst, Ben. Ich bin dein Freund. Versteck dich eine Nacht bei deiner Exfrau und gehe dann zum Bahnhof. Fahre morgen runter zur Küste. Du musst raus aus England. Hier bist du gefangen auf einer Insel und sie werden dich jagen, bis du kein Versteck mehr findest."
So schnell, wie es gekommen war, verschwand es wieder. Ben lag zitternd auf dem nassen Boden. So sehr er sich sträubte, musste er doch erkennen, dass die Stimme Recht hatte. England war nicht sicher. Er musste woanders hin. Einen Ort finden, wo man in nicht suchen würde.
Ben setzte sich auf. Das Wasser der Pfütze, in der er saß, drang durch seine Hose. Er bemerkte es nicht. Er dachte nach.

4.
Jack nahm ab, als das Handy klingelte.
„Holmes!"
„Ich bin es, Detektive. Almond Forester. Der Beamte, der die Aufsicht heute am Tatort hatte."
„Ja, gibt es etwas Neues?"
„Das tut es. Bei der Figur handelt es sich um einen Regenkobold aus einem deutschen Kinderüberraschungsei. Diese Figur ist in Sammlerkreisen bis zu 300 Pfund wert und dürfte in England sehr selten sein."
„Ein Sammler also!" bemerkte Jack. Kinderüberraschung gab es auch in England. Jack hatte die rotweißen Eier schon oft im Supermarkt gesehen.
„Ja, ein Sammler. Ich habe mit diversen Spielzeughändlern hier in London gesprochen. Alle haben mich auf die wohl einzige öffentliche Bezugsquelle für solche Figuren hingewiesen. Ein Internetauktionshaus."
„Kann man nachvollziehen, wann eine solche Figur zuletzt dort verkauft wurde?"
„Ja, Mr. Holmes, das kann man. Wir haben die Datenbank

angezapft und die Daten von 23 dieser Figuren gefunden. Zwei davon gingen nach England. Beide nach London."
Jack wurde ungeduldig. Wie immer, wenn er eine Spur witterte.
„Haben sie einen Namen?"
Almond genoss den Augenblick.
„Ja Sir, den habe ich."
„Dann her damit!"
„Jeff Whitebloom, ein 92 jähriger, ehemaliger Hochschulprofessor."
„Der dürfte nicht in Frage kommen, es sei den sein Enkel sammelt diese Figuren."
„Die zweite Person ist eine gewisse Maria Sander. Sie ist bedeutend jünger."
„Diese Sander schaue ich mir an. Adresse?"
„Sheffield Road 22. Sie ist nicht auf der Arbeit erschienen heute."
„Danke Almond."
Jack sprintete zu seinem Rover.

5.
Maria Sander saß am Küchentisch, als es an der Tür klopfte. Sie hatte sich heute krankgemeldet, da eine Migräneattacke sie des Nachts nicht zur Ruhe hatte kommen lassen. Als sie die Tür öffnete, stand ihr Ex-Mann vor ihr.
„Ben?.........Was machst du denn hier?"
Maria und Ben waren seit fünf Monaten geschieden. Nach nur zwei Jahren Ehe hatte Sie ihn verlassen, weil er ihr keine Zeit widmete und sich immer mehr allen anderen Dingen zuwandte, als es einer Ehe gut tat. Sie selbst hielt ihn für einen Verlierer.
„Maria, ich weiß nicht weiter." brach er heulend los und fiel in die Küche.
„Was ist passiert, Ben? Du siehst furchtbar aus."
Sie schleppte Ben zum Küchentisch. Er weinte wie ein

kleines Kind und konnte sich gar nicht mehr beruhigen.
Maria setzte Tee auf. Es war kalt und nass draußen. Ben
wirkte durchgefroren. Seine Kleidung war verschmutzt.
„Wo kommst du jetzt her? Du hattest doch einen Termin
beim Psychiater."
„Von dort komme ich gerade.........Nein, vorher war ich
noch Zuhause.........Ich muss weg Maria.........Sie suchen
mich."
„Oh nein... Ben, was hast du wieder angestellt?" Es war
mehr eine Feststellung, als eine Frage.
„Man hat es mir befohlen. Ich kann das nicht verhindern.
Es kommt und macht, dass ich es tun muss."
„Ben, von was redest du da?" Maria stellte ihm die Tasse
hin und das Tablett mit Kuchen und dem Messer dazu.
Ben begann den Tee langsam zu trinken und wärmte
seine Hände dabei an der Tasse. Er wollte gerade zu
einer Erklärung ansetzen, als das Radio eine Meldung
durch gab, die sie beide hörten.

< Die Polizei bittet um Ihre Mithilfe. Vor wenigen Stunden
wurde in der Innenstadt Dr. Ernest Hauser in seiner
Praxis, von einem unbekannten Täter, ermordet. Die
Polizei geht davon aus, dass sich der Täter noch in
unmittelbarer Nähe aufhält und bittet die Bevölkerung
darum, keine Anhalter mitzunehmen oder fremde
Personen in ihr Haus zu lassen. Das Yard stuft den
Mörder als äußerst gefährlich und möglicherweise
bewaffnet ein. Wer eine verdächtige Beobachtung macht,
kann diese unter den örtlichen Telefonnummern der
zuständigen Behörde melden. Dr. Ernest Hauser wurde
52 Jahre alt.>

„Ben....?" Konnte sie noch sagen, dann spürte sie etwas
Warmes ihren Hals herunterlaufen und bekam keine Luft
mehr. Röchelnd und zuckend sank sie zu Boden. In den
wenigen Sekunden, die Maria Sander noch hatte, starrte

sie ihren Exmann fassungslos an. Dann starb sie. Ben spülte das Messer unter dem Wasserhahn ab und legte es zurück auf die Kuchenplatte. Das Brennen war wieder verschwunden. Es hatte in dem Moment eingesetzt, als der Nachrichtensprecher den Namen des Doktors aussprach. Maria lag in einer Blutlache, die sich vom Hals aus immer weiter durch die Küche bewegte und zu einem kleinen See wurde.

Der Gedanke seine Frau gerade getötet zu haben erschrak ihn nicht einmal. Er wusste, dass er gegen diese Macht, die immer kam, wann sie wollte, nichts ausrichten konnte. Er beugte sich über sie und atmete tief ein. Wieder war es ihm, als höre er einen Schrei. Diesmal eine weibliche Stimme. Erschreckend kaltblütig sah er auf sie herab. Sie hatte ihn nie verstanden. Er beugte sich vor, um sie zu packen und ihren Körper in den Keller zu zerren.

6.

Jack fuhr die Auffahrt hinauf, stieg aus und klopfte an der Tür von Maria Sander. Die Sonne stand schon ziemlich tief und tauchte das Haus in eine grotesk rote Farbe.

„Mrs Sander?" rief er laut und klopfte erneut „Scottland Yard!"

Keine Reaktion.

Er ging um das Haus zum Hintereingang und fand die Tür nur angelehnt. Er öffnete und klopfte gleichzeitig.......und sah das Blut. Sofort griff er zur Waffe und stieß die Tür ganz auf. Die Küche sah aus, wie ein Schlachthaus. Überall war Blut...........nur Blut.......!

In dem Moment klingelte das Handy.

„Scheiße!" schimpfte Holmes. Mit angelegter Waffe zog er sich in die äußerste Ecke der Küche zurück..

„Ja!"

„Jack, Martin hier. Wir stehen in Ben Sanders Wohnung. Er ist es! Wir haben den Regenschirm zu der Figur des

Psychiaters gefunden. Sei auf der Hut. Er muss noch irgendwo da draußen sein."

„Danke. Schickt die Spurensicherung zu Maria Sanders Haus. Ich glaube er hat sie umgebracht."

„Du glaubst.........?"

Da hatte Jack schon wieder aufgelegt.

Langsam und äußerst wachsam ging er auf die Tür zum Flur zu. Die Blutspur führte hinaus.

Mit einem lauten Knall flog die Küchentür gegen die Wand. Jack schob den Fuß sofort nach, damit sie nicht zurück schwang und spähte in den dunkeln Flur. Rechts war ein Treppenaufgang. Weiter geradeaus ging es in ein anderes Zimmer und unter dem Treppenverlauf war ein Abgang in den Keller. Langsam schob er sich an der Wand den Flur entlang.

„AHHHHHHHH!" ertönte ein Schrei und jemand stieß ihn mit immenser Kraft durch die Tür in das Wohnzimmer. Der unbekannte Mann machte kehrt, als er die Waffe auf sich gerichtet sah und sprintete den Flur herunter in die Küche. Jack hob den Kopf, sah noch, wie er auf dem Blut der Frau ausrutschte und der Länge nach hinknallte.

„Ben Sander! Bleiben Sie stehen!" rief er. Doch Sander war schon wieder auf den Beinen und zur Tür hinaus. Jack wollte ihm folgen, doch er musste erst sehen, ob die Frau noch zu retten war und stürzte in den Keller hinab. Die Waffe wegsteckend und das Telefon ziehend rannte er die Treppe hinunter und folgte der Blutspur.

Maria Sander hatte auch nach ihrem Tod noch nicht alles ausgestanden. Ihr Körper lag auf einer Werkzeugbank. Sie war nackt und an ihrem Hals klaffte eine handtellergroße Schnittwunde. Es tropfte kein Blut mehr. Ben hatte sie ausbluten lassen. Ein halb voller Eimer stand unter Ihrem Kopf auf dem Boden. Kalte, starre Augen, ein halbgeöffneter Mund standen im Gegensatz zu dem samtweichen Haar und der wachsweißen Haut. Im Leben war Maria Sander eine attraktive Frau gewesen.

Hier konnte er nichts mehr ausrichten. Er hatte Ben Sander gesehen. Sein Gesicht, seinen Körper. Er wusste, dass er es war und er musste ihn finden.

7.

Ben rannte so schnell er konnte. Wo kam dieser Bulle her? Es war doch ein Bulle? Wie konnten die ihn so schnell finden? In einem Taxi fuhr er, nachdem er sich umgezogen hatte, direkt zum Bahnhof und löste ein Ticket zur Küste. Er nahm ein regionales Ticket, bei dem man den Namen nicht anzugeben brauchte. Man konnte es einfach am Automaten ziehen. 10 Minuten später saß er im Zug. Die Hälfte seiner Sachen hatte er bei Maria liegen gelassen. Der Bulle hatte ihm keine Zeit gegeben, sie noch mitzunehmen. Nur seinen Rucksack hatte er noch. Das Brennen war nun zu einem dauerhaften Kribbeln geworden, das ständig bei ihm war. Er konnte spüren, dass zwei Persönlichkeiten zur gleichen Zeit in ihm waren. So, wie zwei unterschiedliche Menschen in einem Raum sein konnten.

„Was willst du von mir? Wieso bist du da?"

„Ach Ben, du bist ganz schön zickig für jemanden, dessen Karren nun schon zum zweiten Mal aus dem Dreck gezogen wurde."

„Ich aus dem Dreck gezogen? Wer hat mich den hineingebracht? Das warst doch du! Wer bist du?"

„Ich bin ein alter Freund der Familie könnte man sagen. Ich kannte bereits deinen Großvater."

Ben lachte auf.

„Mein Großvater hat sich im Alter von 25 Jahren umgebracht. Er war verrückt. Hat meine Großmutter mit meiner Mutter im Stich gelassen. Du solltest dich nicht damit rühmen ihn gekannt zu haben."

„Ben, was denkst du, warum dein Großvater sich umgebracht hat?"

Sofort verstand er und es lief ihm eiskalt den Rücken

hinunter.

„Mein Großvater war also nicht verrückt?"

„Aber nein, Ben. Dein Großvater war einfach nur schwach. Er wollte sich nicht von mir helfen lassen. Du jedoch bist anders, Sander. Du bist stark. Ich kann dir Macht geben. Wir können wie Könige herrschen."

„Ich bin auch ein Sander. Ich habe die gleichen Gene wie mein Großvater."

„Deine Gene interessieren mich nicht. Vielmehr ist es dein Geist, der mich interessiert. Du bist reifer, so wie es dein Großvater nicht war. Du hast Mut. Du hast keine Angst im Dunkeln."

Ben kauerte sich im Zug zusammen. Er fror. Die Anwesenheit des Anderen in seinem Körper war für ihn, wie ohne Kleidung im Schnee zu sitzen.

„Wer bist du?" fragte er noch einmal.

„Ich bin Argot, der Wächter der Seelen und du bist mein Sammler."

„Was sammle ich denn?"

„Du sammelst Seelen. Hörst du die Schreie nicht, nachdem du sie getötet hast? Sie schreien, weil du Ihre Seelen einatmest und sie deshalb nicht zur Ruhe kommen. Du hast sie nun in deinem Körper eingesperrt, wo ich von ihnen zehre und über sie wache."

„Du bist ein Seelendämon? So etwas gibt es nicht!"

„Zusammen werden wir so immer mächtiger. Jede Seele gibt uns neue Kraft. Du fängst sie ein und ich verwalte sie."

„Du bist verrückt!" Ben ekelte sich.

„Ben, du wirst bald anders denken. Mit jeder Seele, die ich dir aufzwinge, ziehe ich dich mehr auf meine Seite. Du hast keine Wahl!"

Der Zug fuhr in das Abendrot und Ben entfernte sich Stück für Stück von seiner Vergangenheit.

8.

Martin stand vor Jack und hielt eine Sporttasche in der Hand.

„Diese Tasche gehört nicht Maria Sander. Sie stammt definitiv von einem Mann und ist so gepackt, als wollte jemand verreisen."

„Hatte sie einen Freund?"

„Wir konnten nichts finden."

„Dann könnte es von ihm sein?"

Jack warf die Tasche auf den Tisch und räumte den Inhalt aus. Er fand T-Shirts, Socken, Shorts und ....eine Landkarte.

Es war eine dieser Faltkarten für Autofahrer. Jack nahm sie hoch und sah sie genau an.

„Er hat die südliche Küste aufgeschlagen." stellte er fest.

„Und er hat sich die Orte der Fähren im Internet ausgedruckt." sagte Martin und hielt einen Zettel hoch.

Jack nahm ihn an sich und studierte ihn.

„Er will abhauen, raus aus England."

Er faltete die Karte und den Zettel und steckte beides in seine Lederjacke.

„Sagen sie dem Superintendent, dass ich runter zur Küste fahre. Ich brauche ein Fährticket nach Hamburg. Ich schätze, er wird nach Deutschland fliehen. Zu den anderen Ländern hat er keinen Bezug. In Deutschland hat er diese Figuren gekauft."

Martin nickte die Anweisungen des Ermittlers ab. Jack war schon aus der Tür, als der Beamte sein Handy zückte.

Auf der Schnellstraße sortierte Jack seine Gedanken. Welche Motive hatte dieser Kerl? Wieso bringt er erst seinen Psychiater und dann die eigene Ehefrau um? Beides Personen, die ihm eigentlich nahe stehen sollten? Wieso wird jemand so plötzlich zum Killer? Es gab keinerlei Hinweise über frühere Gewalttätigkeiten.

Das Handy klingelte!

„Holmes hier"

„Hallo Jack, ich bin es, Melissa."

Melissa war seine Sekretärin. Eine hervorragende Fachkraft mit dem gewissen Gespür für die Art, wie er ermittelte. Sie hatte großen Anteil an seinen Ergebnissen.

„Hallo Schrecken aller Gangster, was gibt es?"

„Ha ha, Jack, du warst schon witziger."

„Mir ist nicht nach Witzen im Moment."

„Ich weiß. Ich habe Informationen für dich. Wir haben seine Akte!"

„Akte?"

„Ja, Ben Sander wurde vor wenigen Wochen morgens in einer Toilette gefunden. Er lag weggetreten auf dem Fußboden. Ein psychologisches Gutachten attestiert ihm einen ausgeprägten Verfolgungswahn. Er erzählte den Beamten etwas von einem großen, schwarzen Wesen und leuchtenden Augen."

„Ein Verrückter, der zum Killer wurde?"

„Es liegt wohl in der Familie. Sein Großvater beging vor über 50 Jahren Selbstmord, nachdem er versucht hatte, seine Frau umzubringen. Auch diese Akte habe ich mir aus dem Archiv bringen lassen. Die Frau beschrieb damals, dass ihr Mann behauptete, von einem schwarzen Tier verfolgt zu werden. Er versuchte seine Frau zu erwürgen, doch er ließ im letzten Moment von ihr ab und schoss sich danach mit einem Jagdgewehr den halben Kopf weg."

„Die ganze Familie scheint einen Schlag wegzuhaben." bemerkte Jack rauchend.

„In einem Arztbericht steht, dass der Großvater unter starker Migräne litt. Er beschrieb das als ein Brennen im Kopf. Der Arzt notierte in seinen Unterlagen, dass er einen Phantomschmerz vermutete. Hier handelt es sich anscheinend um eine vererbte Geschichte, Jack."

„Was ist mit seinem Vater?"

„Keine Vorkommnisse. So etwas überspringt eine

Generation, heißt es doch immer."

„Melissa, du bist eine Göttin."

„Das kostet dich ein Abendessen, mehr nicht. Pass auf dich auf. Der Typ ist gefährlich."

„Mach ich. Bitte schalte Interpool ein und informiere die Behörden in Deutschland, dass ich komme."

Das Handy verschwand im Handschuhfach. Jack war nicht erfreut über das eben gehörte. Anscheinend handelt es sich um eine schizophrene Persönlichkeit. Dieser Typ war unberechenbar und eine potentielle Gefahr. Er musste ihn so schnell wie möglich von der Straße holen.

9.

„Wir brauchen ca. vier Stunden bis nach Hamburg, Sir."

„Gibt es keinen schnelleren Weg?"

„Wir sind bereits die schnellste Fähre, Sir."

„Danke, wann legen wir ab?"

„In zehn Minuten."

Ben entspannte sich auf dem weichen Sitz seines Abteils. Ein zweifacher Mörder auf der Flucht. In Deutschland angekommen würde er sich nach Süden durchschlagen und versuchen, die Grenzen der Schweiz und Österreich zu erreichen. Er döste ein und fiel in einen traumlosen Schlaf.

Die Fähre war bereits eine Stunde unterwegs, als Ben aufwachte und beschloss, etwas spazieren zu gehen. Argot war jetzt ständig bei ihm. Er spürte seine Anwesenheit in seinem Kopf. Er fühlte, dass der Dämon versuchte ihn zu lenken.

„Hier dürfen Sie nicht rein!" hörte er eine Frauenstimme hinter sich.

Er drehte sich um. Vor ihm stand eine sehr hübsche junge Frau, vielleicht 20 Jahre alt.

„Entschuldigen Sie!" sagte er mit einem spitzbübischen Lächeln. „Ich kenne mich hier nicht aus und könnte

jemanden brauchen, der mich hier...........einführt."
Er betonte diesen letzten Teil mit einem besonderen Blick.
Ben war überrascht über die Worte, die er eben
gesprochen hatte. Er hatte überhaupt nicht vorgehabt, so
etwas zu sagen. Irgendwer hatte diese Worte in seinen
Mund gelegt.......nein, nicht irgendwer. Ben erinnerte sich
an seine Worte. Er war der Seelenfänger für diesen
Dämon. Argot hatte die Initiative ergriffen. Er wollte Ben
mit aller Macht seinen Willen aufzwingen. Das Mädchen
wurde rot. Man merkte ihr deutlich an, dass ihr das zwar
peinlich war, aber sie durchaus gefallen an Ben fand.
„Würden Sie mir das Innere dieses Schiffes zeigen
wollen." fragte Argot/Ben.
Er beeinflusst sie irgendwie, dachte Ben. Das Mädchen
war hin und weg. Bekam glasige Augen und ging voraus.
Ben folgte ihr. Sie gingen in einem Raum, der sich noch
auf dem Oberdeck befand. Links und rechts waren
Fenster. Die rechte Seite zeigte die Reling mit ihrem
Vorbau, auf dem jetzt einige Fahrgäste standen und aufs
Meer blickten. Das linke Fenster zeigte über die Mitte des
Schiffes die Kabinenfenster auf der anderen Seite. Ben
spürte plötzlich eine unglaubliche Erregung in sich. Das
Verlangen sich dem Mädchen zu nähern war groß. Es war
kein sexuelles Verlangen, sondern pure Mordlust.
„Komm her!" befahl er. Sie zögerte keinen Augenblick.
Zog im Vorbeigehen den rechten Vorhang zu und
verdeckte so den Besuchern der Reling die Sicht. Ben
nahm ihren Kopf. Sie küssten sich wild und innig. Ihre
Hände suchten die Knöpfe zu seiner Hose und fanden
sie. Ben war ein Gefangener dieser Szenerie. Ein
Zuschauer. Argot hatte völlig das Kommando
übernommen. Wild schnaufend und mit den Händen an
seiner Hose zurrend, gab sie sich ihm hin. Sie hatte ein
bisher nie gekanntes Verlangen nach ihm. Konnte und
wollte es sich aber im Moment nicht erklären.
„Nicht so fest!" sagte das Mädchen. „Du beißt mir ja die

Lippen blutig."
In ihrer Erregung drückte sie sich fest an ihn. Er packte
sie und lächelte. „Das ist doch ein süßer Schmerz!"...........
Dann biss er zu.

10.
Jack erwischte die letzte Fähre dieses Tages in
allerletzter Minute. Er war erschlagen und legte sich erst
einmal in seine Kabine. Ausruhen und Kräfte sammeln. Er
schlief unruhig und gerade einmal eine Stunde. Diese
Mordsache machte ihm zu schaffen. Die Kaltblütigkeit, mit
der Ben Sander vorging, erschreckte ihn. Er würde dafür
bezahlen, zu wissen, wie groß der Vorsprung des
Mörders war. Er war sich sicher, in der richtigen Fähre zu
sitzen. Dänemark wäre zu unsicher gewesen und er hätte
nur einen Fluchtweg gehabt. Nach Deutschland. Dahin,
wo er jetzt fahren würde. So oder so, war er richtig
hier.Nach einer Stunde beschloss er nachzusehen, ob
evtl. ein Fax für ihn angekommen sei. Er musste wissen,
ob er in Deutschland erst Kontakt zu einer Polizeibehörde
aufnehmen musste oder sofort mit den Ermittlungen
fortfahren könne. Auf dem Weg zur Funkstation des
Schiffes holte er sich noch eine Tageszeitung und eine
Packung Zigaretten. Sie würden in ca. 40 Minuten in
Hamburg anlegen und er wollte sich noch die Zeit
vertreiben. Ein Fax war nicht gekommen und so ging er
zurück in die Kabine. Schnell noch duschen, dachte er bei
sich und war auch schon aus den Kleidern. Das Wasser
war heiß und entspannend. Er trocknete sich ab und
versuchte den beschlagenen Spiegel abzuwischen. Ohne
Erfolg. „Mist!" fluchte er leise, weil er das Fenster öffnen
musste, damit der Beschlag vom Spiegel verschwand.
Kalte Herbstluft drang in das Badezimmer. Durch das
Fenster konnte er auf die parkenden Autos unter ihm
schauen. Es war erstaunlich, wie viele Menschen
unbedingt Ihr Auto mitnehmen mussten. Die konnten doch

nicht alle, so wie er, beruflich unterwegs sein. In den gegenüberliegenden Kabinen brannte Licht. Direkt gegenüber war ein Pärchen gerade dabei, zur Sache zu kommen.

„Hey, das könnte doch noch ein interessanter Abend werden." Dachte Holmes und sah dem Treiben ein wenig zu. Die Frau sah klasse aus. Die beiden knutschten sehr intensiv. Auf einmal schob sie ihn weg und sagte etwas zu ihm. Nach ein paar Worten machten sie weiter.

Jack fand das äußerst amüsant. Hatten die beiden doch vergessen, ihr Tun vor der Öffentlichkeit zu schützen. Er wollte nicht wissen, wie viele Fahrgäste auf seiner Seite diesem Schauspiel jetzt beiwohnten. Auf einmal stemmte die Frau ihre Arme gegen den Mann. Es sah aus, als versuchte sie sich loszureißen. Jack fuhr augenblicklich ein Adrenalinstoß durch den Körper. Der Mann riss den Kopf zurück und drehte ihn zum Fenster. Mit einer ausholenden Bewegung spuckte er etwas gegen die Scheibe. Blut war überall. Er hatte der Frau die Lippen abgerissen. Jack erkannte ihn in dem Moment, als er den Kopf drehte. Es war Ben Sander und er lächelte Jack an.Jetzt hatte er drei Seelen.

11.

Das Mädchen wehrte sich zeitgleich mit dem Einsetzen des Schmerzes. Der Zauber, den Argot auf sie gelegt hatte, war verschwunden und sie begriff sofort, dass sie sich in Gefahr befand. Ben riss den Kopf zurück und dem Mädchen dabei die Unterlippe und das halbe Kinn ab. Ihr Schrei war grauenvoll. Ben drückte ihr die Hand auf dem Mund, drehte den Kopf zur Seite und spuckte das Fleisch gegen das Fenster. Er sah einen Mann gegenüber am Fenster sitzen und lächelte den Spanner an. Dann nahm er ihren Kopf in beide Hände und schlug ihn, mit dem Gesicht voran, gegen die Scheibe. Das Glas zerbarst nicht. Das Mädchen stöhnte laut auf, als ihre Knochen brachen und das Leben aus ihr wich. Er hatte sein nächstes Opfer gefangen. Ben konnte sehen, wie ihre Seele mit einem Mal den Körper verließ. Sie leuchtete in einem kräftigen grün. Vorher konnte er die Seelen nicht sehen. Die Macht Argots wuchs mit jedem Opfer. Ben war nicht mehr Ben in diesem Moment. Er war Argot. Dämon der Seelen und bereit sein nächstes Opfer zu holen. Tief atmete er ein und das ihm bereits vertraute Schreien erfüllte den Raum.

12.

Jack wirbelte um die eigene Achse hinaus in die Kabine. Er stürzte in seine Hose und griff seine Waffe. Mit einem Satz war er aus dem Zimmer und befand sich auf der Außenseite der Fähre. Er musste komplett um sie herumlaufen, um zu dem Mädchen zu gelangen. Er rannte, als sei der Teufel hinter ihm her. Wischte Hindernisse aus dem Weg, sprang über Koffer und Geländer. Er hatte noch gesehen, wie Sander den Kopf des Mädchens gegen die Scheibe schlug. Er wusste nicht, ob das arme Ding noch lebte, aber er würde nicht warten, bis er sich dessen sicher war. Nur noch wenige Meter bis zu der Tür des Oberdeckraumes, als auf einmal das Horn der Fähre ausstieß. Sie waren kurz vorm Anlegen.

Jack stand vor der Tür. Keine Zeit zu verlieren. Mit einem kräftigen Tritt flog sie auf. In dem Raum lag nur das Mädchen. Blutüberströmt und grotesk entstellt starrte sie zur Tür. Jack ging zu ihr und fühlte Ihren Puls.
...........Nichts. Sie war tot.
„AAAAAHHHHHHHHHHIIIIIIIII!" war das Nächste, was er hörte. Ausgestoßen von einer Frau, die zufällig in die Tür geschaut hatte.
„Beruhigen Sie sich Miss." beschwor er sie. „Ich bin von der Polizei."

Seine Marke schien die Frau von dem Gedanken abzubringen, er sei der Mörder.

„Rufen Sie den Steward." befahl er und ging aus dem Zimmer. Ben Sander war irgendwo hier auf dem Schiff. Er machte sich auf die Suche.

Es war ihm egal, ob er für Verwirrung sorgte oder nicht. Mit gezogener Waffe ging er in Richtung der Frontseite. Immer mit einem Blick auf die Parkbucht der Autos unter ihm. Überall gab es hervorragende Verstecke. Diesen Irren zu finden, dürfte in der wenigen Zeit bis zum Anlegen, schwierig werden.

13.

Ben sah den Typ aus Maries Haus von oben an. Er hätte ihn jetzt leicht töten können. Er stand direkt über ihm auf dem Dach des Zimmers, in dem das Mädchen lag. Der Bulle versuchte die kreischende Frau zu beruhigen.

„Wir sind schon stark, Ben, aber wir brauchen mehr."

„Wir werden mehr bekommen. Vielleicht ist er schon der Nächste."

„Lass ihn. Wir müssen verschwinden. Vielleicht ergibt sich eine andere Gelegenheit für uns."

Ben zog sich zurück. Er musste einen Weg finden, ungesehen von der Fähre zu kommen. Er ging zur gegenüberliegenden Seite und sprang ins Wasser. Bis zum Ufer waren es noch einige Hundert Meter. Ben fühlte sich großartig. Stark, wie noch nie in seinem Leben. Mit den Seelen saugte er auch die Kraft der Opfer aus. Das war sein Lohn.

„Mann über Bord!!!" rief ein Passagier im Moment seines Aufpralls auf dem Wasser.

„Scheiße, so ein Idiot." fluchte Ben und schwamm so schnell er konnte.

14.

„Mann über Bord!!!" hörte Holmes den Ruf eines Mannes ein paar Meter weg von ihm. Er rannte zur Reling und sah ihn. Ben Sander schwamm ein paar Meter vom Boot entfernt Richtung Küste. Das Boot war gerade dabei, im Hafen seitlich einen Ankerplatz anzusteuern. Die Elbe war an dieser Stelle sehr breit und Jack sah, dass Ben noch einige Hundert Meter zu schwimmen hatte. Ohne weiter zu zögern, sprang er ihm nach. Der Aufprall mit dem Wasser war mörderisch. Hart schlug er mit dem Gesicht ins Wasser. Eisige Kälte umschloss ihn von jetzt auf gleich. Doch es blieb keine Zeit darüber nachzudenken. Jack war ein guter Schwimmer und ein hervorragender Athlet. Er rechnete sich Chancen aus, Ben einzuholen. Rhythmisch kraulte er durch das Wasser. Er sah ihn nicht, aber er hatte sich die Richtung gemerkt. Er musste vielleicht 20 Meter aufholen. Bis zum Ufer waren es etwa 300 Meter. Er schwamm gut und schnell. Doch Ben blieb verschwunden. Nach etwa 100 Metern ging ihm die Luft aus. Er war in höchstem Tempo geschwommen, doch Ben war nicht zu sehen. Jack hielt inne, um Ausschau zu halten. Er sah Ben mit fast 150 Metern Vorsprung lächelnd aus dem Wasser ans Ufer steigen.

„DAS.......Das kann doch nicht wahr sein." Jack traute seinen Augen nicht.

Ben winkte ihm lachend zu. Für die letzten 150 Meter würde er noch einige Minuten brauchen. Wie konnte ein Mensch so schnell schwimmen?

Zügig kraulte er weiter, hatte allerdings jede Hoffnung aufgegeben, ihn noch einzuholen.

Als er am Ufer ankam, fehlte von Sander jede Spur. Seine nasse Kleidung hatte er einfach abgelegt. Jack fand sie direkt an der Stelle, wo er aus dem Wasser kletterte. Auf dem Stapel lag ein Zettel. Jack nahm ihn auf. Es war eine Nachricht für ihn.

< Hallo Bulle, je näher du mir kommst, desto mehr Menschen werden sterben, denn ich werde auf dem höchsten Turm des Landes meine endgültige Aufgabe empfangen. An dem Nächsten bist du schuld, denn ich friere.
- Ben >

Holmes zerknüllte wütend den Zettel. Frierend und zornig machte er sich auf den Weg zur Fähre, um seine Sachen zu holen und sich umzuziehen. Auf halben Weg sah er die Blutspur. Unter der Schaufel eines Baggers lag ein nackter Mann. Zuerst dachte Jack es wäre Ben, aber es war nur ein weiteres Opfer. Der Mann musste wegen seiner Kleidung sterben. Ben Sander hatte seinen Kopf mit einer Eisenstange aufgespießt. Sie ragte kerzengerade aus seiner Augenhöhle. Er stieß einen lauten Schrei aus. Seine angestaute Wut entlud sich.
„Ich kriege dich du Hurensohn." versprach er sich selbst.
Im Schiff informierte er Interpool über die beiden neuen Toten. Dann telefonierte er mit Scottland Yard.
„Melissa, er hat noch zwei Menschen getötet. Er weiß, dass ich hinter ihm her bin und hat mir eine Nachricht hinterlassen."
Jack gab Melissa den Text der Nachricht durch.
„Höchster Turm? Wo soll das sein?"
„In welcher Stadt stehen die höchsten Wolkenkratzer?"
„Moment. Ich schaue im Internet."
Jack wartete ungeduldig. Der Text dieses Mannes war ihm ein Rätsel.
„Frankfurt ist die Stadt mit dem höchsten Tower Europas. Der Commerzbanktower"
„Meinst du, er will dahin?"
„Wenn ich nach dem Text gehe, ja."
„Hast du sonst noch etwas herausgefunden?"
„Allerdings. Der schwarze Vogel mit den leuchtenden

Augen, der die beiden Sanders seit Generationen verfolgt, ist ein Dämon mit dem Namen Argot."

„WAS?"

„Du hast richtig gehört! Er wird auch der Seelenfänger genannt. In der Akte von Ben´s Großvater werden alte Schriften erwähnt. Die habe ich mir faxen lassen. Dort ist von einem Dämon die Rede, der die Körper befällt und die Person zwingt andere Menschen zu töten, um deren Seele zu bekommen."

„Das ist Schwachsinn!" fluchte Jack laut.

„Anscheinend nicht, Jack. Unser Freund scheint fest davon überzeugt zu sein, dass er von ihm besessen ist. Sein Großvater hat einen Abschiedsbrief hinterlassen, in dem er die Unterhaltungen mit Argot schildert. Es passt genau auf das Verhalten von Ben."

„Kann er diesen Brief gelesen haben?"

„Nein, er wurde der Familie danach nicht gezeigt, sondern mit der Akte im Yard-Archiv verstaut."

„Ok, was sagen diese Schriften über sein Verhaltensmuster aus? Gibt es ein Ziel, das er erreichen will?" fragte er.

„Naja, hier steht, dass der Dämon mit nur drei Seelen seine volle Kraft erreicht. Ein Gelehrter, ein Nahestehender und ein Unwissender. Damit vereint der Dämon alle menschlichen Grundzüge und schafft so eine Basis für die eigentliche Sache."

„Der Psychiater, die Ehefrau und das Mädchen...................damit hat er die 3 schon, die er braucht!"

„Genau, jetzt hast du es geschnallt. Alle weiteren Seelen dienen dem Ausbau seiner Kräfte. Er wird mit jeder Seele stärker!"

„Ja, stark war er. Er hat mir im Wasser 150 Meter abgenommen und ich bin ein guter Schwimmer."

„Schwimmen? Ich dachte du bist mit der Fähre gefahren?"

„Erinnere mich daran, dass ich dir kein Weihnachtsgeld genehmige, wenn ich wieder da bin." Jack lächelte. Das erste Mal seit er diesen Fall übernommen hatte.

„Ähhhhhhmmmm............nein. Machs gut und pass auf dich auf!"

Er legte auf.

Ein Dämon? Das war unmöglich. Es gibt keine Geister. 23.20 Uhr....keine Zeit zu verlieren. Jack stieg in ein Taxi am Hafen.

„Frankfurt Commerzbank-Tower." sagte er zu dem Fahrer.

15.

Ben fühlte sich nicht müde. Eigentlich müsste er schlafen, aber er spürte nicht den Hauch eines Verlangens danach, als er aus dem Zug am Frankfurter Hauptbahnhof stieg. Der Bahnsteig war lang. Überall standen Sandwichwagen, die Donuts und Kaffee anboten. Selbst Hunger verspürte er nicht. Es war, als sei sein Körper versiegelt worden. Es musste nichts rein, es kam nichts mehr heraus. Nicht einmal auf Toilette musste er mehr. Nur der Hunger nach Seelen machte sich bemerkbar. Seit er die Seele des Mädchens und des Bauarbeiters gesehen hatte, kam ständig das Verlangen nach mehr in ihm auf. Wie ein Vampir gierte er nach ihnen.

Hinaus aus dem Haupteingang. Die Bahnhofsuhr zeigte an, dass es fünf Uhr morgens war. Vor ihm ragte die Frankfurter Skyline in den Himmel. In der Mitte all der Türme stand das höchste Gebäude Europas. Der Commerzbanktower.

„Jetzt kann uns nichts mehr aufhalten, Ben. Wir steigen auf den Turm und empfangen die Macht von Satan persönlich. Endlich, nach so vielen Jahrtausenden habe ich jemanden gefunden der stark genug ist."

Ben konnte nichts erwidern. Sein Geist war eigentlich noch derselbe, doch sein Körper gehorchte ihm nicht. Er hatte stumm mit angesehen, wie Argot diese Menschen mit seinem Körper tötete. Sein Wille war weg. Er war ein Werkzeug geworden. Das Rotlichtviertel lag direkt zwischen ihnen und dem Bankenviertel der Stadt. Mittags unter der Woche, waren die Laufhäuser gefüllt mit Krawattenträgern aus den Towers der umliegenden Banken. Ein Millionengeschäft, auf dem sich illegale Prostituierte genauso tummelten wie Zuhälter, Drogendealer und Hütchenspieler. Ben wurde von Argot in eines dieser Häuser gelenkt. Er sprach eine junge Thai-Frau an und ging mit ihr auf ihr Zimmer. Argot sprach sie auf thailändisch an. Aus seinem eigenen Mund hörte sich das komisch an, dachte Ben noch. Das Mädchen war jung und hatte sich die Reise nach Europa sicherlich anders vorgestellt. Wahrscheinlich wurde sie mit dem Versprechen Arbeit zu finden hierher gelockt. Man nahm ihr die Papiere ab und zwang sie zur Prostitution. Zuhause sorgen sich ihre Eltern um sie, weil sie kein Lebenszeichen von ihr erhielten. Das Leben musste die Hölle für sie sein. Sie hatte auch nicht viel Lebensgeist. Zumindest wehrte sie sich kaum, als Ben sie erwürgte. Ihre Seele schmeckte köstlich und er sog sie noch während dem Liebesspiel auf. Ihre frische junge Kraft erfüllte ihn. Die Leiche schob er unters Bett.

16.
Jack hatte ausgiebig auf der Rückbank geschlafen. Der Taxifahrer war sechs Stunden durchgefahren und sie standen nun vor dem Gebäude. Er fühlte sich verkatert von der Fahrt, aber ausgeschlafen. Es war jetzt 6.00 Uhr morgens.
„Gute Arbeit!" sagte er dem Taxifahrer auf Englisch und gab ihm ein großzügiges Trinkgeld in englischen Pfund. Die Quittung lautete über einen enormen Betrag. Er stieg aus. Die ersten Banker waren schon auf dem Weg zu ihrem Arbeitsplatz. Das Gebäude war riesig. Wenn er sich irrte und Ben nicht hierher wollte, würde er ihn nie finden.

Die Stadt war einfach zu groß. Konnte Ben schon hier sein? Wie sollte er es wissen? Er beschloss in der Aula des Towers einen Kaffee zu trinken und zog sich ganz hinten in eine Ecke zurück und beobachtete den Eingang. Er sah Menschen, die auf die Arbeit kamen. Der Eingangsbereich füllte sich immer mehr. Viele blieben erst einmal stehen und tranken einen Kaffee, tauschten sich mit Kollegen aus. Die riesige Vorhalle zum eigentlichen Gebäude war von Glas umgeben. Alles war modern eingerichtet. Dieser Turm stand erst wenige Jahre. Marmorfußboden, edle Holzverkleidungen an den Wänden. Hier regierte das Geld und das sah man auch. Es verging eine halbe Stunde. Jack wusste ja immer noch nicht, ob Ben überhaupt hier war. Er beschloss, sich noch Nachschub zu besorgen und noch eine halbe Stunde zu warten.

Als er aufstand, sah er ihn! Ben Sander stand im Eingangsbereich und blickte sich um. Holmes war sofort auf den Knien und versteckte sich hinter den Tischen. Er wollte nicht entdeckt werden. Durch die Stuhlbeine hindurch versuchte er einen Blick auf ihn zu erhaschen, aber es waren zu viele Leute da.

Er griff zum Handy.

„Melissa, er ist hier. Verständige die deutschen Behörden. Du hast alles richtig gemacht, Schätzchen. Ich versuche, ihn jetzt zu stellen"

„Sei vorsichtig, Jack........" Sie klang äußerst besorgt. Etwa fünfzig Schritte trennten die beiden voneinander. Zu viele, um einfach aufzustehen und die Pistole zu ziehen. Er würde eine Panik auslösen und Ben dadurch entkommen lassen. Er musste näher ran. Ben ging nun vorwärts und verließ die Aula durch eine große Glastür zur Rezeption. Links und rechts davon befanden sich Aufzüge. Er ging in den rechten Aufzug. Die Türen schlossen sich. Jack stürmte an die Rezeption.

„Wo geht der hin?"

Hektisch deutete er auf den Fahrstuhl, während er gleichzeitig mit seiner Dienstmarke vor den Damen herumwedelte. Diese antwortete in perfektem Englisch. „Er geht bis zum zehnten Stock, wenn Sie weiter nach oben möchten, müssen sie dort den Aufzug wechseln. Dabei handelt es sich um eine Sicherheitsmaßnahme. Kein Fahrstuhl hier führt sie direkt bis ganz nach oben. Sie müssen zweimal umsteigen, um ganz nach oben zu kommen. Nehmen sie den linken. Der ist etwas schneller als der andere."

Jack sprintete in den Aufzug, drückte auf die oberste Etage und entsicherte seine Waffe. Am ersten Umsteigepunkt war nichts von Ben zu sehen. Jack aber sah, dass der zweite Fahrstuhl auf dem Weg nach ganz oben war. Sofort sprang er in den Anderen und folgte ihm zum zweiten Umsteigepunkt. Als die Tür aufging, sah er Ben im gegenüberliegenden Fahrstuhl stehen. Den Rücken ihm zugewandt, blickte er in den Spiegel. Mit zwei Schritten war Jack in der Kabine. Ben hatte ihn im selben Moment bemerkt und die Beiden prallten hart aufeinander, als sich bereits die Türen schlossen. Jack warf ihn mit dem Gesicht gegen den Spiegel und drückt ihm seinen Arm ins Genick.

„Du bist verhaftet, Ben Sander." fauchte er in dessen Ohr.

„Und du bist tot, Bulle."

Mit aller Kraft stemmte Ben sich gegen den Polizeigriff. Jedem anderen hätte Jack jetzt die Knochen gebrochen, doch Ben Sander bog seinen Arm einfach aus der Umklammerung. Jack glaubte zu träumen, als er merkte, mit welcher unmenschlichen Kraft sich sein Gegner befreite. Fast zeitgleich setzte der Schmerz ein und Ben drückte ihm mit einer Hand den Arm so weit zur Seite, dass Jack in die Knie gehen musste.

„Wo ist dein großes Maul jetzt, Bulle?"

„Du spuckst beim Sprechen." sagte Jack und stieß seinen Kopf mit voller Kraft in Bens Weichteile. Mit einem

Grunzen wich dieser zurück und stieß gegen die Kabinenwand. Jack setzte nach und trat ihm mit dem Fuß ins Gesicht. Sanders Blut spritzte gegen den Spiegel. Mit einem Satz kam er auf die Füße und sprang auf Jack zu. Der konnte in der Enge nicht ausweichen und wurde gegen die Wand gedrückt. Harte Schläge trafen ihn am ganzen Körper. Er spürte, wie einige Rippen brachen. Wie ein Boxer drückte Ben seinen Kopf gegen Jacks Brust und bearbeitete ihn mit Schlägen. Jack stieß seine Ellbogen auf Bens Nacken und Schulter nieder und zwang ihn so auf den Boden.

Dann ging die Fahrstuhltür auf. Mit einem Seitwärtsroller war Ben aus der Kabine. Jack folgte ihm, ohne zu zögern. Seine Brust brannte, sodass er kaum atmen konnte. Er sog die Luft trotz der Schmerzen ein. Eine Verfolgungsjagd quer durch die Flure des obersten Stockwerkes des Turms begann. Jack zog die Waffe im Laufen aus seinem Halfter.

„Stehen bleiben oder ich schieße!" schrie er, weil er merkte, dass Ben ihn abzuhängen drohte.

„Leck mich, Bulle." hörte er nur und sah, wie Ben hinter einer Biegung verschwand. Dann war er weg! Jack stand an einer Kreuzung und sah in alle vier Richtungen. Aus einer Tür kam eine junge Frau und sah ihn verstört an.

„Wo geht es zum Dach?" fragte er und zeigte wieder die Marke. Das junge Ding war mächtig aufgeregt und deutete auf eine Tür mit einem grünen Männchen und der Aufschrift „EXIT".Im nächsten Moment war er auf dem Dach. Ben machte sich an der langen Stahlspitze des Gebäudes zu schaffen. Ein gerüstartiges Gebilde, das dem Turm wohl die fehlenden Meter bis zu Ernennung zum höchsten Gebäude Europas gegeben hatte. Er war gerade dabei, dort hochzuklettern. Als er Jack sah, lachte er.

„Du bist zu spät, Bulle. Ich bin am Ziel. Da.................sieh nach Osten."Jack drehte sich und sah einen Schwarm von etwa dreißig Krähen auf den Turm zukommen. Ben war inzwischen oben angekommen und winkte den Vögeln zu. Die Tiere sahen wir ganz normale Krähen aus, doch als sie an Jack vorbei flogen, sah er etwas Ungewöhnliches. Ihre Augen leuchteten rot.

„JAAAA, JAAAA, kommt her!" schrie Ben. Die Krähen umkreisten jetzt die Spitze. Ben Sander schrie seine Freude hinaus. Klammerte sich nur mit den Füßen an dem Stahlgestänge fest und streckte die Arme zum Himmel. Jetzt kam Bewegung in das Spiel. Die Krähen flogen im Kreis und in der Luft entstand ein flirrender Strudel. Ben hatte die Arme jetzt zur Seite ausgebreitet und den Kopf in den Nacken geworfen. Er schrie erbärmlich. Plötzlich kamen grüne Rauchschwaden aus seinem Mund und den Augen. Langsam stiegen sie in den Himmel und wurden von dem Strudel aufgesaugt. Zu Bens Schreien kamen noch weitere Stimmen. Die Seelen der Getöteten. Ben gab sie frei und die Krähen holten sie, in dem sie einzeln in den Strudel stießen und wieder herausflogen. Sie fraßen sie auf. Zerrissen die grünen Fäden in der Luft. Jack wusste nicht, was er tun sollte. Er stand mit offenem Mund da und schaute zu, was dort über ihm passierte. Dann hörte das Schreien auf. Mit einer kräftigen Bewegung stieß Ben sich ab und ließ sich die vielleicht zwanzig Meter nach unten fallen. Er kam mit sicherem Stand auf. Ein normaler Mensch hätte sich die Beine gebrochen. Er aber stand vor ihm, mit leicht gesenktem Kopf schaute er von unten heraus auf ihn und seine Augen leuchteten rot. Mit stereotyper Stimme, so, als ob zwei Personen gleichzeitig sprechen, wandte er sich an ihn.

„Jack, du kannst mich nicht mehr aufhalten. Ich bin mächtiger als jemals zuvor. Meine Mission hat erst begonnen. Ich habe eben ein Geschenk meines Herren erhalten."

Jack konnte nichts erwidern. Alles stimmte. Die ganze

Geschichte mit Argot und den Seelen war wahr. Er war gerade Zeuge dessen geworden.

Doch wie kämpft man gegen einen Dämon?

„Ben, bist du noch da?" schrie er. „Wehre dich gegen ihn. Dein Großvater hat es auch geschafft. Er war nicht schwach. Nein, er war stark und widerstand ihm."

Ben hörte die Worte des Polizisten.

„Er hat nur die Kontrolle über deinen Körper. Dein Geist gehört nach wie vor dir, Ben. Gewinne mit dem Geist und du gewinnst deinen Körper wieder."

Ben blieb stehen und versuchte sich gegen Argot zu stemmen. Seine Gedanken versuchten, ihn aus sich heraus zu treiben. Argot bemerkt den Widerstand in Bens Körper.

„Was hast du vor Ben? Willst du gegen mich kämpfen, wie dein vertrottelter Großvater."

„Ja, verdammt." rief dieser verkrampft. „Ich wollte dich nie und werde dich auch wieder los."

Seine Gedanken stemmten sich gegen Argot. Das Brennen setzte wieder ein, um Ben gefügig zu machen, war Argot dieses Mittel recht. Er musste die Oberhand behalten. Ben ging in die Knie. Die Schmerzen in seinem Kopf lähmten ihn. Darauf hatte Jack spekuliert. Mit Anlauf warf er sich auf ihn und versuchte ihn zu Boden zu drücken. Seine rechte Hand hatte die Handschellen gegriffen und den Reif um Ben´s Handgelenk gelegt. Ehe der wusste, was passiert war, hatte Jack ihn an dem Gitter der Turmspitze festgemacht. Mit einem Urschrei und einem Tritt schleuderte Ben den Polizisten von sich herunter und wollte aufstehen. Die Handschellen jedoch hinderten ihn daran.

„Du Schwein!!! Ich dachte du meinst das ernst." brüllte er und riss an den Handschellen. Doch die hielten Stand. Einen härteren Stahl, als diesen, gab es auf der ganzen Welt nicht.

„Argot hat nicht gelogen. Ich werde die Welt mit ihm

beherrschen. Und dich werde ich als erstes Töten, ohne dabei ein schlechtes Gewissen zu haben."

Wie ein Verrückter begann Ben an der Turmspitze zu rütteln und schaffte es, sie etwas nach unten zu biegen. Mit einem lauten Knarren lösten sich die Bolzen des Trägers und das Stahlgerüst begann, sich zu neigen. Schließlich brach die komplette Halterung und der Stahlträger kippte um. Jack bekam den Mund nicht mehr zu, als er sah mit welcher Kraft Ben an dem Gerüst zerrte. Erst jetzt bemerkte Ben, mit welchem Leichtsinn er gehandelt hatte. Die Krähen über ihm fingen an wild zu schreien, schlugen mit den Flügeln, so als wären sie empört über Ben´s Dummheit. Der Turm kippte und Ben war an ihn gekettet.

„NEIN......!" schrie er und versuchte ihn irgendwie zu halten. Langsam neigte der Stahl sich über den Rand des Gebäudes und er verlor immer mehr das Gleichgewicht. Dann stürzte der Turm in die Tiefe und mit ihm Ben Sander. Jack hörte, wie sein Schrei abriss und lief zum Rand des Daches. Er sah das Gerüst kleiner werden und auch wie er unten auf die Straße knallte. Ben wurde unter dem Turm begraben. Alles was Jack noch von ihm sah, war wie sein Körper aufplatzte, als er unten aufschlug. Sofort bildete sich eine Menschentraube um ihn herum, noch ehe alle Trümmer herunter geregnet waren. Sander war tot!

Argot stieg ungesehen aus Ben´s Körper auf. Er war gescheitert. Der Wirt hatte sich wieder als zu schwach erwiesen. Um zu überleben, musste er schnell einen Neuen finden. Die Sander-Familie war nun ausgelöscht. Es gab keine Sanders mehr. Das befreite ihn von seiner Bande und er konnte sich nach den alten Riten eine neue Familie aussuchen. Er übernahm den Körper einer schaulustigen Frau am Rande der Straße, lenkte ihre Aufmerksamkeit wie schon so oft mit dem Trugbild einer Krähe mit roten Augen auf sich. Stieg in ihren Geist und blickte durch ihre Augen an dem Gebäude hoch zu Jack Holmes, dessen Familie er nun ausgewählt hatte. Ein diabolisches Grinsen entstand auf dem Gesicht der Frau. Ja, dieser Mensch war wirklich stark.

Die Geburt

Im Leben eines Mannes gehört die Geburt eines Kindes zu den Höhepunkten. Ich möchte hier von meinem Höhepunkt erzählen. Alles begann vor etwa elf Monaten."AAAACCCHHHHHH JAAAAA!"
"Boah, du Macho!"
"Wie war ich?"
"Hau ab du.........."
Der heftige Tritt in meine Rippen beförderte mich aus dem Bett. Ich schrieb diesen Tritt der in ihr Leidenschaft zu und ging, süffisant lächelnd, an ihr vorbei.
"Wie kannst du nur die Hände von mir lassen!" sagte ich und nahm mir ein Handtuch aus dem Schrank.
Schallendes Gelächter begleitete mich aus dem Schlafzimmer hinunter ins Bad. Die heiße Dusche tat mir gut. So kann man einen Tag anfangen, dachte ich bei mir. Nach der Dusche machte ich Frühstück für uns und wir aßen gemeinsam. So, oder so ähnlich waren die meisten unserer Tage bis jetzt. Doch an diesem Morgen war es anders. Etwas war geschehen. Etwas, dass alles verändern sollte.1 Monat später
"WWWWUUUUAAAHHHHH!"
"Was ist los, Schatz?"
"WWWWWUUUUAAAHHHHH!"
Neben meiner Frau kniete ich nieder und hielt Ihre Haare, damit sie sich nicht vollkotzte. Erst dachte ich an einen schweren Virus. Doch wurde ich kurz darauf eines Besseren belehrt, als der Arzt mit erhobenem Zeigefinger vor uns stand. Wir waren schwanger! Das erste Ultraschallbild nach sechs Wochen. zeigte einen schwarzen Punkt, in dem ein kleinerer heller Punkt war, der in seinem Innern wiederum einen Punkt zeigte, der das Herz darstellen sollte.
"Das ist also mein Sohn!"
"Wieso Sohn?" fragte sie.

"Weil ich nur Söhne mache. Ist doch klar."

Die Wochen und Monate vergingen. Meine Frau nahm zu und ihr Bauch wölbte sich immer weiter nach vorne. Ich freute mich dann doch sehr über unsere Tochter, nachdem ich vom Arzt erklärt bekam, dass dort, zwischen den Beinen nichts mehr wächst. Unser Liebesleben verebbte. Je dicker sie wurde, desto weniger Sex hatten wir. Das ist wohl so ein Nebeneffekt, den Mutter Natur in uns eingebaut hat. Je schwangerer eine Frau aussieht, desto sexuell uninteressanter wird sie für den Mann. In der heutigen, moralischen Welt klingt dieses alte Naturgesetz hart, es ist aber so. Ich vertiefte mich in mein Hobby. Das Sammeln von Ü-Ei-Figuren. Gleichzeitig, mit meiner Frau, nahm ich auch zu. Auch das scheint so ein Phänomen zu sein. Kater Karlo, Donald und Balu wurden meine Spielgefährten. Dazu gesellten sich Cattvira, Alois Abräumer und wie sie noch alle hießen. Ich verbrachte Stunden und Tage mit dem katalogisieren und betrachten der kleinen Figuren aus dem Ei. Im Internet tauschte ich mit anderen Sammlern. Lernte viele neue Leute kennen. Ich glaube meine Frau war froh, dass ich eine Abwechslung gefunden hatte und sie machte sogar ein bisschen mit. Ihre Kinderüberraschung trug sie vierzehn Tage länger aus, als es vorgesehen war. Damit sorgte sie für immer wiederkehrendes Herzflimmern bei mir. Sobald das Telefon auf der Arbeit klingelte, hatte ich die Jacke in der Hand. Dumm ist das allerdings, wenn man in einem Callcenter arbeitet. Ich freute mich riesig auf die Geburt. Wir kauften Möbel fürs Kinderzimmer. Kleider für Babys und diverses Nuckelzeugs. Dann war der Tag da.......oder besser die Nacht. "Du.....Schatz?"

"mmmmmmmmhhh."

"Schaaahaaatz!""mmmmmmmmmmpffffft."

"Es geht los!"

"AAHH!" mit einem Aufschrei sprang ich aus dem Bett. Dieser in mein Hirn gebrannte Satz...........er war gefallen.

Alles war dunkel. Ich wollte vorgehen, ins Licht. Setzte vorsichtig einen Fuß vor den anderen. Ich hatte die Orientierung verloren und irrte schlaftrunken durch das Zimmer

"AU!" Das war der Schrank.

"UI!" Das war das Bett.

Wo war meine Frau? Wo war ich?

"Hallo.....Erde an Ehemann." rief eine Stimme links von mir. Mein Kopf dröhnte, ich hörte Stimmen.

"Boahhh......Mann!.....Werde jetzt endlich wach!!"

Das klang böse, weckte mich aber.

"Ja, jetzt.............ist es schon da?"

"Oh Heiland, hol mir bitte meine Kleider. Die Wehen haben angefangen"

"Ähhhh...ja. Was willst du anziehen....? Wo hast du es hingelegt? Hast du Schmerzen?"

"Oh..!.bin ich froh, dass es dunkel ist, mein Schatz, sonst müsste ich dich jetzt sehen, wie du dir fast in die Hosen machst. Bitte geh und hole den Trainingsanzug vom Stuhl im Bügelzimmer. Mein Koffer steht im Kleiderschrank. Er ist schon gepackt. Packe eine Flasche Wasser ein und hole das Auto aus der Garage......kriegst du das hin?"

"Wasser aus der Garage holen..........ja, das kann ich." rief ich im raus laufen und rannte auf die Treppe nach unten zu.

"MEIN TRAININGSANZUG!!!" schallte es aus dem Schlafzimmer. Ich machte eine Vollbremsung und lief die Treppe wieder hoch. Wir haben solche Teppichläufer auf den Stufen, auf denen man vorsichtig laufen sollte, wenn man keine Schuhe an hat. Genau daran dachte ich, als ich aufschlug.

"Ohhhhhh!" Ich hatte mir auf die Zunge gebissen.

"Ist dir was passiert, Schatz?"

"Waff....?"

"Ob dir was passiert ist?"

"Heih, ahhes ih orffhung." rief ich zurück.

Man, tat das weh und es blutete wie verrückt.
Ich brachte ihr den Anzug und sprintete hinunter, schnappte eine Flasche Wasser und packte sie in den Koffer aus dem Schrank. Währenddessen kam meine Frau die Treppe hinunter. Eine Hand vor dem Bauch. Sie sah bezaubernd aus. Ich nahm die Autoschlüssel und hob den Koffer an. Sie lachte.
"Waruh achscht hu?" Fragte ich.
"Wie wäre es mit einer Hose und Schuhen? Ein Shirt brauchst du nicht unbedingt, ich finde dich sexy oben ohne."
Erst jetzt fiel mir auf, dass ich in der Unterhose in der offenen Tür stand. Es war fünf Uhr Morgens und das Klappern des Briefkastens verriet mir, dass der Bote gerade die Zeitung eingeworfen hatte. Als ich zum Hoftor blickte, stand er da und sah mich an.
"Guhen Morgeh, gah höhn warm heuhe!" rief ich und sprang in den Flur zurück. Hastig warf ich mich in meine Kleider. Mein Hemd war zu eng. Ich muss die Fresserei einschränken.
"Das ist mein Hemd." Sagte eine Stimme hinter mir.
"Ja...schimmt, achte esch wäre egal." log ich.
Das Auto sprang entgegen meiner Erwartung an. In Filmen, sah man immer, wie dämlich sich Ehemänner in solchen Situationen anstellen. Ich half ihr auf den Beifahrersitz.
"Soll ich fahren?" fragte sie lächelnd.
"He he." gab ich zurück.
"Jetzt krieg dich mal wieder ein und beruhige dich. Du hast ja Schweißperlen auf der Stirn."
"ICH BIN DOCH RUHIG!"
Mit 80 Sachen morgens um fünf durch die 30er Zone ist doch ruhig, oder etwa nicht?
"Du fährst wie ein Irrer." schimpfte sie zwischen zwei Wehen. "......Da! Jetzt ist sie geplatzt." "Wer ist geplatzt?"
"Die Fruchtblase! Man kann ja in diesem Auto nicht in

Ruhe schwanger sein, weil der Herr der Augenringe wie ein Henker fahren muss."

"Was bedeutet das..........kriegt´s jetzt keine Luft mehr?"

"Das bedeutet, dass du den Sitz neu beziehen musst, sonst nix." Sie war jetzt etwas gereizt.

"Na toll.....ich gebe mir Mühe und du saust mir die Sitze ein....prima!"

"Dein blödes Auto ist mir sowas von egal......!"Es war mehr gefaucht als gesprochen.

"Mein Auto......bringt dich ins Krankenhaus, Herzchen. Du solltest dankbarer sein."

"Ich zeig dir Dankbarkeit. Wenn ich das Kind losgeworden bin, kannst du was erleben." Wieder eine Wehe, die den letzten Halbsatz etwas gepresst klingen lies.

"Nicht pressen, oder soll ich die Fußmatten auch noch austauschen."

"Fahr einfach und lass mich in Ruhe!"

Plötzlich stöhnte sie tief und fast schon männlich. Wieder kam dieses Panikgefühl in mir hoch. Frauen mit einer tieferen Stimme als ich, machen mir immer Angst. Um die Situation zu lockern, versuchte ich sie abzulenken.

"Es schmatzt unterm Sitz, wenn du dich bewegst. Ist alles voller Fruchtwasser." Ich grinste dümmlich.

"Halt die Klappe!" Ein genuscheltes "Arschloch!" bekam ich auch noch mit.

Wir bogen auf die Zufahrt zum Krankenhaus und ich parkte direkt vor dem Eingang, der für Notfälle immer eine Parkbucht frei hatte. Ich half ihr aus dem Auto und warf dabei schon mal einen flüchtigen Blick auf meinen Sitze.

"So eine verd.........komm mein Schatz." Ich stützte sie, bis sie am Treppengeländer war und ging dann zurück zum Auto, um den Koffer zu holen. Gemeinsam gingen wir zum Kreissaal. Eine freundliche Hebamme empfing uns und führte uns gleich in einen Raum mit einem großen, runden Bett. Meine Frau wurde sofort an den Wehenschreiber angeschlossen, mit dem die Herztöne des Kindes hörbar wurden und die Wehen auf Endlospapier über so ein Erdbebenaufzeichnungsgerät gemalt wurden. Der Wehenschreiber zeigte die Wehe in Form von Ziffern an. Immer wenn eine Wehe kam, fing das Ding an zu zählen. Ohne Wehen tummelte sie sich so bei einem Wert von 25. Dann kam eine Wehe und der Kasten ging bis 50 hoch. Meine Frau atmete schwer, verzog aber keine Miene.

"Sagen sie mal Schwester, explodiert das Ding, wenn es über die Grenze von dem Endlospapier schreiben muss, ha ha ha?" Ich war hingerissen von meinem Witz. Die Schwester, die keine Schwester, sondern eine Hebamme war, guckte mich nur an. Ich glaube diesen Witz kannte sie schon. Als wieder eine Wehe kam, nahm ich ihre Hand......also die meiner Frau.

"Wie fühlt sich so was an?"

Böse sah sie mich an.

"Wenn wir wieder daheim sind, nähe ich dir den Hintern zusammen und gebe dir ein Abführmittel, dann wirst du merken, wie sich das anfühlt."

Jetzt war ich besser ruhig. Ich fing, an im Raum auf und ab zu gehen. Öffnete hier einen Schrank und da eine Schublade. Ich fand ein Stethoskop und fing damit an, meine Frau abzuhören, während sie da lag.

"Deine Fußgelenke machen Geräusche. Wusstest du das?"

Ich taste mich höher zu den Knien. Auch hier hörte ich ein schabendes Geräusch, als sie sich bewegte. Bei einer Wehe wurde es lauter, weil sie sich verkrampfte. Gerade als ich das Ding auf ihre Stirn legen wollte, kam die Hebamme wieder rein.

"Legen sie das bitte weg, sie sind hier nicht zu Hause!" schimpfte sie mit mir. "He he." freute sich meine Frau.

"Entschuldigung."

Die Hebamme untersuchte sie nun."Der Muttermund ist schon vier cm geöffnet. Frühstücken werden sie wohl hier

nicht mehr." lächelte sie. Mich lächelte niemand an.
Nirgends ist ein Mann so abgemeldet wie im Kreissaal.
"Die Wehen werden stärker, spüren sie das?" Die Stimme
der Hebamme klang zärtlich. Ich fand sie sexy, aber das
war eh egal, da sie mich nicht beachtete. Außerdem fand
ich den Ort irgendwie unpassend. Ich stand also weiter im
Abseits und sah den beiden zu, wie sie ihr frisches
Vertrauensverhältnis pflegten. Vor zehn Minuten hatten
sie sich das erste Mal im Leben gesehen. Trotzdem
verkehrten sie wie alte Freundinnen miteinander. Das
verstehen Männer nicht. Nur Frauen können das. Ich
setzte mich in eine Ecke und blättere in dem
mitgenommenen Ü-Ei-Heft.
"Wie kannst du jetzt in diesem blöden Katalog lesen."
kam die Frage fast augenblicklich.
Ich hob den Kopf und sah in zwei Paar vorwurfsvoll auf
mich blickende Augen. Es war kein Katalog. Es war nur
eine Zeitschrift. Ich kam mir völlig deplaziert vor. Also
stellte ich mich wieder hin.
"Aaaaahhhhhh......die ist heftig."
"Auf den Rücken legen, bitte und ziehen sie die Beine
etwas an." Dann zu mir "Machen Sie bitte Rückenlehne
des Bettes hoch."
Endlich war ich nützlich. Ich kurbelte das Bett nach oben.
So gewissenhaft, wie ich kurbelte, hatte das bestimmt
noch nie jemand vor mir gemacht. Die Hebamme nahm
eine Lampe, die an einer Wand befestigt war und fuhr sie
aus. Sie sah genauso aus, wie der Roboter in dem
Raumschiff aus dem Film "Der Flug des Navigator" und
war an einem langen Arm befestigt. Sie führte diese
Lampe zwischen die Beine meiner Frau und knipste das
Licht an. Der Arzt kam zur Tür herein, blieb aber im
Hintergrund. Er starrte auf die geöffneten Schenkel
meiner Frau. Hätte er keinen Kittel angehabt, hätte ich ihn
wohl umgehauen. So aber brauchten wir ihn noch. Eine
richtig krasse Wehe drückte das letzte Fruchtwasser

heraus. Dann kam schon die Nächste und das Becken wölbte sich bedrohlich aus. Ich nahm neben dem Kopf meiner Frau Platz und nahm ihre Hand. Mit einem Ruck stieß sie meine Hand wieder weg. Ich kam mir richtig ausgestoßen vor. Wurde hier nur geduldet. Dann kam der Kopf. Ich konnte alles sehen. "Eins schwöre ich dir......" keuchte sie unter Schmerzen "Du wirst mich nie wieder anfassen."

Na supi!

"Und poppen kannst du auch vergessen." Schob sie nach. "Du bist schuld, dass ich hier liege und wenn das Kind jetzt nicht rauskommt, kack ich hier aufs Bett."

Mit aufgerissenen Augen, sah ich sie an. Meine Frau hatte sich in einen Dämon verwandelt. Das war hier wie beim ersten Teil vom Exorzisten. So obszön hatte ich mein Frau noch nie reden hören. Alles, was in Sex and the City gesagt wurde, war wahr. Frauen sind genau wie wir. Dann war sie da. Sie kam förmlich heraus geschossen und landete auf dem Handtuch. Blutverschmiert, schleimig und angekettet an ihre Nabelschnur. Die Hebamme machte irgend so einen Spezialgriff und sie fing zu schreien an. Immer noch besser, als wenn sie ihr eine gescheuert hätte, so wie das früher war. Mit zugekniffenen Augen und zartem Stimmchen begrüßte sie die Welt und wollte am liebsten wieder rein gesteckt werden.

"Möchten Sie die Nabelschnur durchschneiden?"

Etwas Handwerkliches und schon müssen die Männer wieder ran. Ich sah meine Frau an. Sie lächelte mir zu. Anscheinend hatte sie sich zurückverwandelt. Mit leichter Hand griff ich zur Schere und setzte sie an.

"Uiii, ist die hart." Bemerkte ich, als ich zudrückte.

"AUUUU!" sagte meine Frau plötzlich und sah mich vorwurfsvoll an. Da wurde mir auf einmal ganz komisch. Ich hatte meiner Frau weh getan.

"Scheiße!" sagte ich noch. "Ich glaube, mir wird

schwindelig."......dachte ich noch. Einen Aufschlag spürte ich und dass ich mit dem Kopf gegen irgendetwas stieß, bevor alles schwarz wurde. Als ich wieder aufwachte, war es bereits Tag. Ich lag in einem strahlend weißen Zimmer und hörte die Geräusche der Natur. Als ich wacher wurde, stellten sich diese Geräusche als der Asthmahusten meines Bettnachbarn heraus.

Was war passiert?

Ich hatte wie ein Mann die Nabelschnur durchschnitten und dann........bin ich hier wieder aufgewacht. Ich stand auf.

"Oh Gott....! Wer hat mich ausgezogen?"

"Das war die Schwester." röchelte mein Nachbar.

Ich knotete das Leibchen hinten zusammen und machte mich auf die Suche nach meinen Klamotten. Eine halbe Stunde später saß ich neben meiner Frau und hatte meine Tochter auf dem Arm.

"Du bist einfach umgefallen. Hast mich noch ganz blöd angesehen und dann......"

"Rösörööö." machte mein Töchterchen und meine Frau lächelte mich an.

Alles war wieder gut. Alles war, wie es sein musste. Nur der Sitzbezug, der war hinüber.

Ich wollte nur mal eben...

Ich wollte nur mal eben in den Supermarkt ein paar Einkäufe erledigen. Ich schwöre, bei den Haaren an meinem Hintern, dass es so war. Ein bisschen Butter, etwas Milch, 80 Ü-Eier, Wurst fürs Frühstück. Ein ganz normaler Einkauf.....für einen Ü-Ei-Sammler. Leider bin ich ein bisschen durcheinander, wenn ich auf etwas fixiert bin. Im Moment ist das die neue Figurenserie aus dem Überraschungsei. Als ich mit meinem Wäschekorb aus dem Haus ging...... Stop! Wäschekorb? Wieder rein und den Wäschekorb wieder ins Bad stellen, den Einkaufskorb nehmen und wieder raus....weiter gehts. Also, als ich mit meinem Einkaufskorb aus dem Haus ging, fiel mir sofort der Regen auf. Gemeiner, dichter Regen, der wie Bindfäden direkt in mein Gesicht klatschte. Dabei war er furchtbar nass (Ach!) und kalt. Ich sah, dass das Hoftor geschlossen war und drückte schonmal die Garage auf, stellte den Korb davor und rannte zum Tor. Es war so ein kleines muckefuck Eisentor, das eigentlich nur existierte, damit man sagen könne, man habe ein Hoftor. Es hielt niemanden davon ab, einfach drüber zu springen und selbst das musste man nicht einmal, wenn man rein wollte. Es war auch nie verschlossen. Ich machte mir also einfach nur die Finger beim öffnen nass. Zu mehr taugte es eigentlich nicht. Naja, schnell zurück zum Auto. Man, freute ich mich aufs eierknacken am Nachmittag. Tür auf, rein, Motor an, Gang rein und..............Korb überfahren.Also wieder rein.....den....Wäschekorb (knirsch!) holen und wieder zum Auto. In der Zeit vom Auto ins Haus und wieder zurück gab ich dem kaputten Korb Tiernamen und schalt ihn noch anderes Gezücht. Der Regen prasselte aufs Dach. Wenn ich meinen Motor nicht höre, würge ich mein Auto ständig ab. Moderate drei Versuche und ich war aus dem Hof heraus auf der Strasse. Bis zum Supermarkt waren es so vier Kilometer. Ich machte das Radio an. The BossHoss mit dem Titel "Yeeea Ha" knallte aus dem Boxen. Ein Cowboysong von einer Berliner Band. So geil, dass ich lauthals mitbrüllte beim Refrain. Musste ich auch, weil ich wegen des Regens sonst nichts hörte."YEEEEEHH HAAAA"...Ampel wurde grün. "YEEEEEHH HAAAA"...aber nicht für mich, sondern für die Linksabbieger. Dummerweise fuhr ich trotzdem los."YEEEEEHH HAAAA"... jetzt merkte ich es und blieb mitten auf der Kreuzung stehen. Panische Angst, dass ich irgendwem reinfahren könnte. Hupkonzerte übertönten das schöne Lied während des Finales. Als Alles meinetwegen stand, tuckerte ich geduckten Hauptes langsam von vollgestopften Kreuzung und würgte dabei die Kiste auch noch zweimal ab. Am Supermarkt folgte die obligatorische Parkplatzsuche. Aus irgendeinem Grund bekomme ich immer nur den Parkplatz direkt neben diesem Einkaufswagenunterstelldingens, wo keiner parken will, weil die unachtsam zurückgeschobenen Wagen gegen das Auto knallen könnten. Ich nahm ihn trotzdem. Mein Einkaufswagenchip fiel mir erstmal aus der Hand, als ich aus dem Auto stieg. Er rollte genau unter das Dach dieses Wagenunterstelldingens. Ich parkte jedoch so eng dort, dass ich mich nicht danach bücken konnte, ohne auf die Knie zu gehen. Bei diesem Wetter, nicht wirklich ratsam. Macht nix. Ich hab ja noch ein Euro-Stück. Die Inflation macht sich heutzutage schon beim holen des Wagens bemerkbar. Was früher eine D-Mark gekostet hat, bekommt man jetzt für einen Euro, welchen ich auch gleich versuche in den Schlitz einzuführen. Wir Männer sind großartig im Dinge einführen, sollte man meinen. Der Euro fiel mir dennoch runter und kullerte unter die Wagen. Jetzt kostete der schon zwei Euro. So schnell kann es gehen. Der Typ, der immer die leeren Wagen zusammenschiebt, hatte es gesehen und schaute zu mir rüber. Nicht etwa, um mir zu

helfen. Nein. Der Sack wartete darauf, dass ich wegging, damit er sich den Euro holen konnte. Er hatte nämlich so einen Chipding, wie es immer die Autoscootereinparker auf der Kirmes haben, mit dem er die Wagen einfach losmachte, zurückzog und sich die runtergefallenen Münzen krallte. Ich guckte ihn geschlagene zehn Sekunden an. Er guckte einfach zurück und lächelte. Als ich sein Gesicht sah, fiel mir ein, dass ich mein Bügeleisen nicht ausgemacht hatte. Ich weiß auch nicht warum. Ich wusste genau, was er vorhatte. Zum Schein ging ich los und verschwand um die Ecke. Diese Einkaufswagensammler fahren alle so einen kleinen Traktor, mit dem sie die Wagen vor sich herschieben. Ich hörte, wie der Motor angelassen wurde und kurz darauf das Krachen von Metallgittern, die ineinander schlugen. Einkaufswagen! Drei kurze Momente noch und ich sprintete aus meinem Versteck. Den Wagen mit dem Wäschekorb lies ich zurück. Ich wollte schnell sein. Ich war es, denn der Wagenschieber guckte wie das Moorhuhn aus Teil 1, dass so ganz groß am Bildschirm erscheint, bevor man es abknallt, als ich in die Lücke schlidderte und meinen Euro griff. Und, ich fand sogar noch einen. Zwei Euro also. Ich hielt die Münzen hoch wie zwei Pokale und schrie "YEEEEEHH HAAA". Ich wusste genau, er war jetzt am überlegen, ober die Wagen einfach mit mir in der Mitte wieder zusammenschieben sollte, aber ich schaute ihn so böse an, dass er wohl Angst bekam, er könnte mich nicht darin zerquetschen, ehe ich bei ihm war, um ihn den Hals aufzubeissen. Was für ein Sieg.
Als ich wieder um die Ecke kam, war mein Korb weg. Ich sah noch einen Golf-Kombi wegfahren, der den Korb hinten eingeladen hatte. Zwölf Euro hatte der mal gekostet. Einen Euro hatte ich gerade erkämpft. Mit mir als Geschäftsführer würde ich jede Firma binnen Tagen in die Insolvenz treiben. Was für eine Niederlage.Zerknirscht

ging ich mit meinem Wagen MIT ohne Korb in den Markt. Wenigstens die Ü-Eier wollte ich mir holen. Der Markt belullerte mich gleich am Eingang mit dieser aggressiv machenden Antiaggressiva-Musik. Dieses Trompetengeduldel bekannter Hits, bei denen man automatisch an Käse denkt, weil sie selber Käse ist. Dazwischen immer ein in 150 Dezibel gehauchtes "KASSE ZWEI BITTE 55 an 4" mit der anschließend zum guten Ton gehörenden Rückkopplung, dass sich einem die Trommelfelle aufrollen. Ich glaube diese Codes haben einen ganz anderen Sinn. 55 an 4 heißt soviel wie „Ich '(55) geh mal aufs Klo (4)" Dann wieder die Trompeten. Santa Maria auf einer Panflöte, was selbst Roland Kaiser zu soft wäre, dem alten Rocker. Von dem ich eh immer geglaubt hatte, dass er Mitglied bei den Hells Angels war, bevor die ihm auch zu soft geworden sind. Dieses Kopfnicken beim singen, ist für mich als Altrocker ganz klar als Blitzbanging zu erkennen. Zack...so ein fieser Schnicker mit dem Hals und den Kopf hauts nach vorne und seitlich wieder hoch. Einfach genial. Ich träume vor mich hin, während ich am Tiefkühlregal entlang laufe und höre der schrecklichen Musik zu. Mein rechter Fuß tritt gegen die rechte Rolle des Einkaufswagens. Um mich abzufangen, mache ich einen Ausfallschritt mit links und trete mit dem linken Fuß gegen die andere Rolle des Wagens. Das das nicht gut war merke ich, als mein Gesicht auf die Handstange schlägt. Es scheppert laut, weil der Wagen seitlich wegdriftet, genau wie Roland Kaisers Kopf und gegen das Ende der Kühltruhe prallt. Da ich mich weiter am Wagen festgehalten hatte und wegen des Aufpralls die Augen noch geschlossen hielt, erkannte ich nicht, dass ich die Bewegung des Wagens mitgemacht hatte und so eigentlich hinter den Wagen hätte kommen sollen. Das sah nicht nur total bescheuert aus, sondern endete zudem noch in der Kühltruhe, wo die schönen Früchtejogurts von Zott aufgereiht waren. Wenn

Plastikbecher platzen, machen Sie so ein knallendes Knarzgeräusch, dass sofort von dem ausströmenden Jogurt verschluckt wird. Mit meiner reichten Seite falle ich in die Palette mit den großen 500 Gramm-Bechern, reiße die Augen auf, als ich das Knarzen höre und denke "YEEEEHH HAAA"...du Vollidiot. Es kostete mich etwas Mühe aus dem Jogurtsee aufzusteigen. Ein Marktmitarbeiter schaute mich teilnahmslos an, hielt mir dann aber eine Zewarolle hin, mit der ich meine Jacke abtupfte. Der Rest der Kundschaft gaffte mich an, als hätten sie einen Bankräuber geschnappt. Ich bedankte mich und hängte die versiffte Jacke an diesen Haken, der für Kleider war, die man dort auch kaufen konnte. Das Jogurt tropfte auf den Boden. Ich zog eine Spur von linksdrehenden Kulturen hinter mir her. Man war das peinlich. Ein Kind deutete mit dem Finger auf mich und sagte.

"Da ist der komische Mann wieder, Mama."

"Ja, ist gut. Nimm die Hand runter. Am Ende will der noch was von uns." sagte Mama.

Ich was von der wollen. Was denn? Die konnte froh sein, dass ihr Kind sie morgens überhaupt erkennt. Ich jedenfalls würde dieses Gesicht immer wieder verdrängen und mich jeden Morgen neu erschrecken.

Weswegen war ich hier? Ü-Eier, ach ja. Ich machte mich auf die Suche nach der Palette, die im Normalfall irgendwo mitten im Markt stand. Der Markt war sehr groß. Nicht einer dieser normalen Supermärkte, sondern ein Supermarkttempel. Ich war lange unterwegs, bis ich sie sah. Die große Piazza. Ein Ü-Ei Markt im Markt sozusagen. Aufblasbare Eiermänner. Große Paletten mit..............ich schluckte........Talenthippos? Ich riss meinen Kopf nach links. Keine Asterix-Eier!!! Auch auf der anderen Seite keine. Ich betrat die Piazza. In der Mitte stand eine große Palette mit Hippo-Eiern. Vier mal 700 Ü-Eier im Quadrat aufgestellt. Obendrüber schwebte die

Gewinnspieltafel mit dem Diorama. Alles umsonst.....
Keine neuen Ü-Eier. Ein verlorener Tag für mich. Mein
Körper sackte in sich zusammen. So, als ob man die Luft
rauslässt. Ich hatte mich so darauf gefreut. Die Paletten
der Hippos waren fast allesamt leer gekauft. Die Piazza
machte so ein bisschen einen verlassenen Eindruck. Ich
überlegte kurz, ob ich das Diorama klauen sollte. Aber
klauen tut man nicht. Ich blickte mich um. Sah Rentner,
die sich beim Putzmittel unterhielten. Ein Mann, der eine
Kiste Bier vorbei trug. Die hässliche Frau mit ihrer
Tochter, als sie gerade eine Lage Ü-Eier von einem
Asterix-Display herunternahm..........

Ich blinzle einmal. Als ich die Augen öffnete, stand sie
immer noch da. Nahm noch eine Lage Eier aus dem
Display. Majestix würde jetzt "BEIM TEUTATES" sagen.
Es gab also doch Asterix-Eier. Ich freute mich und schob
den Wagen an.
"Mama, der komische Mann kommt auf uns zu." rief die
Kleine, als ich aus der Piazza kam.
Die Frau guckte wie ein Stockfisch. Es fehlte eigentlich
nur noch, dass der Mund auf und zu ging. Ich lächelte
mein sympathischstes Lächeln und wollte gerade was
Nettes sagen, als ich bemerkte, dass das Display leer war
und kein weiteres daneben stand. Das Lachen blieb mir
im Hals stecken. Mein Blick zuckte an ihr vorbei und im
letzten Moment lenkte ich den Wagen um die beiden
herum. So dass es aussah, als hätte ich jemand hinter
ihnen angelacht. Scheiße!

Ich rannte durch die Gänge. Irgendwo musste doch noch
eine Palette mit diesen verdammten Eiern stehen. Ich
hielt einen Mitarbeiter an und erklärte mein Problem. Ein
von Pickel übersätes Gesicht bewegte sich kopfschüttelnd
von links nach rechts. Wieder nichts!
"Clerasil steht da hinten." raunzte ich ihn an und gehe

weiter. Nix....im ganzen Markt nix. Ich wurde richtig sauer. Wer schonmal etwas nicht gekriegt hat, obwohl es alle anderen wohl bekommen hatten, der kennt das Gefühl, das ich jetzt verspürte. So ein Gefühl total ungerecht behandelt worden zu sein, weil andere den Hals nicht voll genug bekommen hatten. Die Anderen...das waren in diesem Fall die hässliche Frau mit ihrem vorlauten Balg. Drei Lagen hatte die sich in den Wagen geschaufelt. In meinen Vorstellungen sah ich sie mit meinen Figuren spielen. Ja! Meine Figuren.

Ich schnappte mir ne Kiste von diesen popeligen Winnie Puh Eiern einer anderen Firma und ging zurück zur Piazza. Auf halbem Weg kam sie mir entgegen. Ihr Arsch guckte links und rechts am Wagen vorbei. Der Gang war für uns beide zu eng. Definitiv. Sie hatte natürlich keine Ahnung, auf was ich es abgesehen hatte. Umso verdutzter schaute sie auch, als ich plötzlich den Wagen vor ihr quer stellte und ihr meine mit Jogurt verklebte Seite zeigte. Ich senkte den Kopf und sah sie von unten her böse an. 36 Schokoeier in der Hand und ein diabolisches Lächeln. "Hallo" knurrte ich. "Ich glaube, Ihnen ist da ein Irrtum unterlaufen.""Ich wüsste nicht welcher.""Das war keine Frage von mir, sondern eine Feststellung. Diese Ü-Eier dort waren für mich reserviert. Ich habe sie schon überall gesucht." Meine Stimme klang lauernd und bedrohlich. "Ich habe ihnen bereits Ersatz besorgt. Sicherlich möchte die Kleine da nicht auf ihr Naschzeug verzichten.""Ähhh..." Sie schaute mich dämlich an. "Nein!" sagte sie dann."Diese Eierchen sind zweifarbig, Liebes. Eine Hälfte ist weiß, die andere braun. Du solltest sie viel lieber mögen als die anderen. Sie......sind bunter." Das letzte Wort hauchte ich heraus. Ihr Kopf knickte ein Stück nach vorne ein und sie verzog den Mund etwas. Roland Kaiser dachte ich kurz und schon ging es los."Sag mal, hast du noch Jogurt im Ohr, oder was hast du für ein Problem, Du Spinner? Schieb ab, bevor ich den Marktleiter rufe." Sie machte den Versuch mit dem Wagen an mir vorbeizugehen. Ich hielt ihn fest. Mit der anderen Hand drückte ich dem Mädchen die Popeleier in die Hand und griff als nächstes nach den drei Lagen Ü-Eier. Es knisterte fein, als ich meine Hände unter die Lage schob. Im nächsten Moment ertönte in meinem Kopf ein Paukenschlag und ich sah augenblicklich Sterne. Ich verlor das Gleichgewicht und fiel rücklinks gegen ein Konservenregal. Ich schüttelte mich. Vor mir tauchte ein furchtbar hässliches Gesicht auf. Die Frau!

"Wenn du noch einmal mit deinen Drecksgriffeln in meinen Wagen greifst, hack ich dir die Hand ab und schlag dich damit windelweich. Haben wir uns verstanden?"

Ich winselte "Ja"

"Was?"

"Jaja"

"Du weißt, was Jaja bedeutet?" Ihr Gesicht war jetzt ganz nah. Es roch nach toten Tieren.

"Jaj....ähhhh Jaaa!"

Sie erhob sich und es fiel wieder Licht auf mich. Sehr dominant! Ans Aufgeben dachte ich jedoch keine Sekunde. Ich sah ihr nach. Sie wackelte dorthin wo ich die Kassen vermutete. Das kleine Mädchen lugte an ihrer Schulter vorbei und grinste mich an. Die beiden waren das Böse. Ich war mir ganz sicher.

Nachdem meine Aktion im Markt keinen Erfolg hatte, beschloss ich mein Glück noch einmal auf dem Parkplatz zu suchen. Dafür duckte ich mich zwischen den Autos bis zu den beiden durch. Gerade drehte sie sich weg, um das Auto zu öffnen. Das war die Gelegenheit. Ich schnellte hoch, hielt dem Mädchen mit der einen Hand die Augen zu und mit der Anderen griff ich nach den Eiern. Blöd und eigentlich hätte ich es wissen müssen, dass man 72 Eier

nicht mit einer Hand greifen kann. Ich riss sie hoch und natürlich bogen sich die Kunststofflagen durch. Alle Eier flogen im hohen Bogen durch die Gegend, knallten auf den Kofferraumdeckel und fielen aus dem Wagen. Das Biest kreiselte herum und sah mich. Die Hand am Kopf ihrer Tochter, die Finger in ihrem Wagen. Ich schluckte. "Kommt jetzt das mit der Hand?" piepste ich.
Ich wurde furchtbar verprügelt und ja, ich hatte es verdient. Neid, Raffgier...all dass, was ich der Frau angedacht hatte, traf in Wahrheit auf mich zu. Sie schlug mir immer wieder mit einer Colaflasche auf den Kopf. Ich sah Sterne und rief verzweifelt, ob sie den wisse, dass sie eine Vorbildfunktion für ihr Kind hatte. Ich lag am Boden. Sie saß auf mir und schlug immer weiter. Als ich den Kopf nach links drehte, sah ich den Einkaufswagenschiebemann nur wenige Meter von uns entfernt stehen. Ich schrie um Hilfe. Er griente nur und hielt ein Eurostück hoch und machte eine ähnliche Jubelpose wie ich vorhin bei den Einkaufswagen. Dann endlich Hilfe. Der Marktleiter und zwei seiner Azubis retteten mich vor der Furie und verfrachteten mich ins Büro. Der Chef war etwa 1,65 klein und hatte wenn es hoch kommt fünf Haare auf jeder Seite über den Ohren. Eine schief sitzende Brille und ich meine wirklich schief. Das Gestell hatte etwa zehn Prozent Gefälle und das linke Glas war noch vorne gebogen. Es sah aus, als wäre er damit gegen eine Wand gerannt. Seine schiefen Zähne passten aber hervorragend dazu. In seinem Mund sah es wie in einem Steinbruch aus.
"Name?"
"Sander"
"Personalausweis?"
"Hier" ich legte meinen Ausweis auf den Tisch. Der Steinbruch wählte die Nummer der Polizei, schilderte den Vorfall und gab meinen Namen durch. Dann wurde es lauter am Hörer und irgendwann drehte er sich verdutzt

um und gab mir den Hörer.

"Der will sie sprechen."

Ich stutzte, nahm aber den Höhrer. Statt einfach "Ja" zu sagen sagte ich "Sander?" so als würde ich Zuhause ans Telefon gehen.

"Sander, hier ist Möller von der Stadtpolizei. Erinnern Sie sich an mich?"

Oh ja, ein dunkles Kapitel. Vor ein paar Jahren hatte der mich festgenommen, weil ich einen kleinen Aussetzer hatte. Es ging um Ü-Eier und Herr der Ringe.

"Ich hoffe sie waren nicht wieder als Gandalf unterwegs?"

"Nein...bitte. Ich konnte nichts dafür. Das wäre auch bei Butter oder Milch passiert. Es hat nichts mit dieser Sache zu tun. Bitte glauben sie mir."

"Ich will ihren Arsch in einer Stunde hier auf dem Revier sehen und jetzt geben sie mir den Spinner nochmal, der mich gerade angerufen hat."

Ich gab den Hörer zurück. "Er möchte den Sp.....sie noch einmal sprechen."

Er sprach auf ihn ein. Eine ganze Weile lang. Der Marktleiter nickte immer wieder und schien überhaupt sehr folgsam.

"Gut" sagte er schließlich und verabschiedete sich überfreundlich.

Ich setzte meinen Dackelblick auf.

"Sie können gehen. Melden Sie sich bitte bei Hauptkommissar Möller wie eben besprochen."

"Und?"

"Wir werden von einer Anzeige absehen. Offenbar befinden sie sich in einem schwierigen Heilungsprozess und da sie dabei eng von den Behörden begleitet werden, würde eine Anzeige sowieso nicht durchgehen. Ich werde die Kundin beruhigen und ihr raten nichts weiter zu unternehmen. Versprechen kann ich jedoch nichts. Um was ging es eigentlich bei diesem Streit?"

Ich schilderte ihm mein Leid und wie groß die

Enttäuschung war, als ich sah, wie das Böse die letzten Ü-Eier eingepackt hatte. Zehn Minuten redete ich mich in Rage, so dass die beiden Azubis unruhig auf ihrem Stühlen hin und her rutschten. Als ich zu Ende war, schüttelte er den Kopf.

"Kommen Sie mal mit."

Wir gingen hinaus und schnurstracks links weg ins Lager und dort standen sie. Vier wunderschöne, riesengroße Paletten Asterix-Ü-Eier.

"Wir warten nur noch auf den Ferreromann, der sie in die Piazza stellt. Der kommt so in zehn Minuten, aber Sie bekommen das nicht mehr mit. Denn Sie haben jetzt Hausverbot."

Zehn Minuten!

Was für ein Tag. Ich hatte einen Euro gewonnen und danach wegen Zehn Minuten zweimal auf die Ohren bekommen, Hausverbot gekriegt und durfte bei der Polizei antanzen. Gut gemacht. Ich glaube sammeln ist nichts für mich.

Kurz mal Pippi machen

Ich stand also da, die beiden Ü-Eier unterm Kinn eingeklemmt und fummelte meinen kleinen Micha aus der Hose. Als der Druck nachließ, war das ein erhebendes Gefühl. Ich entspannte mich so sehr, dass sich eines der Eier lockerte und direkt vor mir ins Urinbecken fiel.

"Platsch"

"Mist"

Ich erschreckte mich auf zweierlei Art.

1. Ich verkrampfte automatisch und drücke das noch vorhandene Ei fester gegen meinen Brustkorb. Natürlich zerbrach es und damit nicht genug, war es auch ein Ei, dass nicht in Folie eingewickelt war, sondern eines von denen, die in diesen dünnen Aluschalen mit der seitlichen Naht lag. Naja..die Naht platzte und die Schokolade rieselte ebenfalls in das Becken.

2. Als ehemaliger Fussballtorwart versuchte ich das heruntergefallene Ei mit der rechten Hand aufzufangen. Mit dieser Hand hielt ich zuvor jedoch meinen Piepmatz. Durch die ruckartige Bewegung verselbständigte dieser sich und mein Strahl und bewässerte munter die Umgebung.

Als ich alles wieder unter Kontrolle hatte, wischte ich mir die Schokolade unterm Kinn weg und besah den Schaden. Das Ei lag im Becken und verstopfte den Ablauf. Um es herum staute sich ein gelber See, der mit kleinen Schokoladenstückchen gesprengelt war, die sich langsam auflösten. Was sollte ich tun? Hineingreifen und das Ei rausholen? Immerhin war es mein eigener Urin. Ich packte zu und die obere Aluschale flutschte vom Ei und ich hielt sie in der Hand. Das Ei lag immer noch darin. Die Oberfläche glänzte und der Geruch von Schokolade gesellte sich zu Bimsstein und Pippi. Wenn jetzt einer reinkäme, um einen fahren zu lassen, würde ich vermutlich umkippen.

Ich holte Toilettenpapier und versuchte damit das Ei zu greifen. Im Ergebnis hatte ich einen braungelben Papiermatsch rund um das Ei erzeugt. In diesem Moment betrat ein Mann die Toilette. Er blickte kurz in "mein" Becken und schüttelte mit dem Kopf.

"Du bist ein Schwein. Kannst Du zum kacken nicht in die Kabine gehe, wie die anderen auch." Er schüttelte ab und war wieder verschwunden, bevor ich eine Erwiderung raus stottern konnte.

Ein Scheißtag war das.

Ü-Eier und andere Figuren

Überraschungseier, meine Güte, wie konnte ich mir das nur zum Lebensinhalt machen? Dreißig Jahre sammle ich nun die Figuren rund ums Ei. Die ständige Suche in verdreckten Wühlkisten oder das rumschauen auf den Tapeziertischen wildfremder Leute. Früh aufstehen, um der Erste zu sein und wenn ich es dann doch nicht war....der Ärger darüber. Jedes Wochenende mit dem gleichen Trott beginnen. Aufstehen, anziehen, Flohmärkte abfahren. Wofür? Für Hippos, Dribble Dragos und Kicherschlümpfe. Mich beschimpfen lassen, weil ich schon in Kisten geschaut habe, während die noch am aufbauen sind. Ich habe gefeilscht, mich selbst erniedrigt und die Konkurrenz ausgetrickst. Menschen angeschleimt, die mir total egal waren. Bin freundlich gewesen, wenn ich hätte böse sein sollen und umgekehrt. In Kisten mit Mäusekacke vom Speicher hab ich schon gesessen, weil ich ganz unten einen Arm von Eliot mit Flügeln gesehen hatte, bevor er unter all dem Spielzeugscheiß verschwand. Dann hatte ich ihn endlich und musste mir anhören, dass der ja besonders wertvoll sein muss, wenn ich mich so dafür anstrenge. 10,- € wollte die Dame dann dafür haben. Naja, ich hab ihr 11,- € gegeben und dafür dann noch den Eierläufer mitgenommen, der daneben gelegen hatte.

Wir Ü-Ei-Sammler sind ständig in Gefahr. Wie oft hab ich mich schon beim wühlen in Kisten verletzt. Irgendeine siffige Nadel von einem ätzenden Ansteckpin. Zerbrochenes Glas. Klebrige Substanzen, deren Herkunft nicht nur fraglich, sondern auch äußerst uninteressant war. Man kommt nach Hause und springt erstmal unter die Dusche. Manchmal wühlt mal regelrecht im Dreck. Doch das Schlimme ist, in diesen Dreckskisten, also Kisten die 20 Jahre im Keller standen, findet man die besten Sachen. Außerdem ist es eben unser Los, dass die Dinge, die wir suchen grundsätzlich ganz unten liegen. Die Leute werfen Ü-Ei-Figuren eben in die Spielzeugkisten und dort rutschen sie ganz nach unten durch. Es sind eben oft die kleinsten Sachen, die am teuersten sind.

Zigtausend Kilometer pro Jahr, kurve ich in der Gegend herum. Für Plastikfiguren. Zigtausend Kilometer. Das fahren andere nichtmal insgesamt. All das für einen kurzen Augenblick des Glücks. Diese Augenblicke sind aber viel zu selten. Das muss auch mal gesagt werden. Viel zu selten sind die!

Sich im Winter früh morgens um Sieben über den Flohmarkt zu frieren, ist schon schlimm genug. Ausgerüstet mit Mütze, Schal und Taschenlampe, fragt man sich, warum es Leute gibt, die bei dieser Kälte Flohmarkt machen? Würden die alle zu Hause bleiben, könnte ich wenigstens im Winter länger schlafen und müsste mich nicht mit Verrückten um eine Pappkiste balgen. Ich hatte sogar mal einen mit so einer Stirnbandlampe auf dem Kopf neben mir stehen. Sein Vorteil, er hatte beide Hände frei und ich konnte nur noch dumm dreinschauen, als er die Pumuckls ausräumte.

Normale Menschen wissen gar nicht wie das ist, wenn Sammeln in solchen Situationen zum Fanatismus wird. Wenn man sich mit seinem eigenen Sohn um den seltenen New Holland Bagger streitet. Wenn man vom fünften Filialleiter aus dem Markt geschmissen wird, weil man die Eier abgewogen hat, oder die Ehefrau vorschickt, um mit einem Magneten die Sport Kicker raus zu fischen. Wenn einen die Mütter komisch ansehen, die mit ihren Kindern neben einem an der Palette stehen. Die Depression, die einen packt, wenn man sieht, wie ein anderer den Fund des Tages macht und man genau weiß, dass man das hätte selbst sein können, wenn man nur fünf Minuten eher aufgestanden wäre und eben diese fünf Minuten früher an diesen Stand gekommen wäre. Wäre, hätte, könnte, sollte... Worte die sich einem mit diesem Hobby öfters in den Kopf drängen, als einem lieb ist.

Ein Erfolgserlebnis wiegt aber zehn Niederlagen wieder auf und solange man damit im Plus ist, ist alles in Ordnung. Darüber hinaus verfügt die Ü-Ei-Welt über eine lebhafte Community, sodass das Sammeln nicht etwa vorbei ist, wenn man daheim den Fund in den Setzkasten stellt. Nein, im Internet fetzt man sich im Ü-Ei-Forum oder auf Facebook weiter. Zum Beispiel über das abdunkeln von Grundmaterialien in der Sonne, Farbvarianten und Fälschungen. War das im Ei, oder war es das nicht? Jeder ist der größte Fachmann, jeder weiß es am besten und die am häufigsten fallenden Sätze lauten: "Ist das was wert?" oder "Hab ich selbst aus dem Ei geholt!". Die Hemmschwelle ist gering und im Schutz der Anonymität werden auch schon mal ein paar Sätze raus gehauen, die man im realen Leben so nicht bringen würde. Kleine Pupser werden große Kerle und Superfachmänner. Trifft man sie dann in Echt, kriegen sie den Mund nicht auf. Zigmal erlebt und immer wieder drüber gewundert.

Naja, aber man muss auch sagen, dass es andere Gegebenheiten gibt, die einem passieren und die man sich nicht erklären kann. Manchmal so glaubt man, schaltet der Trieb einen besonders wertvollen Schatz zu finden, das Hirn aus.

Was für verrückte Sammler man immer wieder anzutreffen sind, zeigt sich, wenn etwas für diese Sammler zu tun ist, wodurch man mit möglichst vielen in Kontakt kommt. Um es auf den Punkt zu bringen, wir

Sammler von Ü-Ei-Figuren haben einen an der Klatsche. Anders ist das nicht erklärbar, was wir machen. Da steht z.B. ein Sammler vor mir und hält mir einen Bill Body mit Handicap unter die Nase. Ich soll ihn auf Echtheit prüfen. An der Figur ist ein übergroßer, unbemalter Maulwurfshügel von einem Ü-Ei-Spielzeug angebracht, das irgendwann in den letzten Jahren mal erschienen ist und mit der Figur überhaupt nichts zu tun hat. Das Teil ist mit einem Teppichmesser zugeschnitten worden. Und zwar passgenau so, dass man es vorne auf Bill Bodys Fuß draufstecken konnte. Dann wurde es verklebt. Als ich ihm sagte, dass es sich um eine Fälschung handelt, fiel er aus allen Wolken. Er hatte das gute Stück mitgebracht um es zu verkaufen. Da fragt man sich...ganz ehrlich, das tut man, ob so einer den Schuss nicht gehört hat. Das ständige abfragen von Werten ist überhaupt so eine lästige Angewohnheit. Das geht sogar so weit, das Ü-Ei-Foren jetzt gesonderte Unterforen anlegen, wo diese "Sammler" dann den Wert ihrer Figuren erfragen können. Man kauft sich heute keine Kataloge mehr. Es geht ja nur mal eben um den Wert.

Hallo?

Der Katalog bietet zwar auch die Möglichkeit seine Sammlung auf Vollständigkeit hin zu kontrollieren, aber in erster Linie ist er ein Preisbuch. Man kann darin lesen, was eine Figur wert ist. Das ist kein Scherz. Stattdessen werden diese 15,- € lieber in den nächsten gefälschten Stelzenschlumpf investiert, den wir dann alle im "Was ist meine Figur wert?"-Beitrag begutachten dürfen, um danach Tips zu geben, wie der Kleine sein Geld zurück bekommt. Es ist schon traurig. Es hätte ja sein können, dass er doch echt ist. Schließlich hatte der Verkäufer ja geschrieben, dass er es nicht weiß......*kotz!*
Irgendwann möchte man einfach eine vorgefertigte

Antwort darunter setzen, um sich nicht länger damit auseinander setzen zu müssen. Die könnte dann so aussehen.

"Hi,
die Figur ist falsch. Nein, auch von der anderen Seite ist sie falsch. Du hast sie gekauft, obwohl der Verkäufer keine Garantie geben wollte. Nein, auf dem Auktionsbild sieht sie genauso falsch aus. Auch die anderen zehn Regenkobolde des Verkäufers sind falsch. Es hätte also nicht sein können, dass gerade der jetzt doch echt ist. Der Verkäufer will sie nicht zurücknehmen? Du willst wissen, was du tun kannst! Jetzt kannst du nur noch lieb "Bitte Bitte" sagen, da du ihn schon positiv bewertet hast, weil er dir zuvor so nett zurückgeschrieben hat. Die Figur mit dem Text "keine Garantie" wieder zu verkaufen, ist nicht ok. Heb sie auf, um deine nächste Fälschung kommende Woche damit zu vergleichen. Nein, ich formuliere dir kein Schreiben für deinen Anwalt. Du konntest deine 10. Fälschung alleine kaufen, dann kannst du deinen Brief auch selber schreiben. In der Zeit wo du das tust, kannst du dich wenigstens nicht im Internet herumtreiben und noch mehr Scheiße bauen."
Andere wiederum brüsten sich damit, wie sie gegen die Fälscher vorgehen und ihnen die Hölle heiß machen. So schreiben sie in Foren z.B.

"Ich hab den mal eben gekauft. Der Verkäufer wird jetzt mal erleben, wie das ist, wenn man sich mit mir anlegt."

Zwei schreiben darunter

"Super gemacht." und "Na der hat sich jetzt aber mit dem Falschen angelegt."

Von dieser Zuneigung beflügelt haut er ihm gleich mal

eine rote Bewertung rein, bevor er überhaupt bezahlt hat und postet das auch schön im Forum. Die Achtung all derer, die er mit dieser Aktion beschützt hat, ist ihm sicher und damit jeder sieht, um was es geht, wird noch das Bild aus der Auktion im Forum hochgeladen. Jetzt kann er allen Unwissenden erklären, woran er die Fälschung erkannt hat.

Zwei Wochen später, bekommt er eine Vorladung von der Polizei. Er wurde wegen Rufschädigung und Verleumdung angezeigt. Als Beweis wird ihm ein Ausdruck aus dem Forum vorgelegt. Leider kann er keine Beweise für seine Behauptungen vorlegen. Die Figur hat er ja nicht. Vor Gericht sagt ihm der Richter, dass es völlig egal ist, welche Absichten er damit hatte. Man darf andere Leute ohne Beweise nicht beschuldigen Fälschungen zu verkaufen und dann in deren Bewertungsprofil Rufmord betreiben. Abgesehen davon, kann der Verkäufer mit seinen Figuren machen was er will und wenn er sie lila anmalt und verkauft, dann ist das halt so. Nach anderthalb Monaten kommt die Schadensersatzforderung wegen der durch die Rufschädigung ausgefallenen Verdienste in Höhe von 5000,- Euro. Die Rechtsschutzversicherung übernimmt die Kosten für eine weitere Verhandlung nicht mehr, weil die Hauptverhandlung bereits verloren wurde und das Urteil inzwischen rechtskräftig ist. Noch eine Woche später kommt die Abmahnung wegen Verletzung des Urheberrechtes. Da fällt ihm dann wieder ein, dass er ja das Bild im Forum hochgeladen hatte. Wie er jetzt lesen darf, gehört ihm das aber nicht und deshalb darf er das nicht einfach für seine Forenbeiträge verwenden, ohne um Erlaubnis zu fragen. Das machte dann nochmal 1500,- € inklusive Anwaltshonorar. Bei Abmahnungen zahlt die Rechtsschutzversicherung übrigens auch nicht.

Das Einzige, was er jetzt noch machen kann ist ein dummes Gesicht. Dass das Internet kein Computerspiel ist, merkt man eben immer erst dann, wenn es in das richtige Leben eindringt. Denn dann kann man nicht einfach ausschalten und ins Bett gehen.

Auch interessant ist das sammeln von Ü-Ei-Figuren in Verbindung mit Internetplattformen wie Facebook. Da findet man so manche Tauschpartnerin im Badeanzug am Strand oder auf einem anderen peinlichen Foto wieder. Auch der Zwang so mancher Genossen im Netz einen seelischen Striptease hinzulegen sorgt für das ein oder andere Gelächter am Monitor. Das ist echt interessant. Da tauscht man einen Schlumpf und kriegt mit der Post den Namen und Adresse der Person, die man eben noch im Bikini auf Facebook gesehen hat. Man erfährt dort, dass sie gerade wieder solo ist, weil ihr letzter Freund ihre beste Freundin gepoppt hat. Ach und nächste Woche hat sie Abschlussprüfung. Laut ihrem Event-Kalender ist sie trotzdem nächsten Samstag in der Disco um die Ecke anzutreffen. Nicht jeder geht mit solchen Infos vertraulich um.

Sammlerbörsen

Ein ganz besonderes Ding sind ja die Sammelbörsen, die es zu allen möglichen Sammelgebieten immer wieder gibt. Dabei muss man zwischen zeitgenössischen Sammelgebieten wir CDs und Langspielplatten und eben den alteingesessenen Sammelleidenschaften wie Münzen, Mineralien oder eben Ü-Ei-Figuren unterscheiden.

Jemand, der auf eine Plattenbörse geht, um limitierte CDs zu kaufen, wird nicht verstehen, warum jemand für einen Schlumpf 200,- € ausgeben kann. Genauso ist es aber auch umgekehrt. Der Ü-Ei-Sammler versteht nicht, warum die Alive II von KISS mit dem Kiss-Army-Innencover und den original Runen 150,- € kostet.

Dennoch würden beide erstaunliche Parallelen zueinander entdecken, würden sie sich einmal die Zeit nehmen sich gegenseitig auf einer Börse zu beobachten. Denn dort sind sie alle irgendwie gleich. Denn sind wir mal ehrlich, um was geht es den beim sammeln.

Es geht um das seltene Stück und darum, dass es möglichst gut erhalten ist. Dem LP-Sammler bringt es gar nichts, wenn die oben genannte Kiss-LP zwar die besagten Runen und das Kiss-Army Cover hat, wenn die Platte selbst total verkratzt ist. Auch wenn er es nie wagen würde, sie auf den Plattenspieler zu legen. Darum geht es gar nicht. Es geht um die Unversehrtheit des Stückes an sich. Um den inneren Wert und um das Wissen, das perfekte Stück zu haben. Auch der der Figurensammler wird keinen Pumuckl kaufen, der zwar teuer ist aber nicht mehr schön aussieht.

Also sieht man sie an den Tischen stehen. Egal ob

Musikfans, Numismatiker oder Philatelisten. In diesem Punkt sind alle gleich.

Sammlerbörsen sind so etwas wie die Spielplätze für große Jungs. All dass, was wir in unserer Kindheit toll fanden, gibt es hier gebündelt. Ein schönes Beispiel um das zu beschreiben ist das althergebrachte Paninialbum zur jeweiligen Fussball-WM. Früher, also als wir Kinder waren, da war der Kauf eines Tütchens mit sechs Klebebildern etwas besonderes. Meist konnte man sich 2-3 Tütchen kaufen und fertig. Dann gings heim und wir schauten, ob etwas dabei war, was im Album noch fehlte. Hatten wir das Bild schon, kam es in den Stapel mit den Tauschbildchen. So bekam man sein Album voll. Es dauerte nur ewig und als kleiner Junge dachte man, wenn man nur groß wäre, dann könnte man sich so viele Tütchen kaufen wie man will. Ok....Willkommen im Jetzt. Heute kaufe ich einen ganzes Display mit 100 Tüten und was mir fehlt hole ich auf Ebay oder in einem dieser Sammelbildertauschseiten im Netz. Je älter man wird, desto einfacher wird das Sammlen.

Aber...

Wird es auch schöner? Mal ehrlich. Über ein fehlendes Bild hat man sich als Kind doch viel mehr gefreut als heute. Sein WM-Album vollzukriegen, war damals doch etwas ganz besonderes. Der heutige Paninisammler, füllt sein Album und steckt es dann in eine Plastikhülle. Danach wandert es in eine Schublade und darf nicht mehr angesehen werden. Es könnte Gebrauchsspuren bekommen und damit verliert es an Wert.

Das Wort Wert hat in all den Jahren seinen Sinn gewechselt. Bedeutete Wert früher noch, dass es einem selbst lieb und teuer war, so bedeutet Wert heute den

154

Kurs, denn das besagte Stück im Verkauf bringt.

Und auf der Sammlerbörse wird diesem Denken gefrönt, wie an keinem anderen Ort auf dieser Welt. Jeder verdient an so einer Börse. Der Veranstalter, weil er horrende Preise für einen Stand nimmt. In der Regel sind ca. 30,- € pro laufenden Meter. Der Händler, weil er sein Hobby zum Beruf gemacht hat und trotz des hohen Standpreises immer noch genug verdient. Und natürlich auch der Sammler, der trotz 2,- € Eintritt und hohen Preisen für seltene Originale das Gefühl hat, sein Geld in nichts Wertloses investiert zu haben. Heile Welt der Sammlerbörse.

Doch mal ehrlich. Wenn es jetzt brennt, dann bleibt nichts davon zurück und man ist trotzdem noch der selbe Mensch.

Sammlerbörsen sind aber nicht nur der Ort, wo man seine Schätze erwirbt. Hier wird sich auch getroffen und gezeigt. Sammlerfreunde, also Menschen, die verstehen, was man tut und einen nicht schief ansehen, wenn man mit dem Pinsel über seine Miniaturen geht. Diese Leute trifft man hier. Tauscht Neuigkeiten aus, oder redet über den neuesten Klatsch. Börsen sind also auch etwas für die Seele. Etwas für das akzeptiert werden in der Gesellschaft. Es zeigt einem, dass man nicht alleine mit seiner Spinnerei ist. Denn das ist es, was andere über das Hobby sagen. Spinnerei.

In der Zwischenzeit

In der Zwischenzeit ist viel passiert. Der Hauptgrund für unser Hobby, die Firma Ferrero, hat beschlossen nur noch Zettel in zwanzig Sprachen in die Eier zu packen. Dazu legen Sie etwas, dass wie Spielzeug aussieht. Sammeln kann man das zwar, aber man kann es nicht mehr unterscheiden, wenn es dann im Setzkasten steht. Es sieht alles gleich aus. Das Spielzeug ist in etwa so interessant wie Pattex beim trocknen zuzusehen. Ich meine früher, da hatten die noch Ideen. Echtes Spielzeug zum tüfteln. Da waren es die einfachsten Einfälle, die den größten Spaß brachten. Wenn wir früher Transformers spielen wollten, dann haben wir uns ein Klapprad auf den Rücken geschnallt. Heute wird bei sowas immer gleich eine Doktorarbeit verfasst. Man könnte ja verklagt werden, weil das Spielzeug beim verschlucken nicht richtig rutscht.
Aber so ist die Marktwirtschaft. Oder besser die jeweils gerade herrschende politische Gegenwart. Den einen geht es nur ums Geld, den anderen um irgendwas anderes. Ich erkläre das gerade mal anhand von Kühen, die ja die Milch für unsere Ü-Eier geben.

Christdemokrat :
Sie besitzen zwei Kühe. Ihr Nachbar besitzt keine. Sie behalten eine und schenken ihrem armen Nachbarn die andere. Danach bereuen Sie es.
Sozialist:
Sie besitzen zwei Kühe. Ihr Nachbar besitzt keine. Die Regierung nimmt Ihnen eine ab und gibt diese Ihrem Nachbarn. Sie werden gezwungen, eine Genossenschaft zu gründen, um Ihrem Nachbarn bei der Tierhaltung zu helfen.

Sozialdemokrat:
Sie besitzen zwei Kühe. Ihr Nachbar besitzt keine. Sie fühlen sich schuldig, weil Sie erfolgreich arbeiten. Sie wählen Leute in die Regierung, die Ihre Kühe besteuern. Das zwingt Sie, eine Kuh zu verkaufen, um die Steuern bezahlen zu können. Die Leute, die Sie gewählt haben, nehmen dieses Geld, kaufen eine Kuh und geben diese Ihrem Nachbarn. Sie fühlen sich rechtschaffend. Udo Lindenberg singt für Sie.

Freidemokrat:
Sie besitzen zwei Kühe. Ihr Nachbar besitzt keine. Na und?

Kommunist:
Sie besitzen zwei Kühe. Ihr Nachbar besitzt keine. Die Regierung beschlagnahmt beide Kühe und verkauft Ihnen die Milch. Sie stehen stundenlang für die Milch an.

Kapitalist:
Sie besitzen zwei Kühe. Ihr Nachbar besitzt keine. Sie verkaufen eine und kaufen einen Bullen, um eine Herde zu züchten. Sie werden reich, besitzen eine riesige Ranch mit tausenden Rindern. Haben Sex mit den schönsten Frauen der Welt und Geld wie Heu.

EU-Bürokratie:
Sie besitzen zwei Kühe. Die EU nimmt ihnen beide ab, tötet eine, melkt die andere, bezahlt Ihnen eine Entschädigung aus dem Verkaufserlös der Milch und schüttet diese dann in die Nordsee. Das Geld für die verkaufte Kuh geht in einen EU-Fond zur Rettung Griechenlands, Irlands, Portugals oder Spaniens.

Amerikanisches Unternehmen:
Sie besitzen zwei Kühe. Sie verkaufen eine und leasen sie zurück. Sie gründen eine Aktiengesellschaft. Sie zwingen die beiden Kühe, das Vierfache an Milch zu geben. Sie wundern sich, als eine tot umfällt. Sie geben eine Presseerklärung heraus, in der Sie erklären, Sie hätten Ihre Kosten um 50% gesenkt. Ihre Aktien steigen.

Französisches Unternehmen:
Sie besitzen zwei Kühe. Sie streiken, weil Sie drei Kühe haben wollen. Danach gehen Sie essen und trinken dabei etwa einen halben Liter Rotwein. Warum sich jetzt noch aufregen?

All diese Faktoren spielen auch beim Vertrieb von Überraschungseiern eine Rolle. Denn Sie werden in all den Ländern vertrieben, die eben eigene Regeln haben. All diese Regeln müssen mit ins Ei und genau so sieht es zur Zeit darin auch aus.

Die Menschen, die irgendwo sitzen und all diese Dinge beachten müssen, tun mir leid. Die müssen den ganzen Tag im Büro sitzen und über sowas nachdenken. Wahrscheinlich sind sie dabei so einsam, dass sie nicht mal mehr Spam-Mails bekommen. Echte Menschen aus dem Hintergrund eben. Oftmals entwickelt man in so einer Position auch ein ganz eigenes Wesen. Normalerweise begegnet man solchen Leuten nur im MC Donalds, oder wenn man halt schon entmündigt ist.

In unserer Gesellschaft ist Kindererziehung ein wichtiger Faktor, um Weichen für die Zukunft von uns allen zu stellen. Dabei befolgen wir Richtlinien und müssen darauf achten, dass unsere Kinder wohlerzogen sind und sich später in die Gesellschaft eingliedern.

Soviel zur Theorie....

In der Praxis sind unsere Kinder vielen Verlockungen ausgesetzt, die Sie nach der Meinung vieler Experten vom richtigen Weg abbringen könnten. Dabei wird immer gerne auf die gute alte Zeit verwiesen und das man selbst niemals solche schlimmen Sachen gemacht hat, wie die Jugend von heute.

Dabei geht es zum Beispiel um Happy Hippos, die heute nur noch angezogen durch die Gegend laufen dürfen. In den Ü-Eier sind mehr Zettel als Spielzeug und alles ist irgendwie softer geworden.

Hallo? Ich darf mal daran erinnern, mit was wir Eltern groß geworden sind, ohne dass es einen neuen Weltkrieg gegeben hat.

Tarzan lief quasi nackt durchs Fernsehen und hatte nix anderes im Kopf als diese Jane abzuschleppen und irgendwelche Tiere abzumurksen. Da hat auch keiner gefragt, was ich mir als Kind dabei denke und ich bin dann auch nicht hergegangen und hab mich nackt ausgezogen und unsere Katze erwürgt.

Mein Lieblingseis hieß Flutschfinger oder Brauner Bär!

Pinoccio hat gelogen....andauernd. Ich durfte es trotzdem gucken. Aladin war ein Dieb und Alibaba hatte 40 Räuber um sich herum. Trotzdem waren sie alle Helden. Keiner kam auf die Idee, dass das nicht gut für uns wäre. Und wir sind danach auch nicht plündernd um die Häuser gezogen.

Von wegen Super Nanny und gepflegter Haushalt. Kein Alkohol und keine Drogen. Immer schön an die Regeln halten. Schneewittchen lebte mit sieben Kerlen unter einem Dach, die allesamt auf sie abfuhren. Batman fuhr mit 200 Sachen durch die Innenstadt und Popeye rauchte ständig und war überall tätowiert.

Übrigens waren alle diese „Helden" schon mal in einem Überraschungsei oder der Nestle Wunderkugel.

Achso...Pacman dürfen wir nicht vergessen. Der Urknall aller Videogames. Welchen Wert hatte er für die Jugend? Rannte zu elektronischer Musik durch die Gegend, fraß Pillen und wurde von Geistern gekillt. Na toll!

Ich meine....wir haben die 80er überlebt. Zu unserer Zeit war die Welt wie ein riesengroßer Arsch. Links waren die Amis mit ihren Atomraketen die linke Backe, rechts die Russen mit ihren Raketen die rechte Backe und wir....also so mittendrin, wir waren das ...…lassen wir das.
Wir haben überlebt und die Nation vorangebracht. Deutschland ist ja nicht irgendwer. Ferrero verkauft bei uns mehr Ü-Eier als irgendwo sonst. Deshalb haben wir unsere eigenen Serien. Serien, um die uns die anderen Länder beneiden, weil sie nur diesen überall erhältlichen EU-Schund bekommen.

Als ich jünger war, hasste ich es, zu Hochzeiten zu gehen. Mir gingen diese „Heitideiti"-Tanten und großmütterliche Bekannte auf den Keks. Sie kamen zu mir, tätschelten meine Backe und sagten: "Du bist der Nächste." Sie haben damit aufgehört, als ich anfing, auf Beerdigungen das Gleiche zu machen. Bin ich deshalb böse? Die haben doch angefangen.

Heute ist 2021. Im Ü-Ei sind Sachen wie Stinktiere. Gemeine Biester die überall rumpupsen. Aber solange das verniedlicht wird, ist das ok. Wer aber schonmal einem echten Stinktier so nahe gekommen ist, dass es einen aus seiner Analdrüse vollgespritzt hat, der hat nix mehr zu verniedlichen. Wenn sich enge Freund von einem wegdrehen, um sich zu übergeben. Das ist kein Spaß. Welchen Effekt haben solche Figuren auf die Jugend?

Keine Ahnung. Ist mir auch egal. Aber was habe ich schon zu sagen. Ich behaupte ja auch, dass Angela Merkel die bestaussehendste Bundeskanzlerin ist, die wir je hatten. Wer den jetzt nicht kapiert hat, muss mal das Buch weglegen und erstmal drüber nachdenken.

Aber was solls. Wir leben in einer Welt, in der die zehn Gebote Gottes 279 Wörter enthalten, die amerikanische Unabhängigkeitserklärung 300 Wörter, die Verordnung der EU über den Import von Karamellbonbons aber 25911 Wörter. Ich finde das schockierend. Selbstredend, dass auf den neuen Beipackzetteln, die man seit 2006 aus den Eiern mit rauspulen muss, fast ebenso viele Worte stehen. Doch man soll nicht verfluchen, was man nicht versteht. Die neuen Kapseln fassen mehr Inhalt und werden mittels einer neuen Gießtechnik hergestellt. Das mit der Technik ist bei mir eh so eine Sache. Ich kann ja nichtmal eine CD in meinen USB Stick schieben. Wie will ich da beurteilen, ob das mit den ganzen Hinweisen auf den Beipackzetteln wichtig ist, oder nicht?

Früher...da war halt ne Figur drin und mit ein bisschen Glück ein Zettel auf dem Stand, welche Figur das ist. Wenn man die Figur mitgegessen hat, musste man halt gescheit schlucken, damit nix passiert. Heute sind die Figuren so glattgeschmirgelt, dass sie auch ja gut rutschen.

Ü-Ei-Chat

Chatrooms sind seit den Anfängen des Internets mit der beliebteste Weg Kontakte zu knüpfen und sich kennenzulernen. Es ist ganz einfach. Man wählt einen Chat, denkt sich einen Fantasienamen aus und loggt sich ein. Ist man bereits Mitglied in einem Forum, wird der dort gewählte Nickname auch der Name im Chat sein. Was die anderen von einem sehen, ist nur der Name und das was man gegebenenfalls ein Profil schreibt. Es ist anonym. Scheinbar denken aber auch hier so Einige, dass sie das imaginäre Verlangen Anderer befriedigen müssten und ihre personelle Unwichtigkeit öffentlich machen. So findet man neben sexueller Vorlieben 60 jähriger Frührentner aus Wanne-Eickel auch Hinweise auf deren finanzielle Situation und intimste Infos zur Familie. Ohne Kopf, ohne Verstand versteht sich. Hauptsache öffentlich. Ist ja auch alles anonym. Solange, bis man Google anwirft und das alles mal dort eingibt. Name, Adresse und Telefonnummer folgen in vielen Fällen auf den Fuß und mit Ihnen dann die Viagra-Mails von der geilen Susi aus Russland, nebst Bestell-Pishing Links für freien Eintritt der Trojaner zum heimischen PC. Wie schnell man dann feststellt, dass es tatsächlich Banken gibt, die Auslandsüberweisungen ohne Limit machen, ist erstaunlich. Vor allem, wenn es die eigene Bank ist und die Überweisung von der hauseigenen TAN-Liste getätigt wurde.

Auch im Ü-Ei-Bereich gibt es seit Jahren Chats, die Sammlern die Möglichkeit geben sich gegenseitig zu beleidigen, zu tauschen oder kennenzulernen. Auch hier gelten die gleichen Regeln wie überall im Dschungel. Wer nicht aufpasst, wird gefressen. Im Ü-Ei-Chat ist es vielleicht nicht ganz so schlimm wie auf den großen Tummelplätzen des Netzes, aber auch hier sollte man mit seinen Äußerungen vorsichtiger sein. So einen typischen

Ablauf eines Ü-Ei-Chat-Abends, könnte so aussehen. Man muss dazu wissen, dass in vielen Chats die letzten Sätze, die geschrieben wurden gelesen werden können, wenn man den Chat betritt. Auch das in der Regel alles klein geschrieben wird, ist normal.

EIERFUZZI BETRITT DEN CHAT
eierfuzzi: huhhhhhuuuuuuu
eierfuzzi: keiner da?
eierfuzzi: scheiße!
eierfuzzi: dann rede ich halt mit mir selber.
eierfuzzi: lala....
eierfuzzi: hoffentlich kommt dieser frozone heute nicht...dieser arsch....lala..
FROZONE BETRITT DEN CHAT
eierfuzzi: ups...
frozone: aha..das ist ja interessant
eierfuzzi: hihi.
frozone: findste das gut?
eierfuzzi: was?
frozone: das ich ein arsch sein soll, z.b.
eierfuzzi: ärsche sind ja ganz ok. solange keine haare dran sind.
frozone: blödmann
NELLY BETRITT DEN CHAT
eierfuzzi: hi
frozone: hi
nelly: hallo ihr zwei. na, so alleine?
eierfuzzi: ähh...nein. zu zweit.
frozone: *g*
nelly: lol
eierfuzzi: mal kurz AFK
frozone: Aufem Klo?
nelly: Away From Keyboard
eierfuzzi: *ROFL*
frozone: ROFL...jetzt bin ich gespannt nelly

nelly: Roll On FLoor

frozone: und was macht er da unten?

nelly: er rollt sich. mehr weiß ich nicht. kann kein englisch.

SCHERRY BETRITT DEN CHAT

frozone: hi

nelly: hi

eierfuzzi: hi

scherry: frozone, dein spiegel war ne fälschung. hab ihn prüfen lassen. was sagste jetzt?

eierfuzzi: oh oh

frozone: wer hat ihn denn geprüft?

scherry: na einer, der es wissen muss.

nelly: und wer?

eierfuzzy: und wer?

nelly: lol

scherry: na der fusselfreddy.

frozone: fusselfreddy......der, der auch die Fälschungen auf abey verkauft?

scherry: ja, der. wenn einer ahnung hat dann ja wohl der, oder?

frozone: hat er dir auch gleich ein "original" verkauft?

scherry: ja, wieso?

nelly: lol

eierfuzzi: lol

frozone: lolololol

frozone: die "fälschung" hat er für dich entsorgt?

SCHERRY VERLÄSST DEN CHAT

nelly: lol *ROFL*

frozone: ich geh mal ein schnitzel schlagen, sonst klapp ich hier auf.

nelly: frozone, du bist doch mod hier im chat. was kann man da alles so?

NELLY WURDE VON FROZONE GEKICKT

eierfuzzi: lol.

NELLY BETRITT DEN CHAT

nelly: sehr witzig. an deinem geburtstag gehen deine

eltern bestimmt in den zoo und bewerfen den storch mit faulen eiern.

eierfuzzi: lol

EIERFUZZI WURDE VON FROZONE GEKICKT

EIERFUZZI BETRITT DEN CHAT

eierfuzzi: lol

SID BETRITT DEN CHAT

SID WURDE VON FROZONE GEKICKT

SID BETRITT DEN CHAT

sid: komisch, klemmt heute irgendwie beim einloggen.

frozone: hi

nelly: hi

eierfuzzi: hi...lol.

sid: hi

sid: hat jemand neue eier?

frozone: ich nicht. meine sind schon älter

eierfuzzi: meine auch

nelly: ich hab gar keine.

eierfuzzi: lol

sid: haha...ich meine, ob jemand die neuen Ü-Eier hat.

frozone: Ach!

GABY BETRITT DEN CHAT

gaby: was Ach?

eierfuzzi: hi

frozone: hi

nelly: hi

sid: hi

gaby:hi..

BIANCO BETRITT DEN CHAT

nelly: hi

eierfuzzi: hi

gaby: hi

frozone: hi

sid: hi

bianco: wo?

frozone: muhaha..ein schenkelklopfer.

KurbelDerBartwickelmaschineDreh

bianco: habt ihr das im eierforum gelesen, von dem typ mit der riesensammlung. was für ein Idiot. hat die ganzen sachen offen rumstehen. wenn ich da mit ein paar typen rede, brechen die da ein und die sachen sind ruck zuck weg. komme auch aus frankfurt. sowas ist kein problem für mich

eierfuzzi: sowas könntest du? biste da ne größere nummer oder was?

bianco: ja klar, ich kenn da ein paar. die machen das für mich, wenn ich will.

eierfuzzi: wo aus frankfurt genau kommst du her?

bianco: frankfurt stadt halt.

eierfuzzi: innenstadt?

bianco: ja...

eierfuzzi: gib mir mal deine emailaddy und telefonnummer. falls ich mal was von dir brauche.

bianco: klar - der_geilste@freeweb.de Tel 069/55446688

eierfuzzi: danke

bianco: wofür brauchst du das?

eierfuzzi: ich bin der idiot mit der riesensammlung.

BIANCO WURDE VON FROZONE GEKICKT

eierfuzzi: lol

frozone: lol

nelly: geil

sid: im neuen katalog stehen der geburtstagsschlumpf mit 200 euro drinne. was denkt ihr, wird der wert sein.

eierfuzzi: 200

frozone: 200

gaby: 200

nelly: 2......*ROFL*

frozone: AuF, KIO

sid: hä?

So, oder so ähnlich geht es Abend für Abend in Deutschlands Ü-Ei-Chatrooms zu. Es wird ge*lol*t,

166

ge*rofl*t und ge*ggg*t auf Teufel komm raus. Wer sich nicht mit diesen Kürzeln und denen aus der Ü-Ei-Szene auskennt, der wird mit Sätzen wie zum Beispiel......

"Ey, *gg* kann mir einer von euch Trollen mal sagen, was die BE auf dem PAH macht, den ich bei SL geschossen hab und wo der VK die vielen BPZ in dem 10er geknäult hat....*ROFL*

.....hoffnungslos überfordert sein. Noch schlimmer ist dann aber, im Chat zu fragen, was das alles bedeutet. In der Regel zieht das nach sich, dass mindestens zwei Chatter den Fragesteller gründlich verarschen. In Chats wird der kleine Mann ganz groß. Die hässliche Frau wird zu Elfe. Eine SweetpoisonWoman wird in der Realität schon mal zum pralinefressenden Monster statt zum suggestierten süssen Vamp. Der Darkprince of Power wird zum 150kg Gerät mit ungeschnittenen Fingernägeln und Fettfilm überm ganzen Körper. Nirgends wird mehr gelogen als in den Profilen von Chatusern. Man muss dazu sagen, dass diese Chatter nicht etwa besonders doof sind. Nein, das sind sie ganz sicher nicht. Es ist vielmehr so, dass man sich den allgemeinen Gepflogenheiten anpasst und ein Chatter gilt als besonders "In", wenn er die für Chats typische Floskeln und Kürzungen beherrscht. So versucht sich ein jeder an diesen Schreibwendungen. Auch dann, wenn er/sie gar keine Ahnung hat, was die eigentlich bedeuten. Kommt dann noch einer rein, der eine dumme Frage stellt, wird das ganze zur Comedy.

In diesem Buch folgen nun auch wieder völlig frei erfundene und total übertriebene Gegebenheiten. Jedwede Ähnlichkeit mit tatsächlichen Sachverhalten ist natürlich rein zufällig und nicht beabsichtigt. Aber nur Dinge, die tatsächlich so gewesen sein könnten und mit

Gegebenheiten die wirklich passiert sind so rein gar nichts zu tun haben, fanden ihren Weg in dieses Buch.

Naja, aber man muss auch sagen, dass es andere Gegebenheiten gibt, die einem passieren und die man sich nicht erklären kann. Manchmal so glaubt man, schaltet der Trieb einen besonders wertvollen Schatz zu finden, das Hirn aus.

Was für verrückte Sammler man immer wieder anzutreffen sind, zeigt sich, wenn etwas für diese Sammler zu tun ist, wodurch man mit möglichst vielen in Kontakt kommt. Um es auf den Punkt zu bringen, wir Sammler von Ü-Ei-Figuren haben einen an der Klatsche. Anders ist das nicht erklärbar, was wir machen. Da steht z.B. ein Sammler vor mir und hält mir einen Bill Body mit Handicap unter die Nase. Ich soll den auf Echtheit prüfen. An der Figur ist ein übergroßer, unbemalter Maulwurfshügel von einem Ü-Ei-Spielzeug angebracht, das irgendwann in den letzten Jahren mal erschienen ist und mit der Figur überhaupt nichts zu tun hat. Das Teil ist mit einem Teppichmesser zugeschnitten worden. Und zwar passgenau so, dass man es vorne auf Bill Bodys Fuß draufstecken konnte. Dann wurde es verklebt. Als ich ihm sagte, dass es sich um eine Fälschung handelt, fiel er aus allen Wolken. Er hatte das gute Stück mitgebracht um es zu verkaufen. Er wollte sich ein Auto damit anfinazieren. Da fragt man sich...ganz ehrlich, das tut man! Ob so einer den Schuss nicht gehört hat. Das ständige abfragen von Werten ist überhaupt so eine lästige Angewohnheit. Das geht sogar so weit, das Ü-Ei-Foren jetzt gesonderte Unterforen anlegen, wo diese "Sammler" dann den Wert ihrer Figuren erfragen können. Man kauft sich heute keine Kataloge mehr. Es geht ja nur mal eben um den Wert.

Hallo?

Der Katalog bietet zwar auch die Möglichkeit seine Sammlung auf Vollständigkeit hin zu kontrollieren, aber in erster Linie ist er ein Preisbuch. Man kann darin lesen, was eine Figur wert ist. Das ist kein Scherz. Stattdessen werden diese 15,- € lieber in den nächsten gefälschten Stelzenschlumpf investiert, den wir dann alle im "Was ist meine Figur wert?"-Beitrag begutachten dürfen, um danach Tips zu geben, wie der Kleine sein Geld zurück bekommt. Es ist schon traurig. Es hätte ja sein können, dass er doch echt ist. Schließlich hatte der Verkäufer ja geschrieben, dass er es nicht weiß......*kotz!*
Irgendwann möchte man einfach eine vorgefertigte Antwort darunter setzen, um sich nicht länger damit auseinander setzen zu müssen. Die könnte dann so aussehen.

"Hi,
die Figur ist falsch. Nein, auch von der anderen Seite ist sie falsch. Du hast sie gekauft, obwohl der Verkäufer keine Garantie geben wollte. Nein, auf dem Auktionsbild sieht sie genauso falsch aus. Auch die anderen zehn Regenkobolde des Verkäufers sind falsch. Es hätte also nicht sein können, dass gerade der jetzt doch echt ist. Der Verkäufer will sie nicht zurücknehmen? Du hast kein Paypal benutzt? Du willst wissen, was du tun kannst! Jetzt kannst du nur noch lieb "Bitte Bitte" sagen, da du ihn schon positiv bewertet hast, weil er dir zuvor so nett zurückgeschrieben hat. Die Figur mit dem Text "keine Garantie" wieder zu verkaufen, ist nicht ok. Heb sie auf, um deine nächste Fälschung kommende Woche damit zu vergleichen. Nein, ich formuliere dir kein Schreiben für deinen Anwalt. Du konntest deine 10. Fälschung alleine kaufen, dann kannst du deinen Brief auch selber schreiben. In der Zeit wo du das tust, kannst du dich

wenigstens nicht im Internet herumtreiben und noch mehr Scheiße bauen."

Andere wiederum brüsten sich damit, wie sie gegen die Fälscher vorgehen und ihnen die Hölle heiß machen. So schreiben sie in Foren z.B.
"Ich hab den mal eben gekauft. Der Verkäufer wird jetzt mal erleben, wie das ist, wenn man sich mit mir anlegt."
Zwei schreiben darunter
"Super gemacht." und "Na der hat sich jetzt aber mit dem Falschen angelegt."
Von dieser Zuneigung beflügelt haut er ihm gleich mal eine rote Bewertung rein, bevor er überhaupt bezahlt hat und postet das auch schön im Forum. Die Achtung all derer, die er mit dieser Aktion beschützt hat, ist ihm sicher und damit jeder sieht, um was es geht, wird noch das Bild aus der Auktion im Forum hoch geladen. Jetzt kann er allen Unwissenden erklären, woran er die Fälschung erkannt hat.

Zwei Wochen später, bekommt er eine Vorladung von der Polizei. Er wurde wegen Rufschädigung und Verleumdung angezeigt. Als Beweis wird ihm ein Ausdruck aus dem Forum vorgelegt. Leider kann er keine Beweise für seine Behauptungen vorlegen. Die Figur hat er ja nicht. Vor Gericht sagt ihm der Richter, dass es völlig egal ist, welche Absichten er damit hatte. Man darf andere Leute ohne Beweise nicht beschuldigen Fälschungen zu verkaufen und dann in deren Bewertungsprofil Rufmord betreiben. Abgesehen davon, kann der Verkäufer mit seinen Figuren machen was er will und wenn er sie lila anmalt und verkauft, dann ist das halt so.
Nach anderthalb Monaten kommt die Schadensersatzforderung wegen der durch die Rufschädigung ausgefallenen Verdienste in Höhe von 5000,- Euro. Die Rechtschutzversicherung übernimmt die

Kosten für eine weitere Verhandlung nicht mehr, weil die Hauptverhandlung bereits verloren wurde und das Urteil inzwischen rechtskräftig ist. Noch eine Woche später kommt die Abmahnung wegen Verletzung des Urheberrechtes. Da fällt ihm dann wieder ein, dass er ja das Bild im Forum hoch geladen hatte. Wie er jetzt lesen darf, gehört ihm das aber nicht und deshalb darf er das nicht einfach für seine Forenbeiträge verwenden ohne um Erlaubnis zu fragen. Das machte dann nochmal 1500,- € inklusive Anwaltshonorar. Bei Abmahnungen zahlt die Rechtsschutzversicherung übrigens auch nicht.

Das Einzige, was er jetzt noch machen kann ist ein dummes Gesicht. Dass das Internet kein Computerspiel ist, merkt man eben immer erst dann, wenn es in das richtige Leben eindringt. Denn dann kann man nicht einfach ausschalten und ins Bett gehen.

Auch interessant ist das sammeln von Ü-Ei-Figuren in Verbindung mit Internetplattformen wie Twitter oder Facebook. Da findet man so manche Tauschpartnerin im Badeanzug am Strand oder auf einem anderen peinlichen Foto wieder. Auch der Zwang so mancher Genossen im Netz einen seelischen Striptease hinzulegen sorgt für das ein oder andere Gelächter am Monitor. Das ist echt interessant. Da tauscht man einen Schlumpf und kriegt mit der Post den Namen und Adresse der Person, die man eben noch im Bikini auf Facebook gesehen hat. Man erfährt dort, dass sie gerade wieder solo ist, weil ihr letzter Freund ihre beste Freundin gepoppt hat. Ach und nächste Woche hat sie Abschlussprüfung. Laut ihrem Event-Kalender ist sie trotzdem nächsten Samstag in der Disco um die Ecke anzutreffen. Nicht jeder geht mit solchen Infos vertraulich um.

Die Figurenprüfung

Mein Freund Jürgen, der eine kleine Ü-Ei-Börse organisiert, bat mich darum als Fälschungsexperten für eine Stunde auf seiner Börse Figuren zu prüfen. Ich kam gegen 10 Uhr dort an und baute meine Sachen auf, als er schon um die Ecke kam und mich fröhlich angrinste.

"Supi, du hast den Prüftisch schon gefunden. Am besten du sitzt hier und wenn die Leute dann kommen, prüfst du die Figuren auf Echtheit. Aber bitte, immer freundlich sein. Wenn was Teures als gefälscht feststeht, können die Leute richtige schlechte Laune kriegen. Da darf man nichts falsches sagen."
"Alles klar." Sagte ich „Ich gebe mein Bestes."
Es dauerte keine zwei Minuten da kam die erste Kundschaft. Ich lächelte schon mal vorsorglich mein mein fürsorglichstes Lächeln.
"Ey, kannst du mir mal einen Muckl prüfen?"
"Klar gib her!"
Ich nehme den Schirm in die Hand, drehe ihn um und sehe, dass der Abrisspunkt an der Seite fehlt. Unter UV-Licht bleibt der Schrim dunkel, die Streben sind kerzengerade.
"Der ist leider falsch. Tut mir leid." Ich lege die Teile in seine Hand zurück.
Seine Augen öffnen und schließen sich mehrmals. Stille. Ich gucke ihn an.
"Hast Du noch etwas zum prüfen?"
"Das ist jetzt komisch." sagt er. "Der muss eigentlich echt sein."
"Nö, isser aber nicht."
"Ja aber ich weiß, wo ich ihn her habe."
"Aha. Das macht ihn aber nicht echter in meinen Augen."
freundlich bleiben, hatte Jürgen gesagt.
"Kannst Du nicht nochmal nachsehen."

"Gerne."

UV-Licht dunkel. Abriss an der Seite fehlt, Streben sind immernoch gerade.

„Ist eine Fälschung."

"Ja aber ich weiß wo ich ihn her habe."

"Meinst Du, wenn du mir jetzt noch 10x erzählst, dass Du weißt, wo du ihn her hast, dann verbiegen sich aus lauter Frust die Streben und er fängt zu leuchten an?"

"Der hat gesagt, ist original. Ich weiß wo ich den her habe."

"Warum lässt Du ihn dann nicht von ihm prüfen. Du scheinst zufriedener mit seiner Auskunft zu sein."

"Na, ich glaub der hat gar keine Ahnung von Figuren."

"Aha"

"Oh Mann, ich wollte den hier heute verkaufen. Kannste nicht noch mal genauer gucken?"

"Jetzt wo Du es sagst. Ich hab bei den ersten zwei Versuchen überhaupt nicht genau hingesehen. Ich prüf ihn am besten nochmal.....Abriss fehlt. Leuchtet nicht unter UV-Licht. Streben sind gerade. Ist falsch."

"Aber ich weiß, wo ich den her habe."

"Hängt hier irgendwo ne Kamera?"

"Hä? Was für ne Kamera?"

"Schon gut. Was genau verstehst Du an dem Satz - Der ist falsch! -?" nicht?

"Weil ich weiß, wo ich den her habe."

"Ok...anders. Woher hast Du ihn?"

"Ne Onlineauktion war das und der hat ja geschrieben, dass die Figur original ist."

"Ach die Figur....? Ja, die ist original. Da hat er recht."

"Ja prima. Wieviel krieg ich dafür?"

"40 Euro"

"Wieso nur so wenig, ich hab 150 Euro bezahlt."

"Weil der Schirm falsch ist, bekommst du nur 40 Euro für die Figur – ohne den Schirm."

"Aber der hat doch geschrieben, die Figur ist echt."

"Die Figur ist ja auch echt."

"Ja und?"

"Und was?" freundlich bleiben....

"Die wird ja nicht mit einer Fälschung ins Ei gesteckt, oder?" sagt er.

"Das ist richtig."

"Ich hab das Ei doch hier!"

Er kramt eine Kapsel aus der Jacke und öffnet sie. Ein Pumuckl BPZ ist darin zu sehen.

"Zeig mal."

"Sowas wäre ja Betrug, wenn Ferrero das gemacht hätte." sagte er.

"Ja, wenn sie sowas gemacht hätten, wäre das Betrug." Ich drehe die Kapsel. Der Zettel fällt in meine Hand. Ich gucke ihn an.

"Meinst Du, die Druckerei, die 1985 diese Zettel gemacht hat, hat die fertigen BPZ dann an Ferrero gefaxt, damit die den dann mit der Schere auschneiden und ins Ei stecken?

Er blinzelt zweimal mit den Augen. Inzwischen weiß ich, dass das bedeutet, dass er denkt. Freundlich bleiben!

„Ne, wieso?"

"Weil dieser BPZ auf altem Faxpapier gedruckt ist. Übrigens genau so, wie sie früher auch gefälscht wurden. Außerdem steht auf der Kapsel Ferrero 1989. Wenn Sie sich also nicht selber mit dieser Kennung tätowiert hat, um vor dir jünger zu wirken, dann ist es die falsche Kapsel für den Pumuckl.

"Na toll und was krieg ich jetzt dafür?"

"42 Euro!"

"Wieso jetzt 42?"

"40 Euro die Figur und 2 Euro für die Kapsel."

"Und der Zettel?"

"Ich weiß nicht genau, wie hoch der Kurs für buntkopiertes Faxpapier zur Zeit ist."

"Aber ich weiß, wo ich den her habe."

"Ja, und ich weiß, wo Du jetzt hingehst? Da lang und nicht mehr an meinen Tisch zurück."
"Arschloch."
"Vollpfosten!"

Ü-Eier sammeln. Was sonst?

Der Mensch sammelt seit Beginn seiner Existenz. Schon der gute alte Urzeitmensch sammelte Trophäen seiner Beute. Man kann zwar davon ausgehen, dass sie keine Setzkästen voller Mammutstoßzähne hatten, aber Ketten und anderen Schmuck aus Knochenteilen oder eben Zähnen gab es bestimmt. Das belegen viele Funde aus dieser Zeit. Damals gab es wie heute auch unterschiedliche Geschmäcker. Sicherlich sind sie heute wesentlich ausgeprägter. Anders ist die Fülle an verschiedenen Sammelinteressen nicht erklärbar. Das Ü-Ei nimmt es aber mit allen auf. Denn im Ü-Ei- ist von allem etwas. Ü-Ei-Sammler sind zufriedener. Eine Behauptung? Nein...eine Feststellung. Lesen Sie mal.

Ü-Ei vs Briefmarken

Also Bitte. Ü-Ei gegen Briefmarken, dem Sammelgebiet für alles was einen Seitenscheitel trägt und gerippte Unterwäsche hat. Wer auf vergilbtes und angespucktes Papier steht...ok. Alt alleine kann es nicht sein. Alt und aus Papier, das gibt es auch aus dem Ü-Ei. Und wer auf Briefmarkenalben steht, der kann seine Beipackzettel ja darin sammeln.

1:0 für´s Ü-Ei

Ü-Ei vs Münzen

Wer es glänzend mag, kann Metallfiguren sammeln. Die gibt es zwar nicht in Silber oder Gold, dafür sind sie erschwinglicher. Wer dennoch Münzen sucht, kann die begehrten Ü-Ei-Taler sammeln. Die Wertsteigerung ist deutlich höher. Wer damals die 5 DM Gedenkmünzen gesammelt hat, der ist froh, wenn er sie heute noch gegen Euros umtauschen kann. Zu mehr sind die nicht mehr zu gebrauchen.

2:0 für´s Ü-Ei

Ü-Ei vs Fremdfiguren

Also zu meiner Zeit haben nur diejenigen Fremdis gesammelt, denen Ü-Ei-Figuren zu teuer waren. Komischerweise ist es heute bei vielen Serien genau umgekehrt. Wie die Zeiten sich ändern.

2:1

Ü-Ei vs Bierdeckel

Also ich würde lieber das Bier trinken und mir dabei meine Ü-Ei-Sammlung angucken. Abgesehen davon ist das Sammeln von Bierdeckeln das perfekte Hobby für anonyme Alkoholiker. Das schöne ist, sie sind ruckzuck weggeschmissen, wenn man sie nicht mehr haben will.

3:1

Ü-Ei vs Streichholzpackungen

Weiß man, wieviel Regenwald für Streichölzer gerodet wird? Und wenn eines in der Verpackung fehlt und man einfach ein anderes reintut. Woran erkennt man die Fälschung? Sowas sammeln doch nur Stallone-Fans und Hobbypyromanen. Wert sind die doch nix, oder? Wenn dir mal so ein Streichholzkauer in der Fußgängerzone in Grävenwiesbach begegnet und übers Hobby schnacken will, über was redet man dann? Holzpreise?

4:1

Ü-Ei vs Feuerzeuge

Das Feuer, fasziniert den Menschen schon seit der Urzeit und Zippo hat es neu erfunden. Doch leider muss ich sagen, dass das Beste am Feuerzeug-Sammeln die Setzkästen dafür sind, die wir Ü-Ei-Sammler hervorragend für unsere Spielewelten verwenden können.

5:1

Ü-Ei vs Werbetrucks

Jeder Wasserkasten, der was auf sich hält, hatte seinen eigenen Truck. Alleine schon die Masse ist nicht mehr katalogisierbar. Es sei den man steht auf Kataloge in Backsteinform in vier Bänden.

Da lobe ich mir meinen Ü-Ei-Katalog.

6:1

Ü-Ei vs Comics

Nicht Comic lesen, sondern leben. Mit den Ü-Ei-Figuren. Das sind Comics zum anfassen.

7:1

Ü-Ei vs Modellautos

Modellautes gibt es auch aus dem Ü-Ei. Sogar von Wiking, bzw. als Wiking Nachbau. Auch wenn sie damals ins Ei hinein gemogelt wurden, sind sie doch kleiner und schöner als die H0 bauten.

Die restlichen Ü-Ei-Autos sind an Vielseitigkeit im Design kaum zu überbieten.

8:1 für´s Ei.

Noch Fragen?

Sammeln auf Social Networks

Auf der Suche nach neuen Tauschforen im Internet, bin ich auf IKW gestoßen. Das bedeutet „Ich kenne wen" und ist so ein Social Network, wo man auch seine alten Schuldfreunde wiederfinden kann. Normalerweise halte ich ja nicht viel von solchen Plattformen, wo man soviel über sich preisgeben soll. Aber die Aussicht auf viele neue Figuren..naja, was soll ich sagen. Freudestrahlend pflegte ich meine Daten ein. Jedwede Vernunft völlig missachtend, weil ich mich mit den Einstellungen noch nicht auskannte, erfuhr jeder, der es wissen wollte, wo ich wohne, was ich beruflich mache und wie meine Kinder und Katzen heißen. Mit Foto! Ich wurde auch schnell gefunden. Von alten Bekannten, oder Schulfreunden, die ich schon ewig nicht mehr gesehen hatte. Gegen Mittag hatte ich die erste Mail im Postfach. Murat ein alter Schulkamerad schrieb mir einen Kettenbrief in dem stand, dass ich in Flammen aufgehe, meine Frau zu einem Mann wird, Krebs, Aids und Syphillis meine ständigen Begleiter sein werden und meine Hund schwul würde, wenn ich diese Zeilen nicht an mindestens zehn Personen weitergebe.
"Ich habe keinen Hund." schrieb ich zurück "Und wenn das alles ist, was Du mir nach 20 Jahren, die wir uns nicht mehr gesehen haben, zu schreiben hast, dann bleib besser noch 20 verschollen."
Später suchte ich mir dann eine dieser Interessengruppen zum Thema Ü-Ei. Ich wollte ja neue Tauschpartner finden. Dazu muss man wissen, dass diese Gruppen von anderen, ganz normalen Usern eingerichtet werden können. Es liegt dann an ihnen selbst, wie populär die Gruppe wird. Ist sie interessant, melden sich viele Neugierige an. Im Nu hat man ein riesiges Tauschportal.

So etwas hoffte ich hier zu finden.

<< Ü-Eier sind geil! >>

Hieß das Erste. Genauso prollig wie der Name, war dann auch der Begrüßungstext. Man hätte meinen können, dass sich eine Untergruppe der Hells Angels hier gefunden hatte. Die Nächste nannte sich:

<< Lutschen, bis das Weiße kommt >>

Das es um Kinderschokolade ging, hatte ich da aber erst auf den zweiten Blick mitbekommen. Der Titel verriet es nicht unbedingt. Dann aber fand ich.

<< Sammeln von Ü-Ei-Figuren - Tausch >>

Diese Gruppe hatte vierhundert Mitglieder. Perfekt, dachte ich. Vierhundert neue und potentielle Tauschpartner. Mit einem Klick war ich angemeldet. Es dauerte ein paar Stunden, bis mich der dortige Administrator freigeschaltet hatte. Gegen 18 Uhr stellte ich dann meine erste Anfrage online.

"Suche Wickie - bitte nur mit BPZ.
- Biete Ice Age 3, Schlümpfe und anderes."

Das erste Tauschangebot kam nur 10 Minuten später

"Hi, hab dein Tauschangebot gelesen. Ich hätte Wickie und Faxe für Dich. Ich suche alles von Tao Tao, Dschungelbuch, Pumuckl. Außerdem noch Eierläufer, Stelzenschlumpf und Musikus.
Können wir 1 zu 1 tauschen?"

Aha. Pumuckl 1 zu 1 tauschen gegen Wickie. Ich schrieb

leicht amüsiert zurück.

"Hattest du mit dieser Nummer schon einmal Erfolg?" Eine Antwort bekam ich nicht mehr. Das machte aber nichts, denn die zweite Mail war schon da. Diesmal schrieb mir Sandra aus Essen.

"Hallo, habe gerade dein Profil durchstöbert. Du bist ja ein ganz Süsser. Ich habe da ein oder zwei Wickie-Figürchen. Was bekomme ich denn dafür?" Schmunzelnd schrieb ich zurück. "Was immer Du willst, solange es sich dabei ums Ü-Ei dreht." Sie war online und antwortete prompt "Ok, ich möchte ein Nacktfoto von Dir." Als ich den Mund wieder zu hatte, schrieb ich zurück. "Das hat aber nichts mit Ü-Ei zu tun!" Ihre Antwort lautete "Du kannst dir ja eine Ü-Ei-Kapsel draufstecken." Nach diesem Scherz einigte ich mich mit Sandra darauf, dass ich ihr ein paar Looney Tunes Figuren dafür schicken könnte. Zwei Tage vergingen dann bekam ich Post. Meine Frau hielt mir einen rosa Umschlag hin, auf dem meine Adresse in silberner Glitzerschrift geschrieben stand. Die Punkte über den I´s waren kleine Herzchen und der Umschlag roch nach Chanel No. 25 oder sowas. Nachdem der Spott meiner Frau über mir verebbt war, ging ich in mein Büro und öffnete den Umschlag. Meine Frau hat einen irrsinnig schwarzen Humor und konnte Witze reißen, die anderen Leuten das Blut in den Adern gefrieren ließen.

Drei Kapseln waren darin. Drei? Ich konnte mich nur an zwei Wickiefiguren erinnern. Es lag noch eine Karte dabei auf der ein "Liebe Grüße" mit einem selbst gemachten Kussmund verziert war. "Heilige Scheiße" brummelte ich in mich hinein. "Die hat vielleicht einen Schaden."

Kapsel eins enthielt Ulme. Kapsel zwei den schrecklichen Sven. Kapsel drei ein zusammengeknülltes Stück Papier. Ich entfaltete es und erstarrte. Meine Gedanken sprachen aus, was ich nicht laut sagen wollte..

"Die hat mir ein Nacktfoto von sich geschickt."

Es war ein Foto von hinten aufgenommen. Ich ging online und loggte mich auf IKW ein.

- Sie haben eine neue Nachricht von Sandra -

"Jetzt bist Du an der Reihe. Freue mich schon auf Dein Foto."

Ich schluckte. Was sollte das? Ich glaubte ja immer noch an einen Scherz.

- Antworten -

"Das bist nicht Du. Da wette ich alles dagegen. Du bist wahrscheinlich so eine kleine Dicke mit Komplexen, die im Netz zum Männer fressenden Vamp wird."

Ich stand auf und sortierte die Figuren weg. Wieder ein Satz komplett. 10er Kiste zu und ab damit in den Schrank.

- Sie haben eine neue Nachricht von Sandra -

"Die Wette verlierst Du."

Etwas öffnete sich in der Textnachricht. Ich sah eine Frau in eindeutiger Pose vor einer Kamera sitzen. Ihre Beine waren gespreizt. Sie war nackt. Zwischen Ihren Beinen hielt sie ein Schild auf dem stand

"Hallo Stefan Sander...Wette verloren. LG Sandra aus Essen"

- Sie haben eine neue Nachricht von Sandra -

"Und jetzt? Also ich hätte gerne auch genauso ein Foto von Dir. Wettschulden sind Ehrenschulden."

Ich hatte aber keine Ehre im Moment.

Der Chat sprang auf.

- Sandra möchte mit Dir chatten - Oh Gott!

Der gebe ich es jetzt mal richtig.

"Sag mal, kann das sein, dass Du mich mit jemanden verwechselst?"

"Nein, ich glaube nicht. Ich kenne dich von der Ü-Ei-Börse im letzten Jahr. Du hast mir beim Kauf meines Negerkußschlumpfes geholfen."
Ich erinnerte mich. Das Gesicht hatte ich zwar vergessen, aber diese Sache nicht.
"Findest Du es nicht merkwürdig, fremden Männern Nacktfotos von Dir zu schicken."
"Du bist mir nicht fremd. Ich kenne Dich ganz genau. Du bist Steffen Sander, wohnst in der......".
Ich bekam Name, Adresse und Telefonnummer genannt.
"Und außerdem habe ich erst letzte Woche bei Dir im Hof gestanden."
"WAS?"
"Ja, ich wollte mal sehen, wie Du so wohnst."
Ich klickte auf das X oben rechts und beendete den Chat.
- Sie haben eine neue Nachricht von Sandra -
"Was ist los? Ich will Dir doch nichts böses...hihi... im Gegenteil."
- Sie haben sich ausgeloggt. -
Oha!.... Das musste sich jetzt erstmal setzen. Hatte der Schulfreund doch recht gehabt. Hätte ich die Mail doch an zehn Andere schicken sollen? War das der Anfang? Würde dann als nächstes meine Frau zu einem Mann werden?

Ich verbrachte meinen Tag wie immer und vergaß das schnell wieder. Das Foto aus der Kapsel landete im Mülleimer und ging auch mehrere Tage nicht mehr online. Nach drei Tagen klingelte abends mein Handy.
„Sander, hallo?" meldete ich mich.
Ich hörte ein Schniefen und Schluchzen am anderen Ende
„Hallo?"
„Warum machst Du das?" sagte eine weibliche Stimme.
„Ich werde hier noch ganz verrückt vor Sehnsucht."
„Hä?"

„Hier ist Sandra. Warum meldest Du dich nicht? Wie sollen wir den etwas zusammen aufbauen, wenn von Dir nichts kommt."

Ich riß den Kopf herum und suchte meine Frau. Im selben Moment fragte ich mich, warum ich das getan hatte. Ich war unschuldig. Sie war aber nicht da. Also kein Problem.

„Was soll das. Hören Sie auf mich anzurufen. Ich kenne Sie nicht und ich verzichte auch darauf das zu ändern."

Jetzt heulte Sie am anderen Ende.

„Hallo....ent...." Oh Gott, ich sagte das tatsächlich.

„Entschuldigung. Ich wollte nicht so hart sein."

Stille

„Es tut mir leid."

Stille

„Ok?"

„Ja"

Du findest jemand anderen.

„Nein, ich will nur Dich. Wann sehen wir uns? Ich könnte in einer halben Stunde bei Dir sein."

„In einer halben Stunde? Du wohnst doch in Essen?"

„Ich bin in Frankfurt. Wollte in deiner Nähe sein."

Ich fing zu zittern an. Das konnte doch nicht wahr sein.

„Hör mir mal jetzt genau zu. Ich bin verheiratet. Ich liebe meine Frau. Ich bin glücklich und möchte daran nichts verändern. Haben wir uns verstanden?"

„Ich könnte dich aber noch viel glücklicher machen."

„NEIN, DAS KÖNNTEST DU NICHT!"

Wieder heulen

„FAHR NACH HAUSE!!"

Ich legt auf. Dampfte vor mich hin, während ich an die Wand starrte.

„Alles in Ordnung?" Plötzlich war meine Frau hinter mir aufgetaucht. „Wieso hast Du gebrüllt?"

„Ach, das war nichts. Eine alte Oma, die falsch verbunden war."

„Aha." sie griente „Und wieso sollte die alte Oma nach

Hause fahren?"
Es klingelte an der Tür. Ich wurde kalkweiss. Meine Frau
ging und öffnete. Es war der Postbote. Das Adrenalin, das
mir in die Blutbahn fuhr, wäre vom olympischen Komitee
als Doping eingestuft worden.

Als ich online ging und mich bei IKW einloggte erschien
folgendes
- Sie haben 23 neue Nachrichten -
Ui..freute ich mich. Ganz viele Tauschangebote. Ich
öffnete mein Postfach und erstarrte schon zum zweiten
mal in dieser Woche. Alle 23 Nachrichten waren von
Sandra. Ich öffnete die oberste, da ich mir den Rest
darunter auch sparen konnte, da ich mir eh denken
konnte, was darin stand.
„Also, da Dir unsere Beziehung anscheinend egal ist,
werde ich folgendes tun.

Ich schicke deiner Frau eine schöne lange eMail in der
deine Säuseleien an mich stehen, damit sie mal sieht, wie
Du sie hintergehst. Außerdem hänge ich die Nacktfotos
an, die Du von mir haben wolltest.

Danach werde ich in allen Ü-Ei-Foren schreiben, was für
ein Schwein du bist und wie du mich auf der Börse
angemacht und dann abserviert hast."

Ok...ich war jetzt in Panik. Es passte alles. Wenn sie es
so drehte, dann würde ich am Ende wie ein Schwerenöter
da stehen und hätte keine Beweise dafür, dass es anders
war. Zu allem Überfluss kam im selben Moment eine SMS
von Sandra in der stand, dass ich doch bitte nicht mit Ihr
Schluss machen sollte, weil sich mich über alles lieben
würde und wir beide doch so eine schöne Zeit zusammen
hatten.

Drei Tage ging ich weder ins Netz, noch überhaupt irgendwohin. Ich fing die Post ab und war immer als erster an der Tür wenn es klingelte. Auf keinen Fall sollte meine Frau irgendetwas von dieser Sandra erfahren. Ich brauchte Zeit zum nachdenken. Sollte ich sie wegen Stalking anzeigen? Ja, das war eine gute Idee. Es bedeutete aber auch, dass ich es meiner Frau sagen müsste. Ich stand in meinem Büro und schaute auf die Karte mit dem Kussmund. Es war mir unbegreiflich, wie ein Mann wie ich, der eigentlich nicht weltbewegend gut aussah, eine Frau zu so etwas bringen konnte. Nach den Bildern zu urteilen war sie nicht einmal hässlich. Ich blickte an die Wand. Dort war unsere Ahnengallerie aufgehängt. Bilder von Opas und Omas, Eltern und Kindern. Geburtstagskarten und vieles mehr. Ich dachte darüber nach, was passieren würde, wenn das alles rauskommt und meine Frau ihr glauben würde. Wenn Sie.....Moment mal.

Ich ging auf die Wand zu und sah auf die Geburtstagskarte, die mir meine Frau letztes Jahr geschenkt hatte.

„Alles Liebe für Dich mein Schatz" stand darauf und darunter hatte sie einen Kussmund gemacht. Ich sah diesen kleinen Überbiss und traute meine Augen nicht. Ich riss Sandras Karte hoch und hielt sie neben die Geburtstagskarte. Der gleiche Überbiss. Die gleiche Farbe.

„Dieses Miststück!!!"

Das brauchte erstmal eine Weile. Ich machte mir ein Bier auf und legte die Beine auf den Schreibtisch. Die SMS war von einer unterdrückten Rufnummer gekommen. Genau wie der Anruf. Beide Karten in der Hand, grinste ich dämonisch, als in mir ein Plan reifte.

Ich ging an den PC und rief die Internetseite der Polizei in Hessen auf. Dort gab es die Möglichkeit eine Online

Strafanzeige zu stellen. Ich füllte das Formular vollständig aus und kopierte die Texte der IKW-Nachrichten ein. Danach druckte ich alles aus und löschte das Formular wieder. Den Ausdruck legte ich auf den Wohnzimmertisch an die Stelle, wo wir unsere Post hinlegen. Jeder in diesem Haushalt ging zuerst an diesen Tisch um zu sehen, ob Post gekommen war. Als ich die Garage hörte stellte ich meine Digitalkamera auf den Wohnzimmerschrank und drückte auf Video und auf Aufnahme. Wie zufällig zeigte das Objektiv auf den Tisch.

Beim Abendessen war sie sehr schweigsam und ging nach dem Essen gleich nach oben. Ich schnappte die Cam und verband sie mit dem PC, um mir den Film anzusehen. Ich sah, wie sie um die Ecke ins Wohnzimmer an den Tisch kam. Sie hob die beiden Blätter hoch und las sie. Dann ging ihre Hand an den Mund, wie bei jemanden der sich furchtbar erschreckt hatte. Ich genoss es dermaßen das zu sehen, dass ich erstmal zurück spulte, um es noch einmal anzusehen. Sie sah sich um. Dann setzte sie sich erstmal und stützte ihren Kopf mit den Händen. Sie dachte nach. Danach ging sie auf und ab. Sprach mit sich selbst. Es war köstlich. Ich beschloss zu warten, was jetzt passierte. Würde sie den Schneid haben es zuzugeben, oder würde ich eine Nachricht bekommen, dass „Sandra" mich ab jetzt in Ruhe lassen würde, weil Sie einen Farmer aus Australien kennen gelernt hatte, mit dem sie Schafe züchten wollte. Egal für was sie sich entscheiden würde, schon jetzt stand fest, dass dies das Highlight der Woche für mich sein würde.

Es vergingen zwei Tage.

Wir saßen beim Abendessen, als mich meine Frau plötzlich auf IKW ansprach.

„Ich hab gesehen, dass du dich bei IKW angemeldet hast."

„Ja, wollte Ü-Ei-Figuren tauschen. Das war der rosa Brief von neulich. Da waren Wickiefiguren drinne."

„Und, wie gefällt es dir so?"

„Ach ja...es geht so."

„Da gibt es aber sehr viele Fakenicks."

„Aha. Und was ist das?"

„Das sind so Mitglieder, die vorgeben wer zu sein, der sie nicht sind."

„Ist mir nicht aufgefallen."

„Doch doch. Das ist da ganz schlimm und man sollte nichts darauf geben, wenn man komische Mails bekommt. Einfach löschen. Irgendwann hören die auf."

Ich hörte das sie richtig Schiß hatte. Ihre Stimme zitterte. Ich legte meine Hand auf ihre und tätschelte sie.

„Ich pass schon auf. Wenn mir jemand dumm kommt, zeig ich ihn an. Da mache ich kurzen Prozess."

Ich sah sie an. Große........ unglaublich große Rehaugen sahen mich an.................Dann musste ich lachen.

„W..was ist?" fragte sie.

Ich konnte nicht aufhören. Ich lachte und lachte. Tränen rannen mir über das Gesicht. Ich bekam Krämpfe in den Backen. Mein Gesicht verwandelte sich in eine starre Maske. Rot erleuchtet und Nass. Dann hatte sie es geschnallt.

„Du Arsch!" schrie sie. „Woran hast du es gemerkt?"

Inzwischen lag ich auf dem Boden und lachte dort weiter. Die Luft blieb mir weg und ich machte mir langsam Sorgen um meine Gesundheit. Aber ich konnte nicht aufhören. Grunzend hielt ich die beiden Karten hoch, die ich seit zwei Tagen in meiner Tasche für diesen Augenblick aufbewahrte. Mein Beweisstück. Sie sah die beiden Kussmünder und schlug auf den Tisch.

„Mist. Ich war so stolz auf mich, dass ich am Telefon spontan heulen konnte."

Meine Blicke trafen sie.

„Wie hast Du das mit dem Foto gemacht."

„Aus dem Internet und dann mit meinem Bildprogramm das Schild geändert." lächelte sie.

„Die Anzeige bei der Polizei war nur ausgedruckt. Ich hab sie nicht abgesandt."

„Ich weiß. Ich hab dort angerufen."

„Touche, Madame"

Fazit: Liebe Ehemänner. Wer eine Frau wie diese hat, braucht keine Feinde mehr.

Der Lebenswunsch

"Nicht so doll, Torben!"
"Ach was...halt still."
"Hey, wie redest du mit mir?"
"Lisa, halt jetzt die Klappe und halt einfach still."
Lisa stützte sich an der Schrankwand ab. Torbens
Gewicht ließ ihr keinen großen Bewegungsspielraum
mehr. Sie musste es so hinnehmen. Keuchend wippte er
über ihrem Gesicht. Die Anstrengung konnte man in
seinem Gesicht sehen. Speichel sammelte sich in seinen
Mundwinkeln und droht heraus zu tropfen, als er endlich
mit einem lauten Stöhnen fertig wurde.
"So, jetzt ist sie drinnen." stolz betrachtete er sein Werk.
Lisa krabbelte unter ihm heraus, wo sie die Seitenwände
des neuen Schranks gehalten hatte, als Torben die letzten
Schrauben festgezogen hatte.
 "Wenn du noch mal so mit mir redest, dann zieh ich beim
nächsten Mal mein Knie hoch."
"Ohhhh, nicht weinen, kleine Prinzessin. Es ist dein
Schrank für deine hundertfünfzig Schuhe, Hosen und
Kleidchen....."
"Die dir allesamt gut gefallen."
"Ja, besonders wenn du sie ausziehst."
"Soll ich dieses hier ausziehen?"
"Hmm...das kommt drauf an?"
"Auf was?"
"Heute morgen warst du so zwiebelig."
"Na und? Ich hatte halt mal schlechte Laune."
"Ja, das stimmt schon, aber wenn man Zwiebeln schält,
ist das was übrig bleibt meistens zum heulen."
"Ohhh...du Schwein!"
 Lisa warf einen Schuh auf Torben, der sich lachend in
Sicherheit brachte. Sie warf sich auf ihn und wild
knutschend brachen sie auf dem Bett zusammen und sie
ließ neben ihren Hemmungen nun doch ihr Kleid fallen.

"Fühlt es sich gut an?" fragte sie seufzend.
"Oh Gott, hör auf so zu reden......"
"Du bist so leicht zu manipulieren, Torben Maurer......wie alle Männer." kicherte sie.
"Nein, wir tun nur so, damit ihr genau das macht, was wir wollen. Ihr denkt nur, ihr könntet uns manipulieren."
Es war egal wie es war...zumindest im Moment.

Später stand er auf und ging ins Wohnzimmer. Die Wasserflasche stand auf dem Tisch und er nahm mehrere, tiefe Schlucke daraus. Im TV, das in diesem Haus eigentlich immer lief, kam gerade eine Reportage über Mexiko City und seine Tequila-Bars. Sehr interessant, zumal Lisa und er im Sommer dort Urlaub gemacht hatten. Der Sprecher hielt eine grüne Flasche in die Sonne und zeigte so den kleinen Wurm, der darin schwamm, während er ausführlich erklärte, was es mit diesem Brauch auf sich hatte.
"Lisa!"
 Die Flasche erkannte er sofort. Es war die gleiche Sorte, die Sie aus dem Urlaub mitgebracht hatten und die jetzt, inzwischen fast leer, im Barfach stand.
"Lisa!"
Torben ging zu dem Schrank und öffnete die Klapptür. Der Tequila stand ganz vorne. Nur noch etwas mehr als der Boden war bedeckt. Der Wurm schwappte darin herum wie ein Fremdkörper.

>>In den Überlieferungen steht, dass jedes Jahr ein Wurm dabei ist, dem ein Zauber innewohnt, der von dem Besitz ergreift, der ihn hinunterschluckt.<<

Klang es aus den Fernsehboxen.
"Glaubst du das?" ertönte Lisas Stimme hinter ihm.
"Keine Ahnung. Du?"

Der Sprecher erzählte unterdessen weiter.

>>Es heißt, dass dieser eine Wurm einen den größten jemals geträumten Traum erfüllt.<<

"Nee...das ist bestimmt ein Märchen, um mehr Flaschen zu verkaufen."
"Willst du es ausprobieren?"
"Ja....du trinkst ihn und ich schaue, was passiert." lachte sie. "Außerdem gilt man in Mexiko als ganz harter Hund, wenn man den Wurm mittrinkt."
"He he..." grinste Torben und goss die Gläser voll. Der Wurm glitt platschend in eines davon und etwas von der braunen Flüssigkeit schwappte über.
"Hast du Orangen?" fragte Lisa
"Hast du nicht eben was von harten Kerlen gesagt?"
"Ok...ich hab den Wurm ja nicht."
Sie legten an und schluckten alles in einem Zug hinunter. Ekel überkam ihn, doch jetzt konnte er sich keine Blöße mehr geben. Mit einem Ruck kippte er den Inhalt in seinen Mund und machte den Fehler, den Rachen nicht gleich zu öffnen. So spürte er den Wurm in seiner Mundhöhle hin und her hüpfen. Er prallte gegen die Zähne und landete schwer auf der Zunge. Den ersten Würgereiz unterdrückte Torben noch, doch dann musste er husten. Lisas Augen wurden immer größer, während sein Kopf rot wurde, weil er hustete und gleichzeitig die Lippen zusammenpresste.

Was Torben nicht sah war, dass der Wurm in seinem Mund soeben die Augen geöffnet hatte. Dann endlich schluckte er und der Wurm flutschte seine Kehle hinab und besiegelte sein Schicksal.

2

"Platsch!"

"Aaaaachhh....ja.! Endlich hat dieser Trottel die Flasche leer gemacht. Ich hab schon gedacht ich steh die nächsten hundert Jahre bei dem in der Vitrine. So, was haben wir denn hier?"

Bis zur Körpermitte stand der Wurm im Magensaft und schaute sich um. Vor ihm trieb gerade ein Stück halb verdaute Pizza vorbei. Peperoni-Pizza...

"Na also! Geschmack hat er wenigstens. Wenns auch nicht so zu dem Sahnepudding und den Cocktailgürkchen passt. Bah, da wird einem ja kotzübel."

Er hob den Kopf zur Speiseröhre und brüllte

"Wie kann man nur soviel Scheiße fressen?"

Torben blieb wie angewurzelt stehen.

"Hast du was gesagt?" fragte er Lisa.

"Nein du hast was gesagt, oder?"

"Ich hab nichts gesagt."

"Aber ich hab doch eine Stimme gehört."

"Ich auch." sagte Torben

"Und wer hat dann gesprochen?"

"Na ich, Chicano, so taub kannst selbst du nicht sein."

Torben riss die Augen auf und rannte durch den Flur ins Badezimmer. Hatte er das eben richtig gehört. Kam die Stimme aus seinem Bauch? Hatte Lisa was gemerkt?

"Wer bist du denn?"

"Bist du schwer von Begriff. Ich bin der Zauberwurm..haha. Ich bin der Flaschengeist. Und jetzt vamolos Muchacho, ich hab keine Zeit zu verlieren."

"Äh...warte, was meinst du?"

"Na ich muss dich verwandeln, Gringo. Wir machen Party."

"Warte...nein, wie ist..." Torben kam sich saublöd vor, dass seinen Bauch zu fragen. "Wie ist dein Name?"

"Nenn mich El Loco. Warte mal. Ist ein bisschen eng hier in deinem Bauch, ich muss mal eben in deinem Kopf nach

deinem Wunsch....... Was?.....Oh, Gringo du hast ein echtes Problem mit dir selbst. So etwas verrücktes ist mir noch nie passiert und ich mach das schon ein paar tausend Jahre. Na gut. Rück mal ein Stück zur Seite." Es rumpelte in Torbens Bauch und er bekam fast augenblicklich ein unerwartetes Völlegefühl.
"Eiiiiiii....meine Blase." rief Torben "...Das ist meine Blaseeeeeeeeeiiii...............na toll."

3
Lisa, die das plötzliche Verschwinden ihres Freundes erst gar nicht gemerkt hatte, kam durch den Flur zum Badezimmer. Sie hatten erst letzte Woche renoviert. Apricotfarbene Tapeten. Die Wände hingen voller selbst gemalter Bilder. Das war eines von Lisa´s Hobby´s.
"Torben, alles klar?"
"Jaja...äh..kannst du mir ne Unterhose bringen?"
"Duschst du?"
"Jaha!"
"Warte, ich komme auch."
"Nein nein, ich will nicht. Bring mir bitte nur die Hose und...und leg sie vor die Tür. Danke."
"Ok...Ich hätte dich schon nicht gebissen."
Sie ging zurück ins Schlafzimmer, und suchte Torben einen neckischen Tanga aus der Komode, als sie den Schrei hörte.
"AHAHAHAAAAAAA....Du verdammter Sauhund."

4
Torben sah sich im Spiegel an. Sein Gesicht wirkte schwammig, so als ob sich das Fleisch von den Knochen löste und lose am Kopf herum schwabbelte. Außerdem hatte er das Gefühl das seine Haut einen leichten Blaustich bekam.

"Was machst du da mit mir?"

"Ey...Gringo. Ich gebe hier mein Bestes. Du solltest dir Gedanken darüber machen, wie du das deiner süßen Freundin erklärst. Das ist ja schon pervers, was du für Wünsche hast."

"Von was redest du da?"

"Ui...warte mal. Ich muss hier eben mal Platz schaffen." Mit einem Ruck wölbte sich Torbens Bauch gefährlich aus. Die Hose, die er noch halb an hatte, platze augenblicklich und die Knöpfe seines Hemdes flogen klackernd durch das Bad. Ein dicker Bauch quoll unter seinem T-Shirt heraus. Er war blau.

"Oh mein Gott.....!"

"Danke, mein Freund. El Loco reicht völlig und jetzt entspann Dich. Schließlich gehen gerade deine größten Wünsche in Erfüllung."

Torben sah an sich herunter. Der neue Bauch überdeckte den Rest seines Körpers. Nicht einmal seine Füße konnte er sehen. Er beugte sich nach vorne, um über dessen Rand zu sehen. Als er seine Füße etwas vor schob damit er sie sehen konnte, erstarrte er.

"Wo sind sie hin?"

"Wer?"

"Mein FÜSSE, WO SIND MEINE VERDAMMTEN FÜSSE?"

"Schatz?" hörte er seine Freundin "Alles in Ordnung?"

"Ja....ja...Es ist alles OK! Komm nicht rein. Ich hab nichts an.....oder so."

"Oh, du bist ein schwieriger Kandidat." sprach die Stimme aus seinem Bauch. Und krank, Mann. Das ist echt krank."

"Was, zum Geier....Ich hab mir nicht gewünscht so auszusehen."

"Na doch. Ich täusche mich nie. Du wolltest DAS sein. Sieh in den Spiegel, vielleicht kommt's dir dann."

Torben sah hoch. Eine ganze Weile sagte er nichts. Er sah nur in den Spiegel. Sah an sich hinunter und wieder in den Spiegel. Dort zeigte sich ein surreales Bild. Torbens Ohren waren zu riesigen Tellern gewachsen. Er spürte, dass sie voll beweglich waren. Früher konnte er nicht mal mit den Ohren wackeln und jetzt? Statt in Panik auszubrechen, stand er da und machte alle möglichen komischen Figuren mit seinem Ohren. Sein Kopf war zwischen diesen Riesendingern und er fuchtelte damit wild herum. Er hätte wohl noch eine ganze Weile damit weitergemacht, wäre nicht plötzlich seine Nase explosionsartig in die Länge geschossen. Feine Haare wuchsen sofort auf der Oberseite und die Haut darauf wurde blau.

"Na Chsssuper!" näselte er, während die Nase immer weiter wuchs und ihm irgendwann gegen die Brust schlug. Er, ein......ein... blauer Elefant? Das Ding da im Spiegel hatte er noch nie gesehen. Wie konnte das sein größter Wunsch sein?

"Was bin ich jetzt?" fragte er. Der Unterton seiner Stimme schwankte zwischen Verzweiflung und Selbstaufgabe. Schwarze Knopfaugen, kurze Stummelstoßzähne und riesige Ohren. Auf jedem seiner vier Elefantenfüße war ein grünes Glückskleeblatt zu sehen. Er sah aus wie eine Cartoonfigur aus einem Kinderfilm

"Oh Scheiße, was mach ich jetzt?"

"Naja...dein Wunsch wird solange bestehen, bis ich dir am Ende die Frage stelle, ob du weiter so leben willst, oder ob du wieder in dein altes Leben zurück möchtest. Also.... Lebe deinen Traum. Wer weiß, vielleicht gefällt es dir am Ende so gut, dass du gar nicht mehr aufhören willst."

"ICH HABE MIR DIESEN SCHEIßTRAUM ABER NICHT GEWÜNSCHT! Hier liegt eine Verwechslung vor."

"Nein, bestimmt nicht. Das war so in deinem Kopf."

"Was regst du dich so auf. Es ist doch deine Fantasie, die gerade wahr wird. Mir ist das auch verdammt peinlich."

"Ein Elefant? Ich wollte schon immer ein Elefant sein? Ist das dein Ernst?"

"Hey...ich such mir das nicht aus. Ich wollte nur aus der dämlichen Flasche raus. Den Rest kann ich nicht beeinflussen."

"Mist!"

Es klopfte an der Tür

"Torben? Warum fluchst du denn so."

"Ei Schätzchen, wackel doch mal mit deinem hübschen Arsch in die Küche und mach mir ne Margherita."

"TORBEN, sag mal hast du sie noch Alle?"

"Halt den Mund du blöder Schnapskringel. Willst du, dass sie mich umbringt?" flüsterte Torben in sich hinein und dann wieder lauter. "Es tut mir leid, Schnecke. Ich hab nur einen Scherz gemacht. Sollte witzig sein."

"Ha ha ha...selten so gelacht, du Armleuchter."

Er seuftzte

"Gut...dann bleib ich einfach die paar Tage hier im Bad.....Aber es ist komisch."

"Was ist komisch?"

"Ich fühle mich irgendwie so...so...glücklich."

Torben sprang auf und schaute noch einmal in den Spiegel und lächelte. Seine kleinen Stoßzähne machten die Bewegung mit und es sah absolut dämlich aus.

"Ich muss irgendwohin, wo mich keiner sieht. Nur bis das wieder weg ist."

Torben sah sich im Spiegel an. El Loco hatte ganze Arbeit geleistet und ihn zu einem 350 kg schweren Monstrum verwandelt. Blau mit Rüssel und ohne Hals.

"Ey..Muchacho. Du brauchst noch Hosen."

„Ich will aber keine Hosen. Ich will einfach hier warten, bis du wieder weg bist."

"Willst du mir wirklich den Spaß verderben. Man, ich war über 200 Jahre weg vom Fenster und jetzt soll ich irgendwo im Dunkeln warten, bis du mich wieder raus gedrückt hast? Na vielen Dank. Das hat man davon, wenn man anderen seine Träume erfüllt."

"Ok...."schrie Torben "Dann....komm halt jetzt raus."

Er begann sich im Kreis zu drehen, so als ob er einen Eingang in seinen Bauch suchte.

"Ich werde mir jetzt den Finger in den Hals stecken und dich wieder ausspucken. Pass auf!"

Torben versuchte sich einen seiner Elefantenfüße in das Maul zu stecken, doch der Fuß passte nicht rein. Er begann wie von Sinnen auf seinen Bauch einzutrommeln. Das Hängeregal fiel von der Wand. Eine Kachel platze bevor Torben letzten Endes auf die Badewanne stürzte, die darauf bedrohlich knackte. Fassungslos stieg er wieder heraus, ließ sich auf die Toilettenschüssel nieder und schlug die Beinstümpfe vors Gesicht. Wie sollte er das Lisa erklären? Mit einem lauten Schlag platzte die Kloschüssel und Torben knallte mit dem Hintern mitten in die Splitter.

"Mach dir nichts draus, vor ein paar Jahren hatte ich mal einen, der zu einem echten Esel wurde. Der konnte danach nicht einmal mit jemanden drüber reden. Die Esel verstanden ihn nicht und seine Frau auch nicht."

"Ich bin froh mal wieder draußen zu sein. Was gibt es neues? Ist der Krieg vorbei?"

"Was für ein Krieg?" antwortete Torben frustriert den riesigen Kopf auf seine Vorderfüße gestützt.

"Na der Krieg bei euch Cowboys. Nord gegen Süd. Befreiung der Sklaven und Gettysburg."

"Diesen Krieg meinst du? Der ist schon über 100 Jahre vorbei. Wir haben 2008 und außerdem bist du in Europa und nicht in Amerika."

"2008 schon? Oh Man. Wie war das Millenium? Hat der alte Lutz was angestellt?"

"Wer ist Lutz?"

"Na der Rote....der Teufel. Der war schon immer der Ehrgeizigste von uns allen."

"Luzifer? Oh Gott, wo bin ich hier nur reingeraten?" schluchzte Torben.

"So und jetzt gehen wir das machen, was du schon immer

machen wolltest. Man das wird peinlich."

Torben sprang auf und begann wild zu hüpfen. Er wollte noch einmal versuchen den Wurm aus sich herauszudrücken und wieder normal sein. Das komische war, dass ihm das Hüpfen jetzt unglaublichen Spaß machte. Irgendetwas passierte mit seinem Kopf. Plötzlich fand er die rosa Kacheln, die Lisa ausgesucht hatte schön. Er hüpfte weiter. Er musste dieses Vieh loswerden. Lisa war gerade auf dem Weg ins Wohnzimmer, als sie das laute Poltern im Bad hörte.

"Torben?"

Sie rannte durch den Flur zurück zur Badezimmertür. Dahinter hörte sie ein stetiges Pollern, so als ob jemand einen großen und schweren Gummiball immer wieder aufdotzen würde.

"Torben, was ist los? Was machst du da?"

Mit einem lauten Knall brach die Tür aus den Angeln und begrub die zierliche Lisa unter sich. Etwas Großes viel über sie und landete mit einem gigantischen Trompetenlaut hinter ihr im Flur. Sie verharrte bewegungslos unter der Tür. Erst als einige Sekunden vergangen waren und der Staub nicht mehr in Ihrer Nase kitzelte schob sie die Tür von sich.

"Warte!"

Sie verharrte.

"Was ist? Fällt mir noch die Decke auf den Kopf, oder bist du fertig?"

"Liebst du mich?"

"Torben!"

"Sag es!"

"Ja, ich liebe dich." Sie kämpfte sich unter der Tür hervor und lag jetzt mit dem Rücken zu ihm auf dem Boden.

"Auch, wenn ich anders wäre als sonst?"

"Du bist schon anders als alles, was ich kenne, Torben."

"NICHT UMDREHEN!"

"Ach Menno, was soll denn das? Man meint gerade du

hättest dich in ein Mons....."

Sie drehte sich um und sah ihn.

>>Stille<<

Torben kullerte eine Träne aus den Knopfaugen. Sie war geschockt, das sah er. Dann reagierte sie mit einem völlig unnatürlichen Laut, wie ihn Frauen immer dann ausstoßen, wenn sie was ganz Tolles sehen.

"AAAIIIIIIIIIIIIIIIIIIIIIIIIIIIII"

"Duuuuuuu bist es.....ach ist das ssssüüüüüüüiiiiiiiiiissssssss. Wie du mich liebst.

"Hä?" Torben verstand gar nichts.

"Danny.....ja...du bist Danny Dauerschauer...Oh mein Gott. Wie geil ist das den? Dannnyyyyyyyyy......."

Lisa stürmte auf ihn zu und sprang ihn an. Sie schlang die Arme um den dicken Kopf und knutschte ihn ab.

"Oh wie habe ich mir das gewünscht. Das war mein größter Kindheitstraum."

"Was? Das hier war dein Traum?"

"Jaaaaaaa. Als Kind wollte ich immer, dass Danny Dauerschauer, seine Freunde, Sammy Speed und Arnold Angsthase meine Freunde sind. Das sind Figuren aus dem Ü-Ei, die mir meine Mama immer mitgebracht hat. Ich hab die auch hier noch irgendwo. Ich hab mir dann immer vorgestellt, dass die dann Glück bringen, wenn sie dich berühren. Mit solchen Glückskleeblättern auf den Pfoten."

Lisa rannte durch den Flur ins Schlafzimmer, wo sie so einen uralten grünen Koffer hatte, in dem sie Sachen aus ihrer Kindheit aufbewahrte und kam mit einem Plastikkasten zurück. Sie setzte sich neben Torben und macht ihn auf. Torben hielt die Luft an. Er sah genauso aus, wie die Figuren in der Kiste. Er war ein Funny Fant....und er verstand.

"Es ist der Wurm."

"Jaa..." japste sie „Der Tequila-Wurm"

"Ja. Das mit dem größten Wunsch stimmt."

"Aber du hast den Wurm doch getrunken."

"Ja...und ich glaub, ich verstehe es jetzt."

Sie sah ihn verträumt an und dann grinste sie breit, so dass man alle Zähne sah.

"Ich auch." liebelte sie ihn an. „Dein größter Wunsch ist, mir meinen größten Wunsch zu erfüllen und mein bis dato größter Wunsch in meinem Leben war der aus meiner Kindheit. Torben, ich liebe dich. Du bist das Beste, was mir je passiert ist."

"Ich hab keinen Pullermann mehr. Ich hab zugesehen, wie er in meinem Körper verschwand. Er wurde einfach so aufgesaugt und verschwand mit so einem kleinen Ploppgeräusch."

"Ach Schatz, das ist doch nicht so schlimm. Zeig mir deine Hände."

Er hob seine Beinstümpfe

"Lisa legte die Hand auf die Stelle, wo das Glückskleeblatt war und in dem Moment, wo sie es berührte, spürte Torben einen Ruck durch seinen Körper gehen und die Fläche mit dem Klee begann zu leuchten. Er sah, wie sie lächelte. Sie schien vollkommen glücklich zu sein. Es leuchtete, dort, wo das Kleeblatt ihre Hand berührte.

„Es funktioniert!" stellte sie fest. "Und du riechst nach Erdbeeren." Sie guckte ihn verliebt von unten an.

Zwei Stunden saßen die Beiden im Flur der Wohnung und Lisa konnte gar nicht von ihm ablassen. Irgendwann meldete sich der Wurm.

"Na, hab ich es nicht gesagt? Alles wird gut."

Torben lächelte. Er war so happy und vor allem war er so....so...unternehmungslustig. Er musste raus hier.

"Lisa!"

Sie schrak hoch.

"Ja?"

"Ich muss raus hier! Ich möchte die Menschen fröhlich machen."

"Was? Das geht nicht? Guck mal, wie du aussiehst."

"Ich brauche Kleider, das ist alles."

"Aha!"

"Was Aha?"

"'Ok? Ich glaube zu sehen, wie du im Kaufhaus stehst.....so ganz blau und dick und versuchst dem hinter seiner Kasse gekauerten Verkäufer auf elefantisch zu erklären, was du für Hosen brauchst. Könnte interessant werden. Lass uns gehen?"

Torben sah an sich herunter.

"Ach was. Ich brauch gar keine Klamotten. Ich sehe wie eine Comicfigur aus."

"Stimmt ..... und jetzt lass dich nochmal kuscheln, du kleine dicke Ü-Ei-Figur."

Torben verdrehte die Augen....und lachte. Seine Glücksklee leuchtete wieder, als er Lisa berührte. Nach weiteren 30 Minuten machten sie sich auf den Weg. Torben wollte raus. Er wollte die Menschen happy machen. Wollte sein Glück verströmen. Lisa ging voran. Torben, der sich nicht sicher war, wie er auf die Menschen draussen wirkte, ging hinter ihr. Natürlich drehten sich alle Köpfe nach ihnen um. Torben lief, überschwenglich Glück und Liebe verströmend, auf sie zu. Doch statt sich darüber zu freuen, liefen sie vor ihm davon.

"Hey...ich will doch nur, dass ihr alle glücklich seit! Darf ich sie mal glücklich machen?"

"Ja, hauen sie ab, das macht mich glücklich." rief ihm einer zu.

"Lass uns in die City fahren." schlug Lisa vor.

Sie enterten die B-Ebene unter dem Hauptbahnhof und stiegen in die S-Bahn. Eigentlich lief alles super, wenn man davon absah, dass sie dreiviertel des Abteils für sich hatten, während sich im anderen Teil die Fahrgäste zusammengedrückt hatten und ängstlich in ihre Richtung starrten. Der ständig redende Wurm in Torben machte die Situation auch nicht besser.

"Als ich damals, so vor 130 Jahren, im Krieg Nord gegen

Süd gerade in einem Sklavenbefreier unterwegs war, da waren wir auch in so einem Zug wie diesem hier. Der entgleiste alle naselang, weil wir drei Elefanten an Bord hatten, die wir aus einem Wanderzirkus befreit hatten, wo es ihre Aufgabe war schwarze Sklaven mit ihren Beinen zu zerquetschen. Viele Tote gab es damals, sag ich euch. Entweder von den Elefanten beim entgleisen zerdrückt, oder einfach aus dem Zug gefallen und dann von den Yankees erschossen."

Bei jeder Weiche hörten sie ab da panikartige Ausrufe aus der Ecke mit den anderen Fahrgästen.

"Ich glaube, wenn du jetzt aufstehst, rüber gehst und denen sagst, dass du ihre Fahrkarten kontrollieren möchtest, bricht hier eine Massenpanik aus, Torben." kicherte Lisa.

Angekommen in der City fiel Torben mehr die Rolltreppe nach oben, als er sie ging. Lisa stütze ihn mit beiden Händen von hinten. Links rechts und vor ihnen sprangen die Menschen in alle Richtungen davon. Doch nicht alle waren so. Man muss aber dazu sagen, dass Fanty sich bei eigentlich allem extrem blöd anstellte, weil er sich einfach noch nicht an seinen neuen Körper gewöhnt hatte. Er ging zu einer der Bänke, die in Metallfassungen rund um einen kleinen Baum eingelassen waren und überall auf der Fußgängerzone standen. Davor hatte ein Hund seinen Haufen gelassen. Torben sah ihn nicht und trat mit den Vorderbeinen mitten hinein. Im selben Moment kam ein Passant vorbei und Torben fragte ihn, ob er ihn vielleicht etwas Glück bringen dürfte.

"Gerne!" lachte der ihn an. Torben freute sich diebisch und begann ganz aufgeregt zu kichern.

"Torben, du hast....." Lisa rief nach ihm, doch er unterbrach sie sofort.

"Warte Lisa, gleich."

"Torben, bitte tu das jetzt nicht."

Zu spät Torben lächelte den Mann glückselig an und

presste ihm mit seinen Glückskleefüssen die Hundescheisse auf die Hand. Als nichts leuchtete sah er runter.

"Oh....!"

Eine für einen Elefanten elegante Drehung zu Lisa beendete die Kommunikation zwischen ihm und dem Mann. Er ging zu Lisa, schnell genug, um gut weg zu kommen, aber langsam genug, um nicht aufzufallen.

"So eine verfluchte Schei...." hörte er den Passanten hinter sich.

Lisa lachte sich halb kaputt, bemerkte dabei aber nicht, wie einige Fußgänger bereits zu ihren Handy griffen. Sie gingen weiter. "Darf ich sie glücklich machen?" sprach er die nächste junge Frau an.

Sie schaute zu ihm hinauf und lächelte.

"Du bist ein Funny Fant!" stellte sie fest und fing sich sofort einen eifersüchtigen Blick von Lisa ein. "Ich kenne dich aus meiner Kindheit."

"Jaaaaaa, du kennst mich...endlich! Wie ist dein Name?"

"Ich heiße Yasmin."

Torben wollte ihr gerade glücklich lächelnd seine Pfoten aufdrücken, als aus ihm heraus eine Stimme kam.

"Vorsicht Baby, der hat Scheiße an den Pfoten und noch etwas. Pass auf, wenn du da hinten an dem Eiswagen vorbeigehst. Du könntest dort alles zum schmelzen bringen, so heiß wie du bist."

<<<<KLATSCH>>>>

"Au!" sagte Torben.

"Hey Schnecke! Lass und doch mal zusammen zwanzig oder dreißig Tequila trinken gehen." sagte El-Loco.

"Arschloch!" sagte Yasmin.

"Verdammt noch mal. Halt jetzt den Rand! Du machst alles.....Ach!.....Du machst alles kaputt. Hör jetzt einfach auf damit." rief Torben unglücklich und hörte auf die Leute anzusprechen. Stattdessen gingen Sie auf und ab und überlegten, wie er seinem unbändigen Wunsch etwas

Glück in die Welt zu tragen gerecht werden könnte.
Wenige Minuten später tauchten zwei Polizeibeamte auf
und aufgeregte Menschen führten sie.
"Ich glaube, wir sollten jetzt gehen." sagte Lisa.
"Warum wollen die Menschen den nicht fröhlich sein?"
Die Beamten kamen auf sie zu.
"Entschuldigen sie bitte. Ist das ihr Elefant?"
"Nein, ich kann schon ganz gut auf mich alleine
aufpassen." sagte Torben und versetzte die beiden
Männer fast in Panik..
"D..D..Der spricht ja!"
"Ach!" sagte Lisa
"Darf ich sie glücklich machen?" fragte er.
"Sie dürfen hier stehen bleiben. Sie sind festgenommen.
Mein Kollege ruft jetzt die städtischen Tierfänger und
dann geht es ab in die Auffangstation, wo wir erstmal
sehen, welche Krankheiten sie so haben, mein Freund.
Sie belästigen Passanten in dieser Fußgängerzone und
außerdem haben sie - er nickte zu Lisa - offensichtlich
keine Genehmigung sich mit einem wilden Tier hier
aufzuhalten."
"Wildes Tier? Er ist blau, hat Glücksklee auf den Pfoten
und spricht. Wie wild finden sie das?" fragte Lisa
"Sie machen sich gar keine Vorstellungen darüber, wie
wild ich das finde." erwiderte der Beamte. "Sie bleiben
hier stehen."
Er drehte sich weg und ging ein paar Schritte, um dann
sein Funkgerät herauszuholen.
"Los...hauen wir ab." stieß Torben Lisa an.
Die beiden nahmen die Beine in die Hand und rannten
unter lauten Getöse der stehen gebliebenen Leute in eine
Seitengasse. Torbens Rüssel flog beim weglaufen
unkontrolliert vor seinem Gesicht herum. Von hinten sah
das aus, als wäre er nicht richtig am Kopf festgemacht.
Unter diesen Umständen war ein Entkommen zu
schwierig. Der Polizist hatte nicht gleich verstanden, was

passiert war und ehe er die Verfolgung aufgenommen hatte, waren sie schon um die Ecke. Sie mussten einen Weg wählen, wo ihnen keiner so schnell folgen konnte.

"Hier rein." Lisa zog Torben am Rüssel in ein Geschäft.

"Ach du Scheiße!"

Es war ein Porzellanladen. Die Verkäuferin hielt den Atem an. Ein gehauchtes "Nein, bitte nicht." war alles, was sie noch hervorbringen konnte, bevor sich die Beiden in Bewegung setzten. Torben stieg auf die Hinterbeine und begann wie eine Ballerina um die Glaskästen herum zu hüpfen. Dabei nahm er alles mit, was ging. Es schepperte und klirrte wo er auch entlang sprang. Einmal quer durch den Laden zog sich danach eine Spur der Verwüstung.

"Na, das ging ja nochmal gut." sagte er zu der Verkäuferin, die ihn anstarrte wie einen Außerirdischen. Er drückte ihr seine Glückskleepfoten mit der Hundescheisse einmal kräftig auf die Backen. Es leuchtet kurz und dann lächelte die Frau.

"Na also, es geht doch...haha."

Durch den Laden ging es zu einer Hintertür. Dort warteten keine Passanten und sie konnten ungehindert aus der Stadtmitte flüchten. Natürlich wussten sie, dass jetzt alle nach ihnen suchen würden. Polizeisirenen waren überall zu hören.

"Lass uns nach Hause gehen." sagte er ängstlich.

"Ok, aber wie? Sobald wir in eine S-Bahn gehen, werden sie uns an der nächsten Station erwarten. Gehen wir zu Fuß, sehen uns auch alle."

"Ja, aber da ist es nicht so schlimm, wie in der S-Bahn. Wir nehmen einen Weg durch die Wohnsiedlungen. Dort ist es nicht so voll wie hier."

Sie gingen abseits der Hauptstraßen durch die Gassen in Richtung der Wohngebiete. Es waren hier wirklich weniger Leute auf der Straße. Dennoch hörten sie bereits nach kurzer Zeit die Sirenen näher kommen und dazu gesellte sich das Rattern eines Hubschraubers.

Urplötzlich sprang ein Mann mit einem Gewehr aus einer Einfahrt.

"Stehenbleiben! Veterinäramt...keine Bewegung. Gehen sie weg von dem Tier."

Torben und Lisa reagierten blitzschnell, so gut das überhaupt ging, und sprangen in die nächste Hecke. Dann rannten sie einen Hügel hinunter auf einen Spielplatz.

"Da hoch!" rief sie ihm zu und beide liefen eine Rampe hoch auf ein Holzgerüst, dass einen Turm an seiner Spitze hatte. Lisa war schon drin, als Torben dazu kam. Sofort merkten beide, dass der Platz nicht ausreichen würde, um ihn auch in den Turm zu lassen. Außerdem knarrte das Gerüst verdächtig.

"Mach dich leicht und halte still." flüsterte sie ihm zu. Eine Baumkrone verdeckte den Turm, so dass der Veterinärmann sie von unten nicht sehen konnte. Torben bewegte sich nicht. Oder besser er versuchte es. Er stand auf so einer Wackeltreppe, deren Balken an Ketten hingen. Zum einen war er viel zu schwer dafür, was dazu führte, dass es die Ketten aus den Ösen trieb und zum anderen knackten die beiden Querbalken über ihm verdächtig unter seinem Gewicht.

"Ich muss weg hier." flüsterte er. "Alles kracht zusaahaahaaaaaaaameeen....."

Mit lautem Knacken brach der erste Balken über ihm und mit dem nächsten Ruck der Zweite gleich mit. Torben hielt sich erst fest, merkte aber dann, dass er abstürzen würde. Er sprang.

"Ich bin wie Dumbo!" rief er und breitete seine Ohren aus. "Ich kann fliiiiiegen!"

Eine Sandwolke hüllte ihn ein, als er unten aufschlug.

"Au!"

"Ist alles in Ordnung?"

"Au!"

"Komm weiter, er hat uns gesehen."

Sie rannten los

"Warum humpelst du?"

"Ich glaub, ich hab mir den Rüssel verstaucht."

"Ja...und warum humpelst du dann?"

"Ähhh...keine Ahnung. Ich hatte das Gefühl bei so einer Verletzung humpeln zu müssen."

Sie rannten als wäre der Teufel hinter ihnen her, doch die Sirenen blieben immer nah bei ihnen.

"Wir schaffen es nicht. Verdammt, wir schaffen es nicht."

"Lisa, lass uns da rein gehen."

Torben deutete auf ein Schild

<< Lieferanteneingang - Stadtzoo >>

"In den Zoo?"

"Ich bin ein Elefant, schon vergessen?"

"Stimmt auch wieder."

Lisa ging zu dem Tor und prüfte das Tor. Es war zugesperrt.

"Wir müssen klettern. Kriegst du das hin?"

"Hey, bin ich Danny oder wer?"

Lisa klettere flux über das mannshohe Eisengatter. Dann kam Torben.

"Uff!"

Mit dem Rüssel packte er die Zinne, die mittig am Torbogen angebracht war und zog sich daran hoch. Sein rechtes Hinterbein klemmte er über den Torrand und versuchte sein Gewicht über das Tor zu wuchten. Langsam....sehr langsam zog er sich nach oben.

Das Tor schepperte und ächzte unter seinem Gewicht, als er es schaffte, das rechte Vorderbein ebenfalls über den Rand zu heben. Der Rüssel lies die Zinne los und griff nach dem Türknauf auf der anderen Seite. Wieder zog er und war plötzlich obenauf.

"Ha! Siehst du."

In dem Moment kam einer der Pfleger heraus und sah ihn auf dem Tor sitzen und erstarrte. Lisa rührte sich nicht. Eine äußerst unangenehme Stille breitete sich aus.

"Äh....hihi." machte Torben.

"Ey....Du Penner! Rück mal ab und hol uns ne Riesenportion Taccos mit scharfer Soße und drei Flaschen Corona, aber pronto." rief der Wurm aus Torben heraus.

Der Pfleger drehte sich herum und lief schreiend mit erhobenen Armen davon.

"Beeil dich. Der wird in ein paar Minuten mit Verstärkung wieder hier sein.

"Ja......äähhhaaälllliiii" rief Torben, als im selben Moment das Tor umfiel.

"Mist..."rief Lisa und rannte zu ihm hin und versuchte ihm aufzuhelfen. "Jetzt komm schon!"

Beide schlichen sich an den Futterhäuschen vorbei in das Zooinnere. Es war nicht viel los mitten in der Woche. Bis auf wenige "Ahhs und Ohhs" kamen sie unbehelligt voran. Solange bis Torben einige Unruhe hinter ihnen auffiel. Die Zoowärter kamen.

"Schnell da rein."

Er zog Lisa zum Elefantengehege. Die Rüsseltiere waren gerade beim Fressen und Torben überstieg das schwere Gatter mit einer Leichtigkeit, dass es Lisa fast schlecht wurde. Der Aufprall auf der anderen Seite war jedoch wieder etwas heftiger. Torben schob sich zwischen die Elefanten.

"Das ist doch total unauffällig, oder?" rief er Lisa zu.

Lisa schaute auf die Reihe. Sie sah die riesigen Elefantenhinterteile. Genau in der Mitte stand Torben. Abgesehen davon, dass er quietschblau leuchtete, war es fast perfekt.

"Torben, du bist blau."

"Oh Shit...das hatte ich vergessen."

Er drehte sich herum und steckte sein Hinterteil kurzerhand in den Futterhaufen, der aus Heu, viel Gemüse und diversen pampenartigen Breien bestand. Die anderen Elefanten schauten fragend auf, als er seinen Arsch in den Futtertrog steckte, aufsprang und sich wieder umdrehte. Jetzt sah man nur noch einen großen Hintern, der über und über mit Heu und Pampe verklebt war. Jedoch nicht mehr blau war.

Lisa versteckte sich hinter dem Elefantenhaus und sie warteten, bis der suchende Mob vorüber war. Dann ging sie wieder nach vorne und erschrak. Der große Elefantenbulle hatte Torben am Rüssel gepackt und........es sah aus, als redete er mit ihm. Ja, er redete....und Lisa verstand jedes Wort davon.

"WAS MACHST DU HIER?"

Torben versuchte sich aus der Umklammerung zu befreien, hatte jedoch keine Chance gegen den viel größeren Widersacher. Stattdessen näselte er.

"Ich bin Danny Dauerschauer und mache dich glücklich." Dabei drückte er dem Tier seinen Glücksklee auf den Rüssel. Sofort veränderte der Elefant seinen Gesichtsausdruck.

"Ha ha" rief er auf „Sei willkommen bei uns. Hab gar nicht mitbekommen, dass wir einen Neuen kriegen."

"Ich versteck mich nur mal kurz hier."

Lisa ging einen Schritt vor.

"Ähh...Hallo? Wieso verstehe ich ihn." Sie deutete auf den Bullen.

Beide guckten Sie an, wie Bahnhof.

"Wieso kann ich sie verstehen?" fragte der Bulle Torben.

"Ich glaube, das hat mit mir zu tun. Ich bin nicht wirklich ein Elefant."

Der Bulle guckte ihn an. Mehr aber auch nicht.

"Also ich meine....ich.....ähh bin ein Mensch."

Der Bulle guckte ihn immer noch an. Jetzt blinzelte er aber einmal.

"Ein verzauberter Mensch..." ergänzte Torben

Ein Zittern überlief die Gesichtszüge des Elefanten und er brach in schallendes Elefantengelächter aus.

"Was ist so witzig?" fragte Lisa

"Ja, was gibt es da zu lachen?"

Es dauerte eine Weile, bis der Bulle sich beruhigt hatte.

"Verzeih mir. Aber ja. Ein blauer Elefant. Das konnte ja nicht stimmen. Dann bist du also noch einer."

"Häh?" Torben bemerkte, dass er bei Fragen immer die Ohren aufstellte.

"Nun, wir haben noch ein paar deiner Sorte hier. Zum Beispiel drüben bei den Nilpferden lebt Hippo und bei den Affen haben wir King-Fu. Außerdem noch die Papageien, die wir hier alle nur Papamamagaien nennen..haha..und noch die alte Giraffe."

Torben starrte ihn an.

"Und die sind alle wie ich?"

"Ja doch...Hippo zum Beispiel ist unerträglich. Als der hier ankam, war er grün und er hat nicht aufgehört zu singen. Tag und Nacht."

"Wo finde ich die?"

"Bleib hier, bis die Sonne untergeht. Nachts treffen sich die "Anderen" immer hinter den Futterhäusern."

"Und was machen die da?"

"Das weiß ich nicht. Ich bin ja keiner von denen......obwohl. Jetzt wo ich durch dich mit ihnen sprechen könnte......könnte ich ja auch mal hingehen."

Jetzt meldet sich El-Loco

"Geh nicht dahin, Gringo. Wir beide können zu zweit viel mehr Spaß haben. Ich kann dir noch mehr Wünsche erfühlen. "

"Ne, lass mal. Wenn es noch mehr von meiner Sorte gibt, dann möchte ich die kennenlernen."

El-Loco versuchte es noch ein Weile, doch er konnte Torben nicht umstimmen. Es kam Torben merkwürdig vor, dass der Wurm plötzlich so friedfertig war und immer wieder aufs Neue versuchte, ihn von diesem Treffen abzuhalten.

6

Als es dunkel wurde, schlichen sich Torben und Lisa
wieder zu dem Lieferanteneingang. Hati, so war der
Name des Elefantenbullen, hatte ihnen den Weg genau
beschrieben. Sie bogen direkt nach dem Tor rechts in das
Unterholz und kamen nach kurzer Zeit zu einem etwa
fünfzehn Meter breiten Grünstreifen entlang der
Zoomauer. Sie folgten der Mauer, bis zum Ende der
Straße. Dort machte sie einen Knick nach rechts, wieder
von der Straße weg. Hier war nur noch Wald.
"Dieser Weg wird anscheinend oft benutzt. Hier ist ein
Trampelpfad."
"Folgen wir ihm!" befahl Torben.
Sie gingen weiter und kamen kurz darauf an eine Mulde,
die vor langen Jahren mal mit einem Bagger ausgehoben
worden war. Unten, am tiefsten Punkt des Baggerlochs,
saß eine Gruppe Tiere. Torben sah ein Flusspferd, Affen,
Papageien und eine Giraffe. Er bemerkte nichts
ungewöhnliches an ihnen, wenn man davon absah, dass
sie im Kreis saßen und offenbar miteinander sprachen.
Torben ging hinunter. Lisa versteckte sich hinter seinem
Rücken. Als die beiden in das Blickfeld der Tiere kamen,
stoben die zuerst auseinander.
"Halt! Wartet! Bitte nicht weglaufen. Ich bin .... wie ihr."
Sie hielten tatsächlich inne und näherten sich ihnen
langsam.
"Was isn das für einer, groar groar." krächzte einer der
Papageien.
"Sieht lustig aus und erinnert mich an irgendwas." sagte
das Nilpferd.
"Ich bin Torbe....ähhh...Danny, der Glückselefant und was
bist du....du Papagei?"
"Ich bin Mamagei. Das ist Papagei." der Vogel deutete ein
Kopfnicken nach rechts. Zwischen ihnen saß noch ein
kleinerer Vogel.
"Das ist dann wohl Papamamagei." witzelte Torben und

lachte sich halb schibbelig über seinen Witz.
Die Papageien sahen ihn einfach nur an und saßen weiter regungslos auf dem Rücken des Flusspferdes
"Mammagei....Papagei....versteht ihr?" Torben bebte am ganze Körper und versuchte, sich wegen seines Witzes nicht zu beömmeln.
Stille. Noch immer sagte keiner etwas. Alle starten ihn nur an.
"Ok...war wohl doch nicht so gut. Wie heißt er den, der Kleine?"
"Papamamagei." erwiderte Mamagei trocken.
Wieder Stille
Dann prustete Torben erneut los und warf sich dabei auf den Boden
"Ahäää...Ahäääää....Paahahahaha...Papamaaaamageiiiiu uuuhahahaha....."
Er prustete, bekam keine Luft mehr und wälzte sich am Boden. Lisa kicherte und dennoch war es ihr irgendwie sau peinlich.

7
Da saßen sie nun. Einen Kreis bildend und vom Vollmond beschienen. Das hohe Gras auf der kleinen Lichtung umrahmte das Loch in dem sie sich gegenseitig ansahen.
"Ihr seht wie ganz normale Tiere aus. Wie könnt ihr sprechen und warum trefft ihr euch hier?"
Es war die Giraffe, die ihren langen Hals senkte, um Torben ins Gesicht blicken zu können. "Wir sind alle Opfer des gleichen Zaubers geworden.Wir sind die Einzigen, die miteinander sprechen können. Deshalb treffen wir uns hier, um diese Fähigkeit nicht zu verlieren. Man wird mit den Jahren immer mehr zum Tier."
Sie deutete mit ihrem eleganten Schädel auf das Nilpferd.
„Ich bin Nami." sagte sie.
"Bei ihm war er in einem Schokoriegel aus Honduras."

sagte sie

"Ja..." rief Hippo "Der größte Wunsch mit einem Biss - Jeder millionste Riegel ist verzaubert."

"Das ist ja wie bei mir." rief Torben. "Bei mir war es Tequila aus Mexico."

"Und bei mir war es Schnupftabak." rief Papagai vom Rücken Hippo´s.

Sie tauschten ihre Erlebnisse aus. Torben erfuhr so, dass im Prinzip allen das Gleiche wie ihm passiert war. Sie aßen oder tranken etwas und dann setzte die Verwandlung ein.

"Mein Geist hat mir damals erzählt, dass sein Letzter Kunde unbedingt ein Flugzeug sein wollte. Jetzt steht er im historischen Museum von Kapstadt."

"Hat dir deiner schon die Frage gestellt?"

"Nein, aber das kommt wohl noch. In den letzten Stunden hat er nichts mehr gesprochen. Das bedeutet wohl, dass er inzwischen irgendwie in mein Blut übergegangen ist."

"Ich weiß noch, wie das bei mir war." sagte eine Affendame, die King-Fu sein musste. Sie saß in einem ganzen Rudel ihrer Artgenossen, die offenbar nicht verwandelt waren. "Und ich bereue zutiefst, dass ich damals ja gesagt habe. Aber ich war so glücklich. Heute jedoch vermisse ich mein altes Leben. Ich war beim Zirkus und habe dort mit Schimpansen gearbeitet und wollte immer wie sie sein. Diesen Wunsch hat man mir ja dann auch erfüllt."

"Ich glaube, so geht es uns allen." sagte Mamagai. "Ich wollte immer fliegen und dass mich alle dabei sehen. Dass daraus dann ein bunter Papagai wird, hätte ich nicht geglaubt. Die größten Wünsche sind oft nicht das, was wir uns vorstellen. Sie sind viel zweckmäßiger."

Mamagai flog auf einen Stein, der direkt vor Torben aus der Erde ragte und setzte sich darauf. Ihr blaugelbes Gefieder leuchtete in der Nacht.

"Wünschst du dir berühmt zu sein, dann bedeutet das

nicht, dass du ein Filmstar wirst. Der Zauber sucht den einfachsten Weg dir deinen Wunsch zu erfüllen und würde dich vielleicht brennend von einem Hochhaus springen lassen, damit du in die Zeitungen kommst und berühmt wirst."

"Du meinst damit, dass ein Wunsch so konkret wie möglich sein sollte." erwiderte Torben.

"Genau und da liegt der Hase im Pfeffer." Torben griente, als er den Papagei das sagen hörte. Bei einem Menschen klang das nie so lustig. Hippo kam auf ihn zu, packte ihn bei den Schultern und sah ihn so ernst an, wie es ein Nilpfernd nur konnte.

"Wenn er dich fragt, ob du deinen Wunsch für immer haben willst, dann sagst du NEIN. Hast du verstanden?" Torben nahm das Flusspferd in die Arme und drückte seine Glückspfoten allesamt auf den Körper des Riesen.

"Natürlich hab ich das und außer........" Er hielt inne, als er ein Zucken spürte, das durch den Köper Hippo´s ging.

"Was ist?" rief dieser aufgeregt, als er am ganzen Körper zu leuchten begann.

"Ich weiß nicht....es....es tut mir leid." rief Torben

"Nein, es fühlt sich toll an." rief Hippo. "Ich glaube ich.......ha!! Ich verwandle mich."

Tatsächlich wurde das Nilpferd immer kleiner. Lisa stieß einen Schrei aus, als sie sah, dass Hippo jetzt genauso aussah, wie eine Comicfigur. Die Jahre im Zoo hatten ihn mehr und mehr zu einem echten Flusspferd werden lassen, doch jetzt sorgten Torbens Kleeblätter dafür, dass sich der Zauber zurück bildete und sie Hi-Po so sah, wie ihn Hati, der Elefantenbulle, beschrieben hatte. Grün war er, aber nur kurz und dann, mit einem Mal, lag ein ganz normaler Mensch in Torbens Armen und blickte ungläubig an sich hinunter.

"Das....das gibts doch gar nicht." stammelte der Mann und alle schauten ihn konfus an. Hager war er und etwa 40 Jahre alt mit Halbglatze und Bärtchen.....und nackt.

"Ähh...hihi." stammelte er. "Hallo Jungs."
Torben wurde übel. Dieser Rückzauber setzte ihm zu und
er merkte, dass diese Glückskräfte nicht unendlich waren.
Er taumelte kraftlos zurück. Geschwächt und kaum in der
Lage sich auf den Beinen zu halten.
"Hallo!" kam es im Chor zurück, doch der
Ex- Hippo erschrak, als er merkte, dass er die Sprache
der Tiere nicht mehr verstand und nur ein Brüllen,
Gackern und Knurren hörte. Er sah Torben an. Tränen
schossen ihm in die Augen.
"Danke. Jetzt kann ich meine Kinder besuchen. Ich weiß
zwar nicht, ob meine Frau mich nach all der Zeit noch will.
Sie muss denken, dass ich tot bin. Meine Kinder dürften
schon erwachsen sein, aber ich werde es dennoch
versuchen. Ich werde immer für dich da sein. Ruf mich,
wenn du mich brauchst." Er umarmte Torben.
„Geh zu deiner Familie." sagte Torben.
Eine Weile starrten alle nur ins Leere.
"Kannst du das mit uns allen machen?" fragte Nami.
Torben schluckte.
"Ich glaube ja. Meine Pfoten machen glücklich und
funktionieren wohl nach dem gleichen Prinzip wie der
Zauber. Somit müsste ich euren größten Wunsch erfüllen
können und wenn das eure Rückverwandlung ist, dann
müsste das auch klappen.
"Würdest du es bei uns versuchen.?"
"Natürlich." sagte Torben.
Mamagai und Papagai, Nami und King-Fu kamen alle auf
einmal auf ihn zugestürmt. Gerade als Torben Ihnen
nacheinander seine Pfoten aufdrücken wollte, hörte er ein
lautes Rascheln. Im selben Moment gingen mehrere
Scheinwerfer über der Lichtung an und tauchten die
Gruppe in grelles Licht. Lisa, die am Rand der Lichtung
gestanden hatte, brachte sich mit einem Sprung ins
Dickicht in Sicherheit.
"Da sind sie. Werft die Netze!" erklang eine Stimme aus

einem Lautsprecher.

Es entfalteten sich dick getäute Netze über der Grube und machten es den Papageien unmöglich wegzufliegen. Die Affen liefen aufgeregt wild durcheinander und versuchten eine Lücke in den Netzen zu finden. Doch das half nichts. In nur wenigen Minuten hatte man sie eingefangen. Auch Torben.

"Kennst du den Elefant?" fragte einer der Wärter.

"Nein. Den hab ich noch nie gesehen."

Torben packte einen der Männer am Arm und drückte seinen Klee auf ihn. Nichts passierte.

Der Mann erschrak und riss sich weg. Im Gegenzug zog er Torben eins mit einer Gerte über.

"Autsch..." rief dieser "Mach das nicht nochmal mit mir."

Zu seiner Verwunderung lachten die Wärter.

"So eine komische Stimme hab ich noch nie bei einem Elefanten gehört. Das klang fast so, als versuche er zu reden."

"Ihr versteht mich nicht?" rief Torben.

Wieder lachten sie. Nein, sie taten es offensichtlich nicht.

"Das ist bestimmt, weil du Hippo zurückverwandelt hast. Deine Kräfte schwinden." flüsterte Nami in sein Ohr. Doch Torben wusste was der wahre Grund war.

"Nein...ich muss glücklich sein, damit es funktioniert. Ohne das geht es nicht."

Torben wurde in das Elefantengehege gesperrt. Als Hati ihn sah, trottete er zu ihm herüber.

"Ich hätte dich fast nicht wiedererkannt. Wo ist denn deine Farbe hin?

In der Tat war das Quitschblau einem dunklem Graublau gewichen.

"Ich hab schon gehört, was passiert ist. Du hast den alten Hippo zurückverwandelt. Was ist mit den anderen?" seine Stimme klang tatsächlich wie die des Anführers der Dschungelpatroullie aus dem Disney-Film.

"Ich muss dazu glücklich sein." sagte Torben und senkte

den Kopf. "Hier und so eingesperrt mit Stacheldraht bin ich das aber nicht."

Die Zoomitarbeiter hatten den Zaun um das Elefantenhaus erhöht. Torben konnte nun nicht mehr drüber klettern. Die Stunden vergingen. Er konnte kein Auge zumachen und stand die ganze Nacht am Gatter. Er hoffte, das Lisa kommen würde um ihn zu befreien, doch er ahnte auch, dass sie nicht zwischen den vielen Wärtern durchkommen würde. Seine Sorge um sie wuchs von Minute zu Minute.

Als die Sonne aufging, gab es Futter für die Tiere. Erst jetzt fand Torben etwas Schlaf. Als er sich auf die Seite legte, sah er, dass er inzwischen fast komplett grau geworden war.

"Oh Nein...!" dachte er. Die Kleeblätter auf seinen Pfoten waren nur noch schemenhaft zu erkennen. Er fing zu weinen an. Dicke Elefantentränen liefen über sein Gesicht. Er vermisste Lisa, sein Bett und seine Freunde.

"Torben!" hörte er plötzlich ihre Stimme. Er raffte sich hoch und lief so schnell er konnte an den Besucherzaun. Da stand sie und er konnte ihrem Gesicht ansehen, wie sehr sie sich erschreckte, als sie sah, wie er inzwischen ausschaute.

"Oh Torben...was ist mit dir? Du siehst ja schon wie ein normaler Elefant aus. Wie kommt das.?"

Er versuchte ihr zu antworten, doch auch sie verstand ihn nicht mehr. Wie schon die Wärter hörte auch sie nur ein klägliches Tröten aus seinem Maul kommen.

"Hey Baby, du siehst wieder rattenscharf aus." erklang plötzlich eine leise Stimme aus Torben heraus.

"El Loco?" rief sie.

"Ja Süsse, ich wusste, dass du mich nicht vergisst."

"Was ist mit Torben?" fragte sie aufgeregt.

"Was soll mit ihm sein? Er lebt seinen Traum. Ich bin gerade in seinem Hirn angekommen. Hier ist tote Hose, sag ich dir. Sei froh dass du ihn los bist. Wie wär's mit uns beiden?"

"Hör mir mal zu, du kleiner Scheisser." sagte Lisa laut und zornig. "Ich muss wissen, was mit Torben los ist. Warum verstehe ich ihn nicht. Warum ist er nicht mehr so, wie er es sich gewünscht hat, nämlich blau."

"Weil er nicht glücklich ist, meine Rose. Du musst ihn glücklich machen, dann wird er auch wieder blau sein." Das ergab Sinn. Der Danny Dauerschauer aus ihrer Kindheit, konnte auch nur Glück bringen, wenn er selber glücklich war. Warum sollte das hier anders sein.

"Übrigens....Es ist nicht mehr viel Zeit. Ich werde ihn in wenigen Augenblicken nach seinem Wunsch fragen. Dann sollte er mir antworten können und all die Dinge, die er gerne noch erledigen möchte erledigen. Wenn ich ihn frage, ober er Danny bleiben möchte und er antwortet mir nicht, ist das wie ein ja."

"Wieviel Zeit bleibt noch?" fragte Lisa

"5 Minutos!"

"WAS ??" schrie Lisa und die Leute drehten sich nach ihr um, was natürlich wieder blöd aussah, da sie völlig alleine vor den Elefanten stand.

"Na gut....10." sagte El Loco.

"30 Minuten! Wenn ich es bis dahin nicht schaffe ihn zurück zu holen, gehört er dir."

"Nein." sagte der Zauberdämon. "Wenn du es in einer halben Stunde nicht schaffst, gehörst DU mir und lässt mich in dich, damit sich auch mal wieder meine Wünsche erfüllen, Senorita."

Lisa überlegte.

"Ok.!"

"Das nenne ich ein Geschäft."

Lisa wandte sich Torben zu.

"Torben, verstehst du mich wenigstens?"

Der Elefant nickte.

"Gut. Versuche bitte ganz schnell an etwas sehr schönes

zu denken. An etwas, das dich glücklich gemacht hat."
Wieder nickte er und sie sah, dass er in sich ging und nachdachte.

"Ach herrje.!" hörte sie El Loco "Da werde ich ja ganz rot."

"Torben, an was denkst du gerade?" Ein bisschen mehr Farbe war in das Gesicht gekommen.

"Ui..du bist ja ein heisser Feger."

"Halt den Mund." blaffte sie El Loco an.

"Ok...ist ja schon gut."

Wieder sah sie ihn an.

"Ich liebe Dich und du solltest etwas wissen. Etwas, dass ich dir noch gar nicht sagen wollte."

Er kam ans Gatter und versuchte sie mit seinem Rüssel zu erreichen. Lisa streckte die Hand aus. Ganz kurz berührten sie sich und in diesem Moment sagte sie.

"Wir bekommen ein Baby."

Torben riss die Augen auf und wurde dann nach hinten geschleudert. Ein Surren ging durch die Luft, als sein Körper von einer nicht sichtbaren Kraft empor gehoben wurde.

>>>PLLLOOOPPPP<<<< machte es laut und Torben wurde emporgehoben und sah augenblicklich wieder wie ein blaues Lutschbonbon aus.

"Oh nein." hörte sie El Loco noch sagen.

"EIN BABY?" schrie Torben...."Wir bekommen ein Baby?"

"Ja." rief sie lachend.

"HATI!"

"Jüp!" rief der Herdenbulle

"Öffne mir diese Tür."

"Jawohl Danny"

Hati trompetete einige Befehle und die drei bisher völlig stumm gewesenen Elefantendamen nahmen ihn in ihre Mitte und zusammen liefen sie mit vollem Karacho gegen das Gatter und brachten es augenblicklich zum Einsturz.

"Hab ja immer gesagt, dass mich so ein Kinkerlitzchentor nicht aufhält." witzelte er hochnäsig. "Alles Gute Kleiner

und grüß die Anderen von mir."
Torben stürmte aus dem Tor. Die Besucher liefen in alle
Richtungen davon. Er schnappte Lisa mit dem Rüssel,
warf sie auf seinen Rücken und rannte los.
"Such die Papageien! Wir müssen die anderen
zurückverwandeln, bevor die Zeit um ist und es nicht
mehr geht." rief er.
"Da hinten." kam die Antwort prompt und sie rannten quer
durch die Flamingos über die Wiese. Als Torben einige
Wärter heran rennen sah, blieb er auf der Stelle stehen
und stellte sich wie ein Flamingo elegant auf die Wiese.
"Hör auf mit dem Quatsch" sagte Lisa tadelnd.
Mamagei und Papagei warteten schon auf ihn.
"Kommt schnell her." rief Torben schon von weiten.
Sie flogen an das Gitter und Torben presste seine
Vorderbeine mit dem Klee zuerst darauf.
"Berührt die Kleeblätter."
Bei den beiden Vögeln war es einfacher und nicht so
anstrengend für ihn. Sie verwandelten sich in zwei
Jugendliche von etwa 13 Jahren.
"Danke Torben. Vielen Dank."
"Wo sind die Affen?"
"Einfach den Weg entlang zu dem großen braunen
Holzverschlag mit dem See drum herum."
Torben rannte los. Von weitem sah er das Problem
schon . Das Affengehege war ohne Gitter, dafür aber
mitten auf einem See. Keiner konnte tagsüber an die
Affen heran. Eine Zugbrücke trennte die Insel vom
Affenhaus.
"Scheiße!" sagte Torben und sprang.
"Es heißt.....*gluck gluck* das Elefanten gute Schwimmer
sind." näselte er mit hoch gestrecktem Rüssel.
"Wenn du den Rüssel schon hochstreckst, dann atme
auch durch ihn und hör auf zu reden." hörte er El Loco in
seinem Kopf.
"Stimmt. Jetzt geht es besser."

Sie schwammen zügig durch den Teich. Die Affen sprangen aufgeregt auf den Gerüsten herum. Nur die Affendame stand gefasst und ruhig am Rand der Insel und wartete auf Torben. Es war King-Fu.

"Du hast es geschafft." begrüßte sie ihn.

"Wir haben keine Zeit. Bist du bereit?"

"Ja, das bin ich." antwortete sie.

Torben drückte wieder seine beiden Vorderbeine auf den Körper. Es leuchtete, die Affendame zitterte und wurde größer. Eine schöne ältere Frau mit grauem Haar stand vor ihm und die Affen hinter ihnen fingen an verrückt zu spielen.

"Steig auf meinen Rücken!"

Sie schwammen zurück. Inzwischen waren ihnen viele Zoobesucher gefolgt und beobachteten das Szenario mit viel Getuschel.

"Das Giraffenhaus.!" rief Torben. "Wo ist das.?"

Einer der Wärter kam mit einem Blasrohr auf ihn zu und legte an.

"Nein, tun sie das nicht" rief Lisa.

Der Wärter würdigte sie nicht einmal eines Blickes als er rief.

"Gehen sie weg daaaaahahhhhhahaaaaaa" und im nächsten Moment flog er im hohen Bogen in den Teich und Hati tauchte grinsend hinter ihm auf. Auf seinem Rücken saß Hippo, bzw. der Mann mit der Halbglatze, der Hippo gewesen war.

"Geh mein Junge. Du hast noch ein paar Minuten. Du findest die Giraffenlady hinter dem Affenhaus.

"Danke." Torben spurtete los, die Besuchermeute hinter ihm her.

Plötzlich meldete sich El Loco.

"So Gringo. Es ist Zeit für uns beide eine Entscheidung zu treffen."

"Ich habe noch fünf Minuten."

"Ah..ich ändere die Spielregeln eben. So ist es doch viel

spannender für uns beide."
"Du hast nur keine Lust, wieder in die nächste Flasche zu wandern."
"Nein, ich bin scharf auf deine Frau."
Torben rannte noch schneller und sah schon vor der Kurve Nami´s Kopf über das Gehege ragen.
"Hier bin ich." rief sie
"Ja, ich hab dich gesehen."
Ein Blitz durchzuckte seine Glieder. El Loco hatte das Zentrum seines Gehirns erreicht und sprach jetzt mit einer Stimme zu ihm, die überall in seinem Kopf zu sein schien.
"Torben, ich stelle dir jetzt die Frage." seine Stimme klang warm und weich und versuchte Torben einzulullen.
"Nein, Warte noch."
Er drückte gegen den Zaun und verbog so die Stangen. Doch der Zauberdämon übernahm langsam die Kontrolle über seine Gliedmaßen. Er konnte sich kaum noch bewegen. Fiel mehr in das Gehege, als er ging. Nami kam auf ihn zu.
"Ich kann mich nicht mehr bewegen. Die Zeit ist da. Er will meine Antwort wissen."
Sie senkte traurig den Kopf.
"Es ist schon gut. Dann war es eben zu spät für mich. Rette Dich. "
Lisa war inzwischen mit dem Pulk an Schaulustigen angekommen und sah erschrocken zu. Torben lag auf dem Rücken. Alle vier Beine steif von sich gestreckt. El Loco sprach
"Willst du....."
"Kommt, wir helfen." rief einer der Zuschauer und setzte sich in Bewegung. Etwa zwei Dutzend Menschen betraten das Giraffengehege und versuchten Torben in eine sitzende Position zu bringen. Lisa ging zu der Giraffe und legte ihr die Hand auf die Brust. El-Loco sprach weiter.
"....deinen Traum für......"
Sie zeigte ihr, dass sie sich gegen Torben legen sollte,

damit er seine Beine um sie legen kann. Torben saß inzwischen mit schmerzverzerrtem Gesicht und gestützt von den Passanten vor ihr. Nami ging vor Torben auf die Knie.

".....immer leben. Antworte jetzt."

Nami legte sich in seine Arme und die Helfer schlangen seine Beine um sie. Lisa drückte die Kleeblätter auf das Tier und es begann sofort zu leuchten.

"NNNNEEEEIIIIIIINNNNNNNNN" schrie Torben die Antwort El Loco zu, während sich die Giraffe in ein kleines Mädchen zurückverwandelte. Nun begann auch Torben zu leuchten und zu zittern. Lisa zog das Mädchen von ihm weg und in nur wenigen Sekunden verwandelte sich der quitschblaue Elefant in einen schüchtern wirkenden und vor allem splitternackten jungen Mann. Ein Lichtstrahl schoss aus seinem Kopf und wurde von einem wütenden Schrei begleitet. El Loco flog als körperloses Wesen davon.

Stille.

"Mama....der da hat ja einen ganz kleinen Pullermann." hörte man die Stimme eines Kleinkindes aus der Menge. Gelächter.

Torben bekam einen knallroten Kopf, doch Lisa fiel ihm sofort in die Arme und bedeckte, was keiner sehen sollte.

"Da hab ich dich wieder, mein Schatz."

Sie sahen sich an.

"Unser Baby!" säuselte Torben seelig.

"Ähhh....naja." Lisa...stotterte. "Noch nicht so ganz."

"Wie?"

"Also...wir müssten das erst noch machen, aber dann...wäre es schon so."

"Du hast gelogen?"

"Nein...ich hab nur in die Zukunft geschaut." sagte die keck und bedeckte ihn mit Küssen.

Die Leute klatschten und inzwischen hatten auch die Wärter gemerkt, was da passiert war und stimmten in den

Jubel ein, der rund um die Gruppe entfachte. Hi-Po, King-Fu, Nami, Mamagei und Papagei kamen zu den beiden und sie alle fielen sich in die Arme. Sie hatten gerade ihr größtes Abenteuer hinter sich gebracht.

Unterdessen in der Hölle....

Die rot glühenden Augen schauten böse aus dem Ziegenkopf Luzifers auf El Loco danieder.
„Zur Strafe bleibst du für immer in deiner letzten Gestalt." Sagte er laut.
„Als Wurm?"
„Ja, weil mehr bist du anscheinend nicht. Alle anderen Dämonen haben mir Seelen geliefert. Nur du nicht!"
„Aber...Aber....ich war doch solange in der scheiß Flasche."
Herrisch wischte ihm der Teufel den Satz aus dem Mund.
„Der Flaschengeist hat immer zu warten, bis er erlöst wird. Das war beim Dschinn nicht anders und über ihn haben die Menschen sogar Filme gedreht. Es ist die Frage, was du daraus machst. Du...hast nichts gemacht und deshalb fährst du jetzt hinab in meine Feuersbrunst und deine Seele wird als Pfand für dein Versagen auf ewig mein sein."
Unter El Loco öffnete sich der Boden. Der Wurm hob noch einmal den Kopf und sagte:
„Scheiße!"

Der heilige Gral

Ich muss Euch eine Geschichte erzählen, die mir passiert ist. Jeder Ü-Ei-Sammler stellt sich doch irgendwann die Frage, welche wohl die teuerste Figur überhaupt ist. Im Hartplastikfigurenbereich ist man dann schnell bei den Schlümpfen aus blauem Grundmaterial. Doch was ist der aller aller wertvollste Eierinhalt? Exadon aus Freudenberg? Die Ölraffinerie mit den Aufklebern auf der Folie aus der Hafenwelt? Nein, ich glaube nicht, dass das die wertvollsten sind. Der heilige Gral der Ü-Ei-Sammler ist viel mehr wert und genau von dem werde ich Euch jetzt erzählen?

Es war Spätsommer, als die erste Ü-Ei-Börse der neuen Saison einlud. Die Bäume standen im fettesten Grün. Es war heiß und doch konnte man spüren, dass die Jahreszeit ihrem Ende entgegen ging. Es hatte lange nicht geregnet und ausgerechnet heute ging ein Wolkenbruch danieder, das einem im Auto Angst und Bange wurde. Straßen verwandelten sich in schmierige Rutschbahnen, da all der Dreck, der sich wochenlang angesammelt hatte, auf einmal nass und glitschig wurde. "Was denkst du, ist die teuerste Figur?" fragte Peter, der neben mir saß und sich am Sitz festhielt. So ein bisschen hatte er Panik in den Augen. Das konnte daran liegen, dass wir gerade 190 fuhren, als wir in die Regenwand krachten und sofort blind wurden, als das Wasser gegen die Windschutzscheibe klatschte. Nur die vielen roten Leuchten vor uns, die von bremsenden Autos stammten, warfen ein schüchternes Licht ins Autoinnere, als ich auch in die Eisen stieg. Etwas angespannt antwortete ich.
"Jetzt nicht, Peter."
"Ja ja, schon gut. Ich mach mir auch gerade in die Hose." Als wir uns sicher waren, keinem mehr hinten rein zu krachen, kam die Angst, dass dafür jemand uns hinten

rein fahren könnte. Doch wir hatten Glück. Kein Scheppern, kein Klirren um uns herum.

"Die wertvollste Figur? Keine Ahnung. Irgendein Pirat oder Ägypter vielleicht."

"Was kosten die so?"

"Puh! Ich weiß nicht genau. Sie wären sicherlich noch etwas teurer, wenn es nicht so viele Fälschungen davon gäbe und außerdem, weiß man nie genau, ob die tatsächlich nur im Ü-Ei waren, oder auch noch woanders herkommen."

"Ich will mir heute mal was richtig teures kaufen." sagte Peter

"Kein Problem. Ich geb dir meinen Stelzenschlumpf für 5000,- €. Da kannst du danach behaupten, eine richtig teure Figur gekauft zu haben."

"Witzbold."

"Jaja..." erwiderte ich.

Wir fuhren die Ausfahrt hinunter. Der Schauer war schon wieder vorbei und das Auto wieder sauber. Das gesparte Geld wollte ich heute in etwas besonderes investieren. Ich wusste nur noch nicht in was. Auf dem Parkplatz vor dem Bürgerhaus war es bereits recht voll. Wir parkten in einer Seitenstraße und gingen durch einen kleinen Entenpark hinüber zur Halle. Dort angekommen stellten wir uns in die Warteschlange. Einige Minuten und viele Hallo´s später waren wir bereits drin. Die im 70er Jahre Stil gebaute Bürgerhalle war proppenvoll mit Sammlervolk aus ganz Deutschland. Man kam kaum an die Stände heran. Überall wurde gefeilscht und gefachsimpelt. Im Vorbeigehen bemerkte ich eine BE die mit Zettel für 40,- € über den Tisch ging. Ein Schnäppchen in meinen Augen. Für Nichtsammler nicht mehr als ein Kopfschütteln wert. Mein Ziel war ein ganz bestimmter Stand. Der Händler, ein aus dem Ruhrgebiet stammender Kauz mit Schnurrbart und von kleiner Statur, wartete schon auf mich. Wir hatten uns im Vorfeld per E-mail kontaktiert. Ich hatte alte Werbeblätter bestellt.

"Ah, da isser ja. Bist ja pünktlich wie die Eisenbahner." lachte er.

"Du bist noch nicht oft mit dem Zug gefahren, oder?" Er zog eine Augenbraue hoch und griff mit James Bond Blick hinter sich.

"So mein Lieber gib fein Acht, ich hab dir etwas mitgebracht."

In dem Ordner war eine Klarsichthülle, in der sich ein verknittertes DIN A4 großes Blatt Papier befand. Es war die Kopie eines Werbeblattes. Nicht irgendeines Werbeblattes, sondern dem Ersten überhaupt. Vor mir lag das Werbeblatt, mit dem das Überraschungsei 1974 eingeführt wurde. 1974 war ich zwei Jahre alt und bin noch nackisch um den Weihnachtsbaum gerannt. Ein Original war von diesem Werbeblatt noch nie gefunden worden. Man konnte kaum etwas darauf erkennen. Es war die Kopie einer kopierten Kopie. So ungefähr würde ich den grafischen Zustand beschreiben wollen. Dass das Blatt offenbar zehn Jahre lang in irgend einem Keller gelegen hatte, kam der Qualität auch nicht unbedingt zugute. Doch es war das letzte Blatt, das mir noch fehlte und es war das einzige, das nur in Kopie existierte. Ich gab ihm die vereinbarten 50,- € dafür und steckte es ein. Ich wollte es mir zuhause in Ruhe ansehen.

"Ich melde mich bei dir, wenn ich Fragen dazu habe." sagte ich.

Zusammen mit Peter ging ich die Halle noch zweimal auf und ab. Mein Freund kaufte sich einen Komplettsatz Tierkinder, die seit dem US-Figurenskandal um einiges günstiger geworden waren, und war zufrieden. Gegen 13 Uhr fuhren wir wieder zurück.

Zuhause scannte ich die Kopie zu allererst ein und speicherte das Bild als hochauflösendes PNG auf dem Rechner. Mit einem Bildbearbeitungsprogramm schaute ich es mir zweifach vergrößert in Ruhe an. Ein dunkles

Eierdisplay war darauf zu sehen. Interessant fand ich dabei, dass die Displays vor 30 Jahren genauso aussahen, wie heute. Gleiche Form und Ausrichtung der Werbebotschaften. Der Text darauf interessierte mich weniger. Dass das Ei im Frühjahr 1974 eingeführt wurde, war mir schon bekannt und die sonst so üblichen Werbeslogans des Hauses ebenfalls. Viel interessanter waren die Kleinteile, die auf dem Karton um das Display herum aufgedruckt waren. Hier konnte man sehen, was genau die ersten Eierinhalte überhaupt waren. Also, hätte man zumindest sehen können, wenn man etwas erkannt hätte auf dieser miesen Kopie. Ich wählte die Option "Schärfe" im Programm und stellte den Kontrast etwas höher. Nichts. Ich sah nur irgendeine total pixelige Figur. Auch das Bild zu verkleinern, um die Pixel zusammenzuführen, half nichts. Eine Figur war es....mehr konnte ich nicht sehen. Ich schaute auf das zur halben Größe geschrumpfte Bild. Wieder und wieder glitten meine Augen von rechts nach links über den Karton. Bis mein Blick auf die Eier selbst fiel.

Ich erstarrte.

Geschlagene zwei Minuten guckte ich auf die Eier. Ging weg vom PC, um meinen Augen eine Abwechslung zu gönnen und wieder hin. Das konnte doch nicht wahr sein! Die Eier waren dunkel. Im oberen Teil war der Kopf eines Hasen zu sehen. Harry Hase oder zumindest sein Vorgänger. Kein Rotweis, kein Schriftzug oder Firmenlogo. Einfach ein dunkles Ei mit einem Hasenkopf. Das allererste Ü-Ei war ein Hasenei. Vermutlich dunkelblau, weil blau auch heute noch die Farbe von Harry Hase zu Ostern ist.

Mir fiel die Frage von Peter wieder ein. Was wahr wohl das teuerste Objekt, das je im Ü-Ei gewesen war. Es war nicht ein Objekt. Es war das Ei. Das allererste Ü-Ei. Ein Ei in blauer Folie mit einem Hasenkopf. Das musste der heilige Gral aller Ü-Ei-Sammler sein.

Ich schlief unruhig. Mir ist das Sammeln in Fleisch und Blut übergegangen. Solche Entdeckungen machten mich ganz wuschig. Es muss doch mehr darüber herauszufinden sein. Es kann doch nicht sein, dass man 20 Jahre Ü-Eier sammelt und noch nie ein solches blaues Ei gesehen hat. Am nächsten Morgen klingelte der Wecker um 5 Uhr. Ich zog die Radlerklamotten an und radelte querfeld ein, bis mir der Schweiß am ganzen Körper hinab lief. Ich dachte nach. Radelte und radelte. Irgendwann, mitten im Wald, blieb ich stehen und setzte mich auf eine Bank. Welche Quellen hatte ich bis jetzt? Ein Werbeblatt und Denjenigen, der es mir verkauft hat. Plötzlich wusste ich, was zu tun war. Auf dem Weg zurück wäre ich fast zweimal überfahren worden. Eile war angesagt, schließlich wollte ich nicht vergessen, was mir gerade eingefallen war. Zuhause und nach einer Dusche, saß ich dampfend und nur in meiner Unterhose am Schreibtisch und nahm mir den Hörer.
"Grüß dich, Harald. Wenn du wüsstest, das ich fast nackt mit dir telefoniere...."
"Ähh.....ja. Wäre ich bestimmt total nervös. Gut, dass es nicht so ist."
"Ich rufe wegen dem Werbeblatt an."
"Was willst du wissen?"
"Woher hast du es?"
"Man erkennt nicht viel darauf, aber das hab ich dir ja gleich gesagt. Lass mich mal nachdenken."
"Denk schneller!"
"Ich komme nicht drauf, aber ich rufe dich zurück. Muss mal in meinen Unterlagen schauen."
"Ok, beeil dich."
Angezogen und frisch gestärkt, sah ich mir das Foto noch

einmal an. Ich verkleinerte es, bis die Pixel zusammengezogen waren und fror das Bild ein. Danach vergrößerte ich es wieder. Es war etwas deutlicher, aber wirklich erkennen konnte ich nur den Hasen. Im Internet forschte ich auf den einschlägigen Ü-Ei-Seiten. Nirgends fand ich etwas über das erste Ü-Ei. Eine Inventarliste der Eierinhalte aus den 70ern brachte zwar ans Licht, was in welchem Jahrgang vertrieben wurde, nicht jedoch für den Zeitraum, den ich suchte. Dann klingelte das Telfon wieder. Es war Harald.

"Also...ich hab die Kopie von jemanden, den ich eigentlich nicht verraten darf. Dir sind bestimmt die blauen Eier aufgefallen."

"Ja, allerdings."

"Es gibt Kreise, die um diese blauen ein riesen Drama machen. Die nicht wollen, dass überhaupt jemand davon erfährt. Mein Lieferant ist ein Bekannter von jemandem aus diesen Kreisen und hat diese Kopien nur deshalb in Umlauf gebracht, weil er in akuten Geldnöten ist. Von diesen Geldnöten dürfen die anderen Mitwisser jedoch nichts wissen und schon gar nicht, dass er die Quelle für dieses Werbeblatt ist."

"Ei-Iluminati, oder was?" fragte ich.

"Ja, so ungefähr."

"Wer ist dieser Lieferant?"

"Steffen, bitte."

"Jetzt komm schon. Wenn du mir nicht hilfst, erzähl ich jedem, dass du deine Taos mit dem Lackstift nachziehst."

„Das mach ich doch gar nicht. Ich handle nichtmal mit Taos."

„Das ist mir doch egal."

"Jaja, schon gut. Er heißt Richard Brandner und du kennst ihn sogar."

Ich überlegte. Richard Brandner, woher sollte der mir bekannt sein?

"Sagt mir nichts."

"Doch, das ist der Typ, der für diese Zeitschrift schreibt. Sammler-Imperium."

"Ach der. Ja, den kenn ich. Danke man. Du hast mir weitergeholfen. Ich muss los."

"Dafür krieg ich einen Monat Bannerwerbung auf deiner Seite kostenlos."

"Ist gebongt."

Richard Brandner mähte gerade seinen Rasen, als ich über den Zaun sprang. Er wohnte 140 Kilometer weg von mir und ich wusste, dass er Rentner war, da ich mit ihm schon zu tun hatte. Brandner war ein hochgewachsener, sehr schlanker Mann um die 70. Er hatte knorrige Falten, wie das so häufig bei schlanken Menschen im Alter ist. Seine dünnen Ärmchen schoben den Elektromäher mühsam über das Gras.

"Ich würde einen mit Handgas nehmen, da muss man nicht so schieben."

"Ach..Herr Sander. Das ist ja eine Überraschung. Was machen Sie den hier?"

"Ich forsche, Herr Brandner und diesmal forsche ich bei Ihnen."

"Jetzt machen sie mich aber neugierig. Gehen wir rein?"

"Gerne. Ich hab das Gefühl, dass ihnen das gerade recht kommt."

"Haha...ja. rasenmähen gehört nicht zu meinen Lieblingspflichten."

Wir gingen durch die Diele in sein Büro. Im Berufsleben muss er ein gestandener Mann gewesen sein. Ein großer und antiker Schreibtisch protzte mittig in dem quadratischen Raum. Davor und dahinter standen zwei bequeme Bürosessel. An den Wänden hingen neben Fotos vor allem sehr alte Sammelbilderalben aus den 50er und 60er Jahren. Ein Sammelgebiet, dass den meisten Ü-Ei-Sammlern gänzlich unbekannt ist, obwohl Ferrero damit schon lange vor dem Ü-Ei auf Kundenfang war. Ein Elefant stand vor mir auf dem Tisch. Er war hohl und für seine Größe sehr leicht. Unter dem Podest auf dem er stand las ich in verschnörkelten Buchstaben FERRERO. Das musst eine der ersten Hartplastikfiguren überhaupt sein.

"Stammt aus den 60ern." sagte Brander und nickte dem Elefant zu.

„Aus Italien?" fragte ich.

„Ja, es gibt noch andere Tiere, aber die sind sehr schwer zu finden."

Vorsichtig stellte ich das Teil zurück auf den Tisch. Meine Haftpflichtversicherung würde mich wahrscheinlich raus schmeißen, wenn ich den Elefant fallen ließ. Er setzte sich auf seine Seite des Tisches und verschränkte die Hände über dem Bauch.

"Wie kann ich helfen?"

Ich zog die Kopie des Werbeblatts heraus und legte sie ohne ein Wort auf den Tisch. Brandner nahm das Papier und setzte seine Brille auf.

"Was ist damit?" fragte er.

"Sagen sie es mir."

"Nun, das ist ein 24er Display mit Ü-Eiern aus den 70ern."

"Es ist das erste Display mit Ü-Eiern überhaupt." ergänzte ich.

"Ja, das könnte schon möglich sein."

"Sie sind blau!"

"Was genau meinen Sie."

"Die Eier sind blau und ich weiß, dass sie darüber mehr wissen."

"Wer erzählt denn sowas?"

"Sagen wir, jemand der jemanden kennt."

Brandner lächelte.

"Dieses Werbeblatt ist eine Kopie. Eine sehr schlechte dazu. Wer hat das Orginal?"

"Es gibt kein Original. Dieses Blatt ist eine Fälschung!"

Jetzt war ich baff. Eine Fälschung? Skeptisch zog ich meine Augenbraue hoch.

234

"Warum sollte man so etwas fälschen, wenn noch nicht einmal ein Original bekannt ist?"

"Aus Profitgier natürlich. Es wäre nicht das erste Mal, dass jemand etwas ins Ei erfindet."

"Das wäre aber auf einem ganz neuen Level und selbst wenn es stimmt, warum wurde es danach nicht bekannt gemacht, um den Rubel rollen zu lassen?

"Eine gute Frage, auf die ich keine Antwort weiß?"

Ich merkte deutlich, dass sich die Situation zwischen uns schlagartig geändert hatte, als ich ihm das Papier gab. Plötzlich lag Misstrauen in der Luft.

"Wer wüsste denn eine Antwort?"

"Das werden sie schon selbst herausfinden müssen, Herr Sander. Schließlich bin ich kein Eiergott."

"Na dann, werde ich sie auch nicht weiter damit belästigen. Sehen wir uns auf der nächsten Börse?"

"Mit Sicherheit und ich würde mich freuen, wenn Sie mir dann von ihren Nachforschungen berichten können."

Ich stand auf und wir gaben uns die Hände. Im Auto nahm ich mir erst einmal einen Zettel.

"Eiergott" schrieb ich auf und dieser Name war mir nicht unbekannt. Es war der Nickname eines bekannten Sammlers im Internet. Unter anderem war er im gleichen Ü-Ei-Forum wie ich registriert. Ich war mir sicher, dass Brandner mir einen Hinweis gegeben hatte und zwar mit voller Absicht. Warum das alles so geheim war, verstand ich nicht. Noch nicht. Zuhause legte ich das Blatt und meine Notizen auf den Schreibtisch. Da ich beruflich sehr eingespannt war, passierte die nächsten drei Tage gar nichts. Am Mittwoch bekam ich eine e-Mail von einem mir unbekannten Mailserver.

<< Du suchst die blauen Folien? Lass es gut sein, das ist zu heiß für Dich! >>

Leider war in der Mail keine IP-Adresse gespeichert, anhand derer man den Absender hätte zurückverfolgen können. Blaue Folien? Da ich schon einige Tage Abstand zu dem Thema hatte, verstand ich erst nicht, was der Schreiber meinte. Erst als ich das Werbeblatt auf dem Tisch liegen sah, dämmerte es mir. Eiergott! Brandner musste es ihm gesagt haben. Eine andere Möglichkeit gab es nicht, den niemand außer Harald und Brandner wusste davon. Wenn Eiergott die einzige Quelle dafür war, konnte er es nur von diesen beiden erfahren haben. Die Neugier packte mich. Ich klickte mich ins Ü-Ei-Forum ein und schrieb Eiergott eine Kurznachricht.

<< Ja, ich suche sie. Doch warum sollten sie zu heiß sein? >>

Nach 30 Minuten hatte ich Antwort.

<< Du bist cleverer als ich dachte. Schau mal hier >>

Angehängt war ein Bildlink zu einem dieser kostenlosen Bilduploader aus dem Netz. Ich klickte darauf. Die nervigen PopUps wischte ich zur Seite. Ich wusste, dass ich gleich etwas ganz besonderes sehen würde. Die Datei lud ewig. Ich dachte bereits, dass sich mein PC auf gehangen hätte, oder der Drecksack mir einen Virus implantiert hatte, als es plötzlich aufsprang. Mein Mund blieb offen stehen. Vor mir lag das Original Werbeblatt mit den Haseneiern. Was auf dem Display zu sehen war, wurde völlig uninteressant. Das ganze Display war grün. Die Eier darin dunkelblau. Der Kopf war tatsächlich der von Harry Hase nur eben etwas schlanker. Das Bild war in geringer Auflösung, aber es war bunt. Anscheinend war es mit einer Handycamera gemacht worden und anschließend absichtlich unscharf gemacht worden. Wirklich erkennen konnte man aber noch immer nichts. Ich schrieb zurück.

<< Oh, das ist aber nett von Dir. Genau das fehlt mir noch. Kann ich es Dir abkaufen? >>

Die Antwort kam prompt.

<< Leider nein, aber falls Du Interesse an einer höheren Auflösung des Bildes hast, können wir darüber reden. Das ist doch allemal besser als die Kopie, die Du jetzt

hast, nicht wahr? Allerdings verknüpfe ich das mit einer Bedingung. Du musst die Sache danach ruhen lassen. Es ist nicht so wichtig, dass alle erfahren, dass es diese Erstauflage gibt. Jedenfalls noch nicht.>>

Warum sollte das nicht so wichtig sein? Das war doch eine Sensation. Ich betrachtete mir das Bild noch einmal, speicherte es auf meinem PC und ließ mein Bildprogramm wieder darauf los. Verkleinern, einfrieren, groß machen und auf den Schirm damit. Es war das gleiche Blatt. Die Kopie flog in den Mülleimer. Ich schnitt das Werbeblatt mit dem Programm aus und druckte es in höchster Auflösung. Nicht perfekt, aber gut. Als ich den Ausdruck in den Händen hielt bemerkte ich etwas, das unten links in der Ecke stand.

<< Feb. 74 - Heiss KG - Neu-Isenburg."

"Gotcha" rief ich und schrieb dem Eiergott zurück.

<< Danke, aber ich möchte nur das Original. Trotzdem vielen Dank.>>

Ich rief die Telefonauskunftseite in meinem Browser auf und gab den Namen Heiss KG und Neu-Isenburg ein. Keine Treffer. Ich erweiterte die Suche auf den Postleitzahlenbereich 6. Wieder kein Treffer. Ich wechselte in eine Suchmaschine und gab die Begriffe. Heiss, Druckerei und Neu-Isenburg ein. Ich bekam einen Treffer, der mich auf ein Branchenverzeichnis führte. Dort gab es einen Link zu einer Druckerei in Frankfurt. Bellersheim und Co.KG. Auf dem Direktlink aus dem Verzeichnis heraus, entdeckte ich aber nirgends etwas über Heiss in Neu-Isenburg. Schließlich klickte ich auf "Historie" und fand dort die Information, dass man 1986 die Heiss KG in Neu-Isenburg übernommen hatte und damit das Unternehmen enorm vergrößerte. Ich schrieb mir die Adresse der Druckerei raus und machte mich auf den Weg. Mit Hilfe der Abwrackprämie hatte ich meinen 15 Jahre alten Corsa in den Himmel geschossen und mir stattdessen so einen rumänisch/französischen

Kleinwagen zugelegt. Die blaue Lackierung veranlasste die Tauben der Nachbarschaft dazu, mir ständig auf's Dach zu kacken. Meist kurz nachdem ich ausgestiegen war, damit das Ganze auch schön antrocknen konnte, bis ich wieder einsteige. Zumindest ging mir das so auf den Keks, dass ich den Wagen zurückgab und mir stattdessen einen 5 Jahre alten Clio eingetauscht hatte. Es ist zwar schön zu wissen, in einer Gruppe akzeptiert zu werden, aber in diesem Fall könnte ich drauf verzichten. Ich lenkte den Kleinen auf die A661 und fuhr direkt in die Frankfurter Innenstadt. Die Druckerei Bellersheim fand ich auf anhieb. Es war ein großes Gelände unweit des Senckenbergmuseums. Als ich den großen Plastikdino sah, der vor dem Eingang stand, dachte ich noch bei mir, dass ich ja im Prinzip etwas Ähnlichem nachjage. Was war zuerst da? Der Dino oder das Ei? Oder in meinem Fall, Harry Hase oder das blaue Ü-Ei?

Sören Bellersheim, der Sohn und neue Geschäftsführer der Druckerei, war etwa 1,60 Meter groß und sah aus, als wäre er gegen die Wand gelaufen. Ein plattes, pfannkuchenartiges Gesicht sah mich aus viel zu kleinen Kulleraugen an, sodass ich Probleme hatte, an mich zu halten. Fast wäre mir ein dummer Spruch raus gerutscht, als er lächelte und dabei aussah, als ob er einen Bagger gegen den Kopf gekriegt hätte. Abgerundet wurde das Bild noch durch kurze und krausselige Locken in der Farbe rot. So rot, dass ich mir dachte, die nehmen die rote Tinte fürs drucken hier von seinem Kopf und deswegen wird er einmal im Monat komplett geschoren, was die kurzen Haare erklären würde. Er sah, dass ich nachdachte.

"Was kann ich für Sie tun, Herr....?"

"Sander."

"Herr Sander." Er lächelte mondgesichtig. Ich musste bei diesem Anblick daran denken, dass ich meinen Kindern heute Abend "La Le Lu" vorsingen wollte und ....

"Warum lachen Sie?"

..... an eine Bratpfanne, darin ein Pfannkuchen mit seinem Gesicht.

"Ach nix. Ich musste gerade an was denken."

"Und an was, wenn ich fragen darf."

..... Puderzucker obendrauf...Oh Gott.

"Nein, nein, es ist nichts....bitte. Ich suche jemanden, der damals in der Druckerei Hess gearbeitet hat, bevor Sie die Firma gekauft haben. Gibt es da noch jemanden aus dieser Zeit, der hier arbeitet."

"Oh, das ist lange her. Lassen Sie mich mal nachdenken." Er öffnete die untere Schreibtischschublade und blätterte offenbar in einer Kartei.

"Ah..ja. Hier hab ich jemanden. Er ist zwar nicht mehr bei uns, aber er ist erst vor kurzem in Rente gegangen. Ich schreibe ihnen die Adresse auf."

Ich war erleichtert. Hatte ich schon gedacht, meine Spur könnte sich hier verlieren. Der Pfannkuchen gab mir ein Post-it mit Namen und Adresse darauf.

"Sagen sie ihm schöne Grüße."

"Mach ich gerne. Haben Sie vielen Dank für Ihre Hilfe."

..... Mit Nutella schmecken sie auch super.

Ich grinste und ging hinaus. Es war bereits kurz nach 17:00 Uhr und ich beschloss nach Hause zu fahren. Vorher aß ich bei einem berühmten amerikanischen Millionär einen Bic Mac mit Pommes. Zuhause versuchte ich von meiner Jagd runter zu kommen, indem ich meine Wäsche bügelte und das Wohnzimmer aufräumte. Überhaupt wäre mal eine neue Farbe fällig. Die früher mal weiß gewesene Tapete hing hier auch schon locker 10 Jahre. Die Nacht war unruhig. Ich träumte von grünen Eiern. Nicht blau, sondern grün. Ein Komplott fand gegen mich statt. Als ich die blauen Eier endlich gefunden hatte, wurden sie plötzlich alle grün und mein Umfeld nannte mich einen Lügner. Einer dieser Träume, die nicht weg sind, wenn man aufwacht und einen noch ein paar

Stunden verfolgen. An diesem Tag habe ich eine Abneigung gegen alles was grün ist. Inklusive der Polizeistreife, die noch in grün unterwegs ist und mich zwischen Frankfurt und Friedberg heraus winkt.

"Wissen sie, warum ich sie angehalten habe?" fragte mich der Beamte, während ich innerlich flehte, er möge sein Gedächtnis verlieren bis ich geantwortet hatte.

"Nicht wirklich." antwortete ich stattdessen.

"Zulassung und Führerschein bitte."

Ich fummelte in meiner Gürteltasche herum. Mit 36 hatte ich mir einen Bauch angefressen, der es zu einem Abenteuer machte im sitzen nach etwas in meiner Bauchtasche zu suchen. Von vorne muss das ausgesehen haben, als ob ich onaniere. Doch mein Bauch hat ein Vermögen gekostet, dass ich auch nicht wieder verlieren wollte. Lächelnd gab ich dem Schupo meine Papiere. Er blätterte darin herum.

"Das Foto könnten sie auch mal neu machen lassen. Sie haben ja gar keine Haare mehr."

"Tja!" sagte ich und "Du Witzbold." dachte ich.

"Schönes Gesicht braucht platz, stimmts." sagte er bestimmend höflich und gab mir meine Lappen zurück. "Ihr Gurt hängt aus der Tür heraus. Das wiederum sagt mir, dass Sie nicht angeschnallt waren."

Yo, jetzt hatte er mich. Sinnlos sich zu wehren, sonst merkt er noch, dass mein TÜV seit über einem Jahr abgelaufen ist.

"Hui, das ist aber sonst nicht meine Art. Ich bin immer angeschnallt."

"Jaja, ist ja schon gut. Ich drücke ein Auge zu. Sie machen mir auch nicht den Eindruck, als würden sie etwas lange schleifen lassen. Ich erkenne einen zuverlässigen Menschen, wenn ich ihn sehe. Gute Fahrt." sprach es, drehte ab und ging zum Streifenwagen zurück. Jetzt nix wie weg hier.

Ich fuhr also nach Wöllstadt um Albert Kessler

aufzusuchen. Die Adresse, die ich bekommen hatte, stimmte sogar. Ich hatte fast nicht damit gerechnet. Parkplätze suchte man dort vergebens und ich fand mich irgendwann drei Straßen weiter wieder, wo ich unter einer alten Linde parkte. Die Tauben in der Baumkrone gurrten fröhlich, als sie das schöne Auto sahen, dass direkt unter ihnen parkte. Ich war gerade einmal ein paar Schritte weg, als ich ein metallisches "Platsch" hörte, dass davon zeugte, dass eines der süßen Vögelchen gerade auf mein Auto gekackt hatte. Den Tausch des Wagens hätte ich mir auch sparen können.

"Warte nur, wenn ich zurückkomme." flüsterte ich "Dann schnappe ich dich und rupf dir die Federn am Hintern raus. Dann siehst du beim rumgurren wenigstens schön dämlich aus."

Das Haus von Kessler war ein schmuckes Zweifamilienhaus, das sich der gute Herr alleine mit sich selbst zu teilen schien. Blaue Dachziegel machten das Anwesen zu etwas besonderen in der Straße. Dass sich über Geschmack streiten lässt, ist klar. Ich klingelte zweimal. Ein Vorhang bewegte sich, danach summte die Tür. Ich bückte mich, um sie aufzudrücken, denn es war eine dieser winzigen Metalltüren, die anscheinend noch aus dem Jahrhundert stammte, als wir alle noch Zwerge waren, die nicht größer als einsfünfzig wurden. Ich folgte einem krummen Pfad aus unbehauenen Steinplatten zur Tür, wo mich eine gut aussehende Frau um die 40 erwartete.

"Guten Tag, Frau Kessler." lachte ich sie an.

"Guten Tag." Ein betörender Augenaufschlag hieß mich willkommen.

"Ist Ihr Mann zu sprechen." fragte ich.

"Kommen Sie herein. Er ist im Keller und bastelt an irgendetwas herum."

Ich ging in die Diele und blickte mich um. Für einen einfachen Angestellten oder jetzt Rentner war das hier alles verdammt teuer und die Ehefrau viel zu jung. Sie ging vor mir her und sie umspielte ein süßlicher Geruch, der mich an ein Parfüm von Joop erinnerte. Ich nahm gleich mehrere Nasen voll. Frau Kessler war äußerst attraktiv. Wenn sie nicht in der Tür stand, wandelte sie förmlich durch die Gegend und hatte eine Aura von etwas um sich, das man gerne erobern möchte. Urplötzlich blieb sie stehen und drehte sich um. Ich lief auf sie auf und wir stießen zusammen. Ich kam nicht umhin zu denken, dass dies absichtlich geschah. Sie legte die Hände auf meinen Brustkorb und tat so, als wolle sie verhindern ,dass ich sie umlief.

"Entschuldigung!" Ich meinte aber das Gegenteil.

"Das macht doch nichts." Sie blieb stehen und drückte sich weiter an mich. "Möchten sie.....fi...vielleicht etwas trinken?"

"Ja, gerne." ich schluckte. Zuerst dachte ich, sie wollte was anderes sagen.

"Gehen sie schon rein. Er ist dort drin." Sie deutete auf eine Tür und rieb sich schlangengleich an der Wand entlang. Ihre grünen Augen fixierten mich....und es roch so gut. Mir war heiß.

"Kommen sie herein." hörte ich Kessler dumpf durch die Tür. Ich trat ein.

"Haben sie meine Frau kennen gelernt?"

"Ja, sehr nett."

"Ja, das ist sie." er nickte mehrmals lächelnd.

"Ich habe schon gehört, dass sie mich sprechen wollen. Worum geht es?"

Etwas überrascht darüber, dass mein Besuch bereits angekündigt war, nahm ich auf dem Stuhl Platz, den er mir anbot. Der Kellerraum war wie ein kleines Büro möbliert. Es war auch kein Keller in diesem Sinne. Es war ein fertiger Raum, wie jeder andere auch. Nur die Möbel waren antik. Das sah selbst ein Laie wie ich.

"Sie haben in der Druckerei Hess gearbeitet?" begann

ich.

"Das ist richtig. Ich war für Aufträge verantwortlich."

Ich legte ihm meinen Ausdruck der blauen Palette auf den Tisch.

"Kennen sie das?"

Er nahm es in die Hand und blickte es lange prüfend an. In der Zwischenzeit kam seine Frau zurück und stellte Getränke auf den Tisch. Dabei berührte mich ihr Knie am Oberschenkel und ich konnte bis zum Bauchnabel schauen, weil sie sich direkt über mich beugte, als sie die Gläser abstellte.

"Chantal ist Französin. Sie spricht akzentfrei deutsch. Sie haben es nicht bemerkt, oder?"

Chantal sah mich lächelnd an. Strahlend weiße Zähne blitzten und ich hatte das Gefühl, dass ihr französisch bei anderen Gelegenheiten nicht ganz so akzentfrei war. Es viel mir schwer mich zu konzentrieren und es schien eine Ewigkeit zu dauern, bis sie sich wieder vor mir erhob. Ich glaube, ich hatte die ganze Zeit in ihren Ausschnitt gestarrt.

"Schatz, sei so gut und lass mich mit Herrn Sander alleine." er zwinkerte ihr zu.

Ich beschloss aufs Ganze zu gehen.

"Sie haben einen ausgeprägten Lebensstil."stellte ich fest. Kessler zog eine Braue hoch.

"Hatte einen guten Bausparvertrag." sagte er kurz angebunden.

"Was wissen sie darüber?" er hielt den Zettel hoch.

"Alles, glaube ich." Auch wenn das nicht stimmte. Dennoch hatte ich das Gefühl, dass ich hier an einer guten Quelle war.

"Was gedenken sie mit ihrem Wissen zu tun?"

"Ich möchte es bestätigt wissen. Dann erst habe ich Ruhe."

Er ging um den Schreibtisch herum und holte einen Schlüssel aus der Schublade. Ich sah etwas darin, was mir bekannt vorkam, ich aber nicht zuordnen konnte.

"Kommen sie mit."

Wir gingen hinaus. Kessler öffnete seine Garage und zum Vorschein kam ein beachtlicher Mercedes 500 SL, der mit einem Schnappen die Zentralverrieglung freigab. Man sagt, dass man diese Autos mit einem aufgeschnittenen Tennisball knacken kann, indem man ihn auf das Schloss setzt und kräftig dagegen haut. Der Luftdruck schiebt dann die Verriegelung beiseite. Keine Ahnung, ob das tatsächlich stimmte.

"Ach, jetzt habe ich meine Jacke vergessen, Herr Kessler"

"Klopfen Sie, meine Frau macht ihnen auf."

Ich joggte zurück zum Haus und klopfte. Frau Kessler öffnete die Tür.

"Ich brauch meine Jacke."

"Kommen Sie."

Sie ging vorweg in seinen Keller. Ich musste irgendwie an diese Schublade kommen. Ich wusste jetzt, was ich darin gesehen hatte. Wir schoben uns durch die Tür und ich berührte sie an den Schultern, um mich vorbei zudrücken. Sie jedoch wirbelte herum und umschlang meinen Hals. Ihr Körper drückte sich an mich. Ihr Kuss kam unerwartet und viel zu feucht.

"Bist du wegen mir zurückgekommen?"

"Ja" log ich "Aber ich kann nicht lange. Er wartet."

Sie packte meine Hand und schob sie unter ihr Kleid. Darunter trug sie nichts mehr.

"Nur damit du weißt, was dir entgeht, wenn du nicht wiederkommst." hauchte sie jetzt doch mit einem leichten Akzent in mein Ohr. Meine Hand lag in ihrem Schritt. Ich vergaß fast, wozu ich wieder zurückgekommen war. Im nächsten Moment hörten wir die Haustür. Chantal riss sich los und stürmte aus dem Zimmer. Ich wartete ebenfalls nicht lange und hechtete um den Schreibtisch herum und zog die Schublade auf. In der Schublade lag eines der blauen Eier.

"Sind sie soweit?" hörte ich Albert Kessler im Flur.

Ich packte meine Jacke und trat auf den Flur. Wie schaut man einen Mann an, den man zum einen gerade beklaut hat, nachdem man vorher dieselben Finger zwischen den Beinen seiner Frau hatte? Ich weiß es nicht, wie es ausgesehen haben muss. Aber Kessler schien davon nichts zu merken. Wir gingen hinaus.

"Wo steht ihr Wagen?"

"Ein paar Straßen weiter." antwortete ich.

"Gut, wir treffen uns am Sportplatz."

Er stieg ein und fuhr los. Ich ging in die Richtung meines Wagens. Kessler war bereits um die Ecke, als ich kehrt machte und wieder zum Haus ging. Chantal hatte hinter der Tür gewartet.

"Ich habe max. 10 Minuten. Mehr geht echt nicht."

Sie lächelte nur.

Erschöpft aber glücklich kam ich 30 Minuten später am Sportplatz an und stieg mit leicht rotem Kopf aus. Ich hatte einen gründlichen Französischkurs bekommen.

"Hab mich verfahren. Dachte eigentlich ich finde es gleich."

Kessler war leicht verstimmt, sagte aber nichts dazu.

"Es ist ein Stück zu fahren. Lassen Sie uns keine Zeit verlieren."

"Wohin bringen sie mich?"

"Dorthin, wo sie Antworten bekommen."

Wir fuhren....lange. Ich hatte das Gefühl durch ganz Deutschland zu fahren. Mein Tank neigte sich dem Ende entgegen und ich würde ihn bald anhupen müssen, damit ich mal zu einer Tankstelle fahren konnte. Eine Stunde später kamen wir in ein Kaff, dass Melbach hieß. Im Kern stand ein alter Bauernhof, der aber offensichtlich nicht mehr bewohnt wurde. Stattdessen hatte der Besitzer die große Scheune mit einem Lastenaufzug ausgestattet, dessen Motor nur mit einem Fleischerhaken an einer

Metallstange hing. Die Scheune war mit alten Türen und Holzresten in ca. 10 verschiedene Bereiche aufgeteilt worden. Jeder Bereich hatte ein Vorhängeschloss. Das waren Lagerräume.

„Wir müssen bis hinten durchgehen."

Er nestelte an dem Schloss herum bis es knackte. Dann schob er die Tür auf, die laut über den Boden scharrte. Ich kam in ein spärlich erleuchtetes Dachkabuff. So klein und eng, dass ich fast Angst bekam. Kessler ging schnurstracks zum Ende des schmalen Raumes und verschwand um die Ecke. Der Staub glitzerte von den Sonnenstrahlen zum leuchten gebracht, die durch das kleine Dachfenster drangen. Der Speicher hatte was von dem Ort an dem der Junge aus „Die unendliche Geschichte", das Buch liest. Ich ging auch um die Ecke und war erstaunt darüber, dass dahinter ein weit größerer Raum war. In der Mitte stand ein Tisch. An den Wänden rundherum standen große Kartons auf Holzpaletten. Kessler hatte sich an einen der Tische gesetzt.

„Da sind wir."

„Wo sind wir?"

„An dem Ort, an dem sich für Sie alles verändern kann, wenn sie das Richtige tun."

Das hatte was von einem Mafiafilm mit Marlon Brando. Kessler saß wie ein Bonze auf dem Stuhl. Immer wieder dachte ich, dass ist zu viel Gehabe für einen Druckereibeschäftigten. Er wirkte eher wie ein überheblicher Firmenboss.

„Was soll sich denn verändern? fragte ich ahnungslos.

„Nun, da sie alles über die blauen Eier wissen." Er nickte zu den Kartons „Wird es wohl Zeit, dass sie auch mal welche davon sehen.

Ich blickte mich um. Um mich herum standen etwa 15 große Pappkartons. Mannshoch und die meisten davon in Folie eingeschweißt. Nur einer war geöffnet und auf den ging ich zu.

„Ist da drin das, was ich denke?"
„Was denken Sie denn, Herr Sander?" Ich hörte, wie er aufstand.
Mein Blick ging über den Rand der Kiste. Im Innern waren wiederum vier kleinere Kisten in der Größe eines typischen 72er Displays. Es sah alt aus, war aber ebenfalls in Folie. Nur eines davon stand quer auf den anderen und die Folie war geöffnet. Von hinten kam Kessler und hielt mir ein Feuerzeug hin.
„Vorsichtig!"
Ich drehte den Feuerstein und in der Kiste wurde es hell.

-

Brandner klingelte ein zweites Mal. Erst jetzt ging der Summer an. Er stampfte die Treppe in den zweiten Stock, wo Harald bereits die Tür geöffnete hatte. Was jetzt geschah, sollte niemand mitbekommen. Er schloss sie leise hinter sich und ging in die Wohnstube. Harald saß vor einer Kiste mit Ü-Ei-Figuren und sortierte sie nach Serien.
„Hatte ich nicht gesagt, dass niemand davon erfahren darf?"
Harald hob die Schultern
„Was meinst Du? Sander?"
„Ja, Sander meine ich. Er war bei mir und hat Fragen gestellt. Ich habe ihm einen Tipp gegeben. Albert nimmt ihn sich gerade vor."
„Du weißt, das sich nichts von dieser Geheimnistuerei halte. Ich will, dass sich das endlich mal für uns auszahlt. Wir werden ja nicht jünger und ich hätte gerne noch etwas von dem Geld."
„Du machst dir um Dinge Sorgen, die dich nichts angehen. Du gehörst nicht zu uns und bekommst höchstens einen Anteil, mehr nicht. Außerdem mögen wir es nicht, wenn jemand mit unseren Informationen

handelt."

„Informationen, die Du mir gegeben hast." sagte Harald und sah hoch.

Brandner stand mit einer gezogenen Waffe vor ihm.

„Was wird das jetzt. Knallst du mich ab wegen ein paar Schokoeier?"

„Ja."

Noch ehe Harald den Ernst der Lage überhaupt begriff löste sich der Schuss aus der Glock. Er stürzte rücklings auf die Couch.

„Ein Bauchschuss ist der grausamste Weg zu sterben. Er dauert am längsten und tut am meisten weh." sagte Brandner ruhig, während er sich auf den Sessel setzte.

Die Schmerzen, die Harald verspürte raubten ihm den Atem. Keuchend versuchte er an sein Handy zu kommen, doch Brandner sprang auf und trat ihm den Arm weg, sodass er zwischen Sofa und Tisch zusammenbrach.

Eine Blutlache bildete sich unter seinem Bauch und eine erlösende Ohnmacht befreite ihn von den Schmerzen.

Brandner stand auf und positionierte sich vor dem großen Setzkasten über der Anrichte. Sein Blick viel auf die seltenen Figuren. Mit einem Taschentuch schob er eine der Plexiglastüren auf und nahm sich eine einzelne Figur heraus. Ein blauer Pirat mit roten Haaren. Die Figur, die ihm selbst noch fehlte. Dann ging er. Da er wusste, dass Harald arbeitslos und ohne Partnerin war, wusste er auch, dass es Tage oder gar Wochen dauern würde, bis man ihn in seiner Wohnung fand. Bis dahin würde er alles geregelt haben.

–

Ich konnte es nicht fassen. Das war ein Fälscherring. Großes Kino. Gefälschte Schokoeier.

"Was ist in den Eiern?" fragte ich fassungslos.

Er lächelte

248

"Echte Kapseln mit nicht ganz so echten Figuren darin. Wir haben den kompletten 21er Replikasatz darin verarbeitet."

"Diese Figuren erkennt man doch schon von weitem als Fälschung."

"Sie glauben doch wohl nicht, dass jemand, so einen Schatz öffnet."

"Warum zeigen sie mir das alles?" Ich konnte meinen Blick nicht aus der Kiste nehmen. Schon um nicht zu zeigen, wie geschockt ich war. Das hier war der größte Beschiss der Ü-Ei-Historie und ich stand direkt davor. Eine Palette war über zwei Meter hoch. Das mussten Zehntausende Eier in diesem Raum sein.

"Wir brauchen einen Partner, der diese Eier bekannt macht. Wie Sie selbst schon festgestellt haben, kennt fast niemand diesen Schatz."

"Ich dachte, all das soll geheim bleiben?"

"Ja, das dachten Sie. Wir haben Sie schon länger im Visier. Auch Harald war darin verwickelt. Wir haben Sie gezielt her gelockt."

Wut stieg in mir auf.

"Dann ist das alles gar nicht existent?"

"Die Eier gab es wirklich und auch das Werbeblatt ist echt. Die Idee hier jedoch nicht. Keiner hat so ein Ei jemals zu Gesicht bekommen, seit es dieses Sammelgebiet gibt. Wer soll es merken? Die Eier lagern hier jetzt schon 4 Jahre. Die Schokolade ist inzwischen verdorben. Das letzte Echtheitsmerkmal also eingereift."

"Das ist nicht ihr Ernst?"

"Doch, dass ist es. Für jedes dieser Eier werden wir etwa 1000 Euro verlangen und bekommen. Für ein ganzes Display nehmen wir 15000 Euro.'"

"Der Markt wird den Preis schneller tot machen, als ihnen lieb ist."

Ein lautes Lachen drang durch den Raum, als Albert Kessler laut auflachte.

"Nein. Wir werden sie schön langsam unters Volk bringen. Im Ausland werden wir dafür jeden Preis aufrufen können. Er wird gezahlt werden. Vor allem in Ländern wie Russland, wo das Geld praktisch auf der Straße liegt." Langsam schritt ich die Reihe mit den geschlossenen Paletten ab.

"Was genau soll ich jetzt machen?"

"Wir brauchen ihre Website zur Verbreitung der tollen Neuigkeit. Machen Sie einen Newsflash für eine wirklich seltene Auktion auf ihrer Seite. Wenn Sie das erste Ei verkaufen und die Auktion mit dem entsprechenden Text aufmotzen, dann wird das wie eine Bombe einschlagen."

"Was bekomme ich dafür?"

"Der Erlös des ersten Ei's wird der größte sein. Er gehört ihnen."

"Und wenn ich nicht will?"

"Dann endet ihr Weg heute hier."

„Haben ihre Eltern sie nie gebeten, von zu Hause wegzulaufen?"

Er zog eine Waffe und ich traute meinen Augen kaum.

"Sie ziehen eine Knarre gegen mich?"

Wenn ich es zuvor noch unter Kontrolle halten konnte, war es spätestens jetzt vorbei. Ein Vulkan brach aus mir heraus und noch bevor Kessler einen dummen Spruch hinterher schicken konnte, griff ich mir die erste Palette und riss sie um.

"Nein!" rief Kessler entsetzt und stürmte nach vorne, um mich vor den Lauf zu bekommen. Krachend knallte die Palette auf den Boden. Die Folie platzte auf und einige der Displays fielen heraus. Die Eier darin wirbelten umher, doch es gingen nur wenige davon kaputt. Damit sich das ändert sprang ich hinter die bereits geöffnete Palette und schob sie vor mir her. Ich riss die Folie weiter auf und griff hinein, fasste eines der Displays, zog es heraus und warf es im nächsten Moment gegen die Wand rechts von mir. Kesslers Kopf zuckte zu der Stelle. Seine Augen waren vor Panik geweitet. Darauf hatte ich spekuliert und nahm Anlauf. Mit voller Wucht krachten die beiden Paletten zusammen. Da die eine schon am Boden lag, bekam die zweite oben Übergewicht und viel darüber. Der ganze Stoß Haseneier flog oben heraus und begrub Kessler unter sich. Ich sprang über die Folie und landete neben ihm. Seine Waffe kickte ich unter den Tisch.

„Sie Arschloch. Soll ich ihnen etwas sagen? Es wird einen Bericht auf meiner Seite geben. Verlassen sie sich darauf. Aber er wird anders sein, als sie sich das jetzt vorstellen."

Mit Wut trat ich eines der Displays durch die Halle. Die Eier verteilten sich im ganzen Raum. Eine der Kapseln öffnete sich beim Aufprall an der Wand. Heraus kam ein Soldat und klackerte über den Boden.

"Und nochwas. Die Figuren aus den 70ern waren in Folien verschweißt. Sie Idiot haben sie ohne rein gesteckt und der Beipackzettel mit dem Hinweis, dass sie handbemalt sind, fehlt auch. Jeder Depp hätte diese Fälschung mit einer einfachen Röntgenaufnahme entlarvt."

Ich sprintete den schmalen Eingang entlang, hastete die Treppe runter und sprang in den Hof hinaus.

Kessler kam murrend auf die Beine. Er zog sich am Tisch nach oben und griff sein Handy. Er wählte

"Er weigert sich. Stell ihn kalt. Er ist mir abgehauen."

Es knackte in der Leitung und Kessler sah wütend auf den angerichteten Schaden.

"Für jedes Ei, das kaputt ist, reiße ich dir ein Sackhaar aus, du Penner." sagte er zu sich selbst.

–

Ich rannte. Rannte wie noch nie in meinem Leben. Ich musste zur Polizei, der einzige Weg diese Sache so schnell wie möglich zu beenden.

„Bleiben Sie stehen, Sander!" hörte ich es plötzlich hinter mir. Zu nah um dem nicht Folge zu leisten. Vor allem nicht, wenn die Gefahr bestand erschossen zu werden. Ich drehte mich herum.

„Brandner!" Ich versuchte wissend zu klingen „Das ich sie hier nochmal sehe. Ich dachte im Altersheim gibt's um 18:00 Abendessen."

Er lachte auf

„Ich esse ab nächster Woche nur noch beim Nobelitaliener, dass wissen sie doch jetzt."

Auch er hatte einen Revolver. Ich kam mir wie im falschen Film vor. Klar, DeNiro oder Al Paccino, die hatten Knarren. Aber doch kein Ü-Ei-Sammler.

„Lassen sie uns gehen." Er wedelte in bester Gängstermanier mit dem Ding herum.

„Passen sie auf, dass das Ding nicht ausversehen losgeht. Mit ihren Gichtfingern kriegen sie ja nicht einmal ne Dose auf, ohne danach von ihrem Zivi einen Anschiss zu kassieren."

„Wie locker sie sind. Ich glaube es wird ihnen vergehen, wenn Kessler mit ihnen fertig ist."

„Ich weiß nicht, ob sie das noch erleben werden. Das dauert ja immerhin noch 10 Minuten bis wir zurück gelaufen sind. Ich weiß nicht, ob sie noch solange durchhalten."

„Halten sie die Fresse, Sander."

Er zog sein Handy.

„Ich hab ihn!"

Ich ging schweigend vor ihm her und zurück in die Halle. Kessler wartete schon breit grinsend auf mich.

„Stecken Sie die Hände in die Hosentaschen." bat er mich freundlich.

„Und wenn ich nicht will?"

Als Antwort klickte es in meinem Nacken und ich spürte den Lauf von Brandners Waffe am Hals. Zögerlich steckte ich die Hände in die Taschen. Kessler holte eine Rolle

Klebeband hervor und begann mich damit einzuwickeln. In der Tasche spürte ich mein altes Tastenhandy. Das ich da noch nicht drauf gekommen war, schrieb ich mal meinem allgemeinen Entsetzen über die Situation zu. Doch jetzt war ich hellwach. Ich wählte die 112 und als ich dachte verbunden zu sein, begann ich zu reden.

„Was wird das jetzt hier?" Fragte ich laut und in verzweifeltem Ton, der mein Schreien als panisch tarnen sollte. Kessler sprang darauf an. Er hatte eine sadistische Ader.

„Was soll passieren? Sie machen nicht mit, aber sie wissen Bescheid. Es geht um Millionen von Euros.........also müssen sie sterben."

„Und dann? Jemand wird mich vermissen. Mein Chef bei bei der Sparkasse in Friedberg wird mich vermissen. Ich habe nur heute Urlaub. Wenn ich nicht auf die Arbeit komme, wird er nach mir suchen lassen."

„Ihr Chef ist mir herzlich egal."

„Kommen sie schon Kessler. Wollen sie wirklich ihr schönes Häuschen in Wöllstadt verlieren und für einen Mord in den Knast gehen? Was wird aus ihrer Frau Chantal?"

„Ich fürchte, dass geht sie nichts an. Hat sie sich an sie ran gemacht? Das tut sie öfters und jedes mal denkt sie ich würde das nicht mitbekommen."

„Tja, das hat sie in der Tat." gab ich erschüttert zurück. So ein Luder!

Kessler legte die Pistole vor mir auf den Tisch. Anscheinend wollte er vorher noch ein bisschen mit mir spielen.

„Soll ich also hier sterben. Wegen Ü-Eiern? In diesem Kaff hier....Melbach, oder wie das heißt."

Inzwischen war ich mir sicher, dass die Information ausreichen müssten um mich zu finden. Jetzt musste ich Zeit gewinnen. Irgendwie.

„Wissen Sie, dass ihre Frau wie ein Staubsauger bläst?"

Kessler sprang auf und schlug mir mit voller Wucht die Faust ins Gesicht. Ich hatte noch nie so eine gelangt bekommen, aber in den Filmen haben die Guten das immer locker weg gesteckt. Ich hingegen hätte heulen können. Scheiße tat das weh. Meine Wange schwoll sofort an. Ich glaubte ein Zahn war zerbrochen.
„Was ist?" nuschelte ich „Warum schlagen sie gleich zu? Kriegen sie keinen mehr hoch und ärgern sich, weil ihre Alte es sich woanders holt?"
Er ging zurück zum Tisch und lud die Waffe durch. Scheiße. Falsche Taktik. Ich stand vor ihm, die Hände in den Hosentaschen und mir blieb nur eine Möglichkeit, um am Leben zu bleiben. Ich rannte los und direkt auf Kessler zu, der dabei war die Waffe zu entsichern. Ich knallte voll in ihn rein und schob ihn in die hinter ihm stehende Eierpalette. Wir krachten dagegen und ich hörte ein schweres Poltern. Er hatte die Waffe fallen lassen. Ich holte die Hände aus den Taschen. Das Klebeband drückte meine Arme an den Körper, doch die Hände waren frei. Ich warf mich auf die Waffe um sie zu greifen, als Brander auch schon über mir war.
„Ah...Seniorengymnastik, stimmts?"
Er wollte gerade lächeln, als mein Fuß in seinem Gesicht landete. Er machte so ein Mmmpfff-Geräusch und fiel nach hinten um. Währenddessen war Kessler, der wesentlich fitter als sein Kollege war wieder auf die Beine gekommen und griff mich mit dem Stuhl an, den er hoch über den Kopf gehoben hatte. Er lies ihn auf mich herunter krachen. Ich sprang auf die Seite, aber er erwischte meine Oberschenkel und ein rasender Schmerz durchzog mein rechtes Knie. Ich musste hier weg! Er drehte sich um, um den anderen Stuhl zu holen. Mit letzter Kraft kam ich auf das übrig gebliebene Bein und rannte in den Raum hinein. An einer Wand fand ich einen Nagel und begann das Klebeband damit zu bearbeiten. Ich hörte schnelle Schritte und schon im nächsten

Moment sah ich Kesslers Fratze um die Ecke kommen. Im gleichen Moment bekam ich meine Arme frei und schlug zu. Meine Faust traf mit allen fünf Knöcheln mitten in seine Gesicht. Ich spürte das Nasenbein brechen und einige knorpelige Geräusche kamen auch dazu. Er ging wie ein K.O. geschlagener Boxer nach hinten und fiel. Im selben Moment hörte ich die Polizeisirenen. Ich schrie, damit sie mich hörten. Es dauerte ein paar Minuten, bis sie mich gefunden hatten. Zeit genug ein bisschen auf den Eiern herum zu trampeln.

Einen Newsflash bekamen die Eier dann doch noch und dieser Fall ging als die größte Fälschungsaktion der Ü-Ei-Historie in die An(n)alen ein. Also nicht in den Hintern, sondern in die Geschichte.

Chantal habe ich dummerweise nie wieder gesehen.